KB267168

오버 더 센츄리

Over The Century

오버 더 센츄리 7

이영호 판타지 장편 소설

초판 1쇄 찍은 날 § 2002년 12월 23일
초판 1쇄 펴낸 날 § 2002년 1월 3일

지은이 § 이영호
펴낸이 § 서경석

편집장 § 문혜영
편집 § 장상수 · 박영주 · 김희정 · 권민정 · 이종민
마케팅 § 정필 · 강양원 · 이선구 · 김규진

펴낸곳 § 도서출판 청어람
등록번호 § 제1081-1-89호
등록일자 § 1999. 5. 31
어람번호 § 제1-0333호

주소 § 경기도 부천시 원미구 심곡1동 350-1 남성B/D 3F (우) 420-011
전화 § 032-656-4452 팩스 § 032-656-4453
http://www.chungeoram.com
E-mail § eoram99@chollian.net

ⓒ 이영호, 2002

값 7,500원

ISBN 89-5505-535-8 (SET)
ISBN 89-5505-567-6 04810

이영호 판타지 장편 소설

오버 더 센츄리
Over The Century

7

고대 도시

도서출판
청어람

제1장 **두 사람…**

나무들로 우거진 산 아래 골짜기, 우거진 수풀로 가려지고 험준해서
걷기조차 힘든 그곳에 무언가 꾸물거리며 움직이는 것이 있었다. 이미
해가 떨어지고 어둑어둑해져 잘 보이지는 않았지만 가쁜 숨소리와 수
풀 헤치는 소리가 고요한 골짜기를 잠에서 깨우고 있었다.

얼핏 보면 짐승 같기도 한 그것은 느릿느릿 움직이고 있었는데 다친
것 같기도 하고 또는 지친 것 같기도 했다. 그리고 움직임이 매우 굼뜨
고 불안해 보였다.

"헉헉! 오, 오빠, 조금만 쉬었다 가요… 주, 죽을 것 같아."

"조금만 더 힘을 내, 자리코. 자, 내 등에 업혀. 조금만 더 가면 꼬치
님의 동굴이 나와."

나리가 등을 돌려 업었으나 자리코는 너무나 지친 탓인지 제대로 매
달려 있지도 못했다.

“오, 오빠, 조금만… 쉬었다가… 헉헉!”

“그래, 알았어. 잠깐만 앉았다가 가자, 그럼.”

나리는 할 수 없다는 듯 자리코를 등에서 내려놓았다. 그리고 그녀를 조심스레 부축해서 그 자리에 앉혔다.

“자, 조심해. 천천히.”

나리는 자리코의 등에 팔을 둘러서 부축한 채 주위를 경계하기 시작했다. 그리고 그에게 기대어앉은 자리코는 아예 눈을 감고 있었는데 몰골이 말이 아니었다. 퀭하니 들어간 눈과 헝클어진 머리, 뼈가 앙상하게 보이는 팔뚝과 발목, 그리고 땀과 먼지에 절어 뻣뻣하게 구겨진 들개족의 군복도 이제는 완전히 거지의 넝마처럼 보였다.

“오빠… 미안해. 나 때문에 일이 이렇게…….”

눈을 감은 채 숨을 몰아쉬던 자리코가 입을 열었다. 그녀의 눈에 슬며시 눈물이 배어나고 있었다.

“아냐, 자리코 때문이 아냐. 어차피 네가 없었어도 그때는 들키도록 되어 있었어. 그러니 괜한 자책감은 가지지 말아.”

“하지만 내가 없었더라면 오빠가 이렇게 고생하지는 않았을 텐데… 미안해.”

“너, 자꾸 그런 말 하면 나 화낼 거다. 너 때문이 아니라니까!”

그렇게 말을 하면서도 나리의 표정은 부드럽기 그지없었다.

“그래도 난 자꾸만 미안한걸.”

“오빠는 너를 구해내서 얼마나 기쁜지 몰라. 오히려 지금 널 고생시키는 게 미안해서 죽겠는데?”

그 말에 자리코가 눈을 살며시 떴다. 그리고 나리의 얼굴을 가만히 올려다보았다.

"고마워, 오빠. 오빠는 정말 좋은 사람이야."

자리코의 얼굴에 미소가 떠올랐다. 그러자 나리가 얼굴을 붉히며 눈을 돌렸다.

"뭐… 그렇지도 않아. 나 같은 사람을 오빠로 여겨줘서 내가 오히려 고마워."

나리는 속마음을 다 말하지 않았다. 사실 그는 지금 이런 위험하고 힘든 상황에 전혀 어울리지 않는 묘한 행복감을 느끼고 있었다. 난생 처음 이성에게 호감을 가지게 된 데다가 그런 그녀와 단둘이서 함께한 엿새 동안의 생사고락의 시간이 꿈만 같았다. 자신의 손으로 좋아하는 여자의 목숨을 책임지고 있다는 것이 믿어지지 않았다.

그는 스물다섯이었다. 그러나 그 나이가 되도록 여자와 함께해 본 일이 없었다. 이성에게 관심을 가질 형편도 되지 않았지만 그리 눈에 띄는 여자도 없었다. 그런 그였지만 처음 자리코를 보았을 때부터 왠지 모르게 가슴이 뛰었고 자꾸만 눈여겨보게 되었던 것이 사실이었다.

그런 자리코가 죽은 줄 알았을 때는 나리의 가슴도 무너지는 것처럼 아팠다. 다시는 마음에 드는 여자를 만날 자신도 없었고 의욕도 없었다.

그랬던 것인데 그녀가 포로가 되어 살아 있다는 것을 발견했으니 그 때의 기쁨이란 말로써 표현할 길이 없었다. 그래서 나리는 난생처음 여자를 구하기 위해서 목숨을 걸 생각까지 하게 되었던 것이다.

상대가 자리코가 아닌 다른 여자였더라면 비록 친구의 부탁이 있었다 하더라도 한번 시도해 보고 안 되면 그만두었을 것이 분명했다. 단한 사람의 일에 위험한 도박을 걸기에는 자신의 임무가 너무나 막중하기 때문이었다.

자리코의 눈을 가만히 들여다보던 나리가 떨리는 목소리로 말했다.

"자리코… 아무 걱정 하지 마. 내가 꼭 지켜줄게. 나는 널……."

"고마워… 오빠."

비록 거지 꼴을 하고 있었으나 그의 눈에는 지금의 자리코가 너무나 예쁘게 보였다. 좋아한다는 말을 하고 싶었지만 왠지 겁이 나서 하지 못하고 있는 나리였다.

'들개족에게 그런 일을 당하고 나서 나를 받아들일 리 없지… 비록 혼혈이긴 하지만 나 역시 들개족이니까… 게다가…….'

생각을 하던 나리는 가슴이 미어지는 느낌이 들었다.

'게다가 지난번에 했던 그 말… 그러니 도저히 난 좋아한다는 말을 할 수 없어. 자리코가 상처받을 거야… 분명히…….'

나리가 걱정하는 말은 그것이었다. 자리코를 구해 비밀 터널로 처음 데리고 갔을 때, 그녀가 울면서 했던 얘기 말이다.

"나리 씨… 절… 원하시면 가지세요……. 괜찮아요. 이미 깨끗한 몸이 아닌걸요. 이런 저라도 탐나신다면… 흑!"

들개족 남자들이 모두 자기 몸을 탐내서 덤벼들 거라고 생각하는 그녀에게 나리는 도저히 좋아한다는 말을 할 자신이 없었던 것이다. 살기 위해서 몸을 줘야 했던 그녀를 생각하면 가슴이 미어지는 것 같았다.

물론 두 사람에게 있어서 요 며칠간은 그런 사치스런 감정 따위가 떠오를 여유는 전혀 없었다.

사건이 있던 그날, 나리는 지하 터널에 연결된 긴 하수구를 통해 강으로 빠져나와 기절한 자리코를 끌고 겨우겨우 멀리 떨어진 곳까지 헤엄쳐 갔다. 그리고 익사 직전인 그녀를 땅으로 끌어내어 인공호흡을 해 살려냈다.

그런 다음 녹초가 된 그녀를 들쳐 업고 끝없이 달리고 걸어오는 데 만 전념했다. 그 외에는 아무것도 생각할 여력이 없었다. 뒤를 쫓는 터 치의 수색대를 피해서 도망치는 것만으로도 너무나 벅찬 일이었다.

나리 혼자서라면 강을 따라서 또는 바다를 통해서라도 얼마든지 손 쉽게 도망칠 수 있었겠지만 수영도 전혀 못하고, 오랫동안 빠르게 달리 지도 못하는 인간족 여자를 데리고 도망치기란 그리 쉬운 일이 아니었 다.

게다가 뒤를 쫓는 터치의 군대는 만만한 상대가 아니었다. 다행히 자신의 얼굴을 본 자는 죽어 버렸지만 이미 잡힌 다른 동료들 중 누군 가가 언제 자신의 이름을 불어버릴지 알 수 없었고, 그럴 리야 없겠지 만 혹시 왕이 말을 할 수도 있었으므로 어정쩡하게 들개족의 성 근처 에 숨어 있을 수도 없었다. 때문에 부득이하게 녹초가 된 자리코를 이 끌고 강행군을 하게 되었던 것이다.

그렇게 도망치는 엿새 동안 최소한의 수면 시간을 제외하고는 거의 말을 하지도, 쉬지도 않았던 나리가 꼬치의 동굴이 가까워지자 겨우 마 음에 여유가 생겨 그동안 생각해 보지 않았던 감정이 돋아나는 것을 느낀 것이다. 그러나 차마 이런 상황에서 입 밖에 낼 수는 없었다.

"쿨."

'어?'

자리코의 몸이 조금 늘어진다 싶었던 순간 갑자기 들려오는 코 고는 소리에 고개를 돌려보니 그 잠깐 사이에 그녀는 잠이 들어 있었다.

'후… 정말 탈진한 모양이군. 하긴 나도… 너무 피곤하다. 이대로

쓰러져 잠을 자고 싶어… 하지만!'

그렇다고 여기에서 잠을 잘 수는 없었다. 터치의 추격도 추격이었지만 어둠이 깔리고 있는 숲 속의 깊은 골짜기에서 둘 다 잠을 자다간 언제 맹수들의 먹이가 될지 알 수 없었다.

'그럴 수는 없지. 어떻게 빠져나왔는데. 이런 곳에서 개죽음당할 수는 없어.'

그렇게 생각한 나리가 잠든 자리코를 다시 들쳐 업고 일어서다가 풋하고 웃음을 터뜨렸다.

'개죽음? 그래… 우리 들개족에게는 잘 어울리는 말이다. 우리 들개족이 죽으면 들개 죽음이 되나? 그럼 자리코가 죽으면 인간 죽음이라고 불러야 하나? 후후… 나도 참 실없는 놈이군. 이런 상황에서 이따위 말장난이나 하고 있다니.'

나리가 걸음을 옮기는 중에도 자리코는 깨어나질 않았다. 흔들리는 박자에 맞추어 중간중간에 코를 골며 잘도 자고 있었다.

'귀여워… 이런 여자와 함께 있으니 이런 고생도 생각보다는 할 만하군. 후후……'

그러나 그도 지쳐 있기는 마찬가지였다. 때문에 그리 오래 걷지는 못했다. 물론 자리코의 몸이 워낙 아담한 데다가 지금 엄청나게 야위어 있어서 가볍기는 했지만 나리 역시 작은 체구였다. 동작이 재빠르기는 했지만 그리 힘이 센 장수는 아니었다.

더구나 추격을 피해 험준하고 길이 없는 곳만을 골라서 달려왔기 때문에 그의 피로란 말이 아니었다.

그래도 나리는 자리코를 깨울 생각은 하지 않았다. 너무 가여워서 도저히 깨울 생각을 할 수가 없었다. 오히려 잠시라도 그녀가 편히 잠을 자게 해주고 싶었다.

'아, 안 되겠다. 너무 힘들어……. 좀 안전한 곳을 찾아서 나도 잠시 쉬어야겠다.'

나리가 주위를 살폈다. 해가 떨어지고 나서 골짜기는 급속도로 어두워지고 있었다.

"엿새 동안 거의 쉬지 않고 걸어왔으니 조금 쉬는 것도 괜찮을 거야. 설마 여기까지 추격해 오지는 않겠지. 음… 어디가 좋을까? …아!"

중얼거리던 나리가 한곳을 향해 시선을 고정시키고 다가갔다.

그가 바라보는 곳에는 비스듬한 벼랑의 중간에 커다란 바위가 서너 개 모여서 박혀 있었다. 그 위치가 상당히 가파른 데다가 작은 잡목들이 빽빽하게 들어차 있어서 잘 보이지도 않았다.

'저곳이 좋겠군. 저기라면 안전하게 몸을 숨길 수 있겠어. 게다가 사방을 살피기에도 적당해. 우선.'

나리가 자리코를 가만히 내려놓았다. 그리고 자루에서 밧줄과 단검 두 자루를 꺼냈다. 그중 한 개를 잠든 자리코의 손에 쥐어주고 그녀를 자신의 망토로 잘 덮어 숨겼다. 밧줄을 목에 건 나리가 단검으로 가늘고 기다란 나뭇가지를 두 개 잘라서 창처럼 뾰족하게 다듬어 입에 문 다음 벼랑을 기어올라 가기 시작했다. 높이는 십여 미터나 되었고 꽤 가파르긴 했지만 나리는 마치 짐승처럼 재빠르게 벼랑을 기어올라 바위 앞에 섰다.

먼저 한 개의 막대기 창으로 바위틈에 나 있는 구멍을 찔러 넣었다. 바위틈에서는 아무런 반응이 없었다. 나리는 잠시 더 쑤셔대다가 바위 위쪽을 바라봤다. 그리고 창을 뽑아내더니 주머니에서 부싯돌을 꺼내 마른풀과 젖은 생풀을 적당히 섞은 다음 불을 붙여서 구멍 안으로 꾸역꾸역 밀어 넣었다.

그런 다음 두 개의 막대기 창을 들고 재빨리 바위 위로 올라섰다. 위에서 바라보는 위치에는 또 다른 구멍이 있었다. 그의 예상대로였다. 잠시 기다리자 그 구멍에서 연기가 서서히 빠져나오기 시작했다. 그는 연기가 나오는 구멍에 또 하나의 창을 박아 넣었다.

찌이익! 킥 킥!

창을 들고 기다리던 나리는 뭔가 움직이는 듯 부스럭거리는 소리가 들리자 바짝 긴장하며 창을 겨누었다. 그리고 그와 거의 동시에 가늘고 날카로운 소리를 지르며 몇 마리의 짐승이 연기를 마셔 캑캑거리며 구멍에서 튀어나왔다. 나리는 순식간에 들고 있던 두 개의 창을 연달아 달려나오는 짐승들을 향해 던졌다.

깨액~!

한 개의 창이 그중 한 마리의 몸통을 정확히 꿰뚫었고 나머지 세 마리는 벼랑 위로 도망가 버렸다. 아래쪽으로 도망가는 게 더 쉬웠을 텐데 굳이 위로 도망가는 이유는 알 수 없었다. 아마 높은 곳을 상당히 좋아하는 놈들인 것 같았다.

나리는 창에 꿰어져 아래로 떨어지는 짐승의 위치를 대충 확인한 후 목에 걸었던 밧줄을 풀어 바위의 한 귀퉁이에 단단히 묶었다. 그리고 그것을 아래로 내려뜨린 다음 밧줄을 잡고 벼랑을 내려갔다. 우선 자리코가 잘 있는지 확인했다. 자리코는 세상모르게 자고 있었다.

'가엾은 것… 얼마나 힘들었으면……'

나리가 코를 벌름거려 냄새를 맡으며 숲을 잠깐 뒤지더니 좀 전에 잡은 짐승을 들고 돌아왔다. 그것은 족제비처럼 생긴 젖먹이 잡식 동물로 크기가 토끼 정도 되었다.

‘휴… 작은 녀석들이라 다행이야. 솔직히 큰 동물이었으면 내가 당했을지도 모르지. 그래도 간만에 자리코에게 신선한 고기를 먹일 수 있겠군.’

나리의 입가에 미소가 떠올랐다. 나리는 자리코를 다시 들쳐 업었다. 자루와 잡은 짐승은 늘어뜨려 놓은 밧줄 끝에다 단단히 붙들어 맸다.

“자리코, 자리코?”

“으, 으응? 오빠?”

“저기 올라가서 푹 자자. 잠깐만 일어나서 오빠를 꼭 붙잡고 있어.”

“응… 어디? 저 위에?”

“잠깐만 꼭 잡아. 놓치면 떨어진다. 할 수 있겠어?”

“알았어. 해볼게.”

자리코가 나리의 목을 단단히 잡았다. 그리고 그의 허리에 감은 다리에도 힘을 주었다. 잠깐이지만 자고 일어나서인지 힘이 조금 나는 모양이었다.

끙!

팔과 다리에 힘을 준 나리가 서서히 벼랑을 기어오르기 시작했다.

‘이, 이것 장난이 아니군. 하지만 자리코 혼자서는 올라가기 힘들 거야.’

나리의 이마와 팔뚝에 돋아 있는 혈관들이 터질 듯이 부풀어 올랐다. 그의 손바닥도 껍질이 벗겨질 것처럼 빨갛게 부었지만 그래도 나리는 힘을 풀지 않았다.

‘이, 이러다가 떨어지겠다… 헉, 헉… 퍼쿵 같았으면 쉽게 올라갔을 텐데.’

너무나 힘이 들어 나리는 문득 힘이 장사인 퍼쿵이 부럽다는 생각마저 들었다. 그렇게 겨우겨우 한 발씩 위로 기어올라 가던 나리가 십여 분 만에 가까스로 바위의 평탄한 곳에 도달했다.

“헉헉, 다, 다 왔어, 자리코… 이… 제… 내려도 돼.”

“미안… 오빠… 무거웠지?”

“아, 아니? 헉헉, 너무 가볍다. 너… 이렇게 말라서야 어디… 헉! 헉!”

자리코는 미안해하면서도 그가 헉헉대는 게 우스웠는지 순간적으로 웃음을 터뜨리려다가 입을 막았다.

“훗! 그… 그런데 왜 그렇게 헉헉대?”

“그, 그건… 저, 저기… 아, 그래! 이 오빠가 배가 고파서… 배가 고파서 그래.”

“정말 미안해, 오빠. 나 오빠에게 짐만 되고.”

자리코가 미소를 지었다. 그런 그녀의 미소에는 미안함과 고마움이 가득 배어 있었다. 그 모습을 보자 나리는 피로가 씻은 듯이 사라지는 느낌이 들었다. 오히려 힘들게 그녀를 업고 올라온 것이 자랑스럽기까지 했다.

“하하… 내, 내가 언제 헉헉댔다고 그래? 이 오빠도 자리코 정도는 충분히 업고 다닐 수 있어. 하루 종일 말야. 한번 볼래?”

나리가 팔을 걷어붙이고 힘을 주어 알통을 보여줬다.

“어머! 대단해. 정말 단단하다, 오빠.”

자리코가 그의 팔뚝에 돋아나 있는 그리 크지 않은 알통을 만지며 칭찬을 했다. 물론 퍼쿵, 피코 같은 근육덩어리들과 함께 몇 달을 생활해 온 자리코의 눈에 나리의 보잘것없는 근육이 훌륭해 보일 리가 없었지만 그녀의 마음은 지금 진심으로 나리의 팔뚝을 근사해하고 있었다.

"저, 정말?"

"응. 나 이렇게 멋진 알통 본 적 없어. 오빠, 멋있어."

자리코가 살며시 나리의 품 안으로 기댔다. 그러자 나리는 심장이 터질 듯 요동 쳤고, 그 소리가 자리코에게 들릴까 봐 잔뜩 긴장해서 더욱 쿵쾅거리기 시작했다.

나리가 새빨개진 얼굴로 약간 의심스러워하며 말했다.

"그, 그러니? 퍼쿵이나 피코는 더 멋질 텐데……?"

자리코가 살며시 고개를 들어 나리의 눈을 흘겨봤다.

"하지만 오빠도 멋있어. 정말이야. 내 말 안 믿어져?"

"아, 아냐! 믿어! 자리코 말 믿어. 하하하."

솔직히 말해서 나리는 그녀의 말을 완전히 믿는 것은 아니었고 그저 믿고 싶었다. 다시 자리코가 나리의 품에 얼굴을 묻었고 나리도 은근슬쩍 그녀의 등에 팔을 둘러 감싸 안았다.

잠시 후 바위틈에 적당한 자리를 마련한 나리는 자리코를 그 안으로 밀어 넣고 망토를 덮어서 가렸다. 그리고 밧줄을 끌어 올려 자루와 사냥한 짐승을 회수했다.

나리는 날카로운 단검을 사용해 순식간에 짐승의 가죽을 벗겨내고 내장을 발라내어 있는 힘껏 멀리 던졌다.

"조금만 기다려. 오빠가 맛있는 것 해줄게."

"어머, 언제 사냥도 했어?"

"응, 여기 바위틈에 살던 놈들 중 한 마리를 잡았어. 배 많이 고프지?"

"오빠, 정말 대단하다~"

"뭐, 뭘… 헤헤."

자리코가 망토를 벗어놓고 기어나왔다.

"내가 할게. 오빠는 좀 쉬고 있어."

"아냐, 오빠가 해줄 거야."

"그럼 나만 너무 신세지잖아? 이리 내. 이런 일은 여자가 하는 거야. 오빠는 얌전히 앉아서 식사를 기다리고 있어요. 자, 부싯돌 이리 줘."

그녀가 나리의 손에서 부싯돌을 빼앗다시피 가져왔다.

"그, 그럴까, 그럼?"

"그래요. 잠시만 기다려요, 자기."

자리코가 나리에게 윙크를 하며 웃어 보이자 나리는 얼굴이 홍당무처럼 빨개져서는 당황하며 고개를 돌렸다.

'자, 자기라고? 우, 우왓! 저, 저게 무슨 뜻일까? 혹시……?

자리코의 애교 섞인 농담에 나리는 뭔지 모를 행복감이 밀려오면서 몸 둘 바를 몰랐다. 그러는 동안 주변 잡목에서 시들고 마른 나뭇가지를 잔뜩 따온 자리코가 익숙한 솜씨로 부싯돌을 몇 번 부딪치더니 불을 붙였다.

탁! 탁!

처음에 잠시 연기를 피워 올리던 나무들은 곧 빨간 불꽃을 날름거리며 타올랐고 더 이상 연기는 나지 않았다. 그녀는 이미 퍼쿵 일행과 숲 생활을 하며 연기를 내지 않고 불을 피우는 데 익숙해져 있었다.

나리가 말했다.

"제법인데? 연기를 내지 않고 불 피우는 방법도 알고?"

"그럼. 이래 봬도 숲 생활 몇 달은 했어. 그동안 식사 당번은 늘 내가 해온걸? 호호."

"자리코… 웃으니까 훨씬 예쁘다."

"어머, 오빠는! 나 원래 예쁜데……."

나리의 칭찬에 자리코도 얼굴이 빨개졌으나 그녀는 농담을 하며 어색한 분위기를 얼버무렸다.

그녀는 날이 잘 서려 있는 나리의 단검으로 고기를 최대한 얇게 저몄다. 그리고 저며진 고기를 일정한 간격을 두고 나뭇가지에 끼우더니 작게 타오르는 불 위에 올려 이리저리 돌리며 구웠다. 아주 얇게 저며 있었기 때문에 고기는 불에 올리자마자 순식간에 비틀어지며 익었다.

나리가 그녀의 동작을 가만히 살펴보았다.

'제법이군. 오래 불을 피우지 않기 위해서 고기를 얇게 저밀 줄도 알고 있다니… 저것도 퍼쿵에게 배운 것인가?'

곧 모닥불을 끄고 그 위에 모래까지 덮어 연기를 없앤 자리코가 익은 고기들을 들고 나리에게 돌아왔다.

"자, 오빠 먼저 먹어요."

"아냐, 자리코 먼저 먹어."

나리와 자리코는 서로 먼저 먹으라고 구워진 고기를 밀었다.

"힘든 일은 오빠가 다 했잖아? 난 별로 배고프지 않아. 그러니 오빠가 먼저 먹기 시작해."

"그럼 같이 먹자. 나 혼자서는 먹지 않을래."

서로 고기를 미루던 두 사람의 손이 자연스럽게 맞닿았다.

"어?"

"오빠!"

두 사람은 잠시 서로의 얼굴을 마주 보다가는 어색하게 고개를 돌렸다.

"그래, 그럼… 같이 먹어요, 우리."

"그러자."

두 사람은 발그레한 얼굴로 고기를 먹기 시작했다. 그리 큰 짐승을 잡은 것은 아니었지만 두 사람의 허기를 채우는 데는 충분한 양이었다. 음식이 거의 바닥이 나자 또 서로에게 더 먹으라고 권하느라 잠시 옥신각신하던 자리코와 나리는 가만히 서로의 얼굴을 들여다봤다.

바위 아래 몸을 숨긴 채 서로의 손을 꼭 마주 잡은 두 사람의 눈이 일렁이고 있었다. 뭔지 모를 나른함과 감동이 두 남녀의 눈을 오가는 중이었다.

이윽고 자리코가 말했다.

"오빠… 정말 고마워. 난 나리 오빠 같은 사람을 만나서 정말 얼마나 다행인지 몰라."

나리도 떨리는 목소리로 입을 열었다.

"고맙긴… 무슨 일이 있더라도 내가 지켜줄게… 아무 걱정하지 마. 내가 너를 꼭……."

나리가 말을 다 하지 못하고 얼버무렸다. 그러자 자리코가 일렁이는 눈동자로 그의 눈을 들여다보며 물었다.

"꼭? 꼭 뭐?"

"으응… 저, 저기… 너, 너를 고향으로 데려다 줄게."

"그, 그래……?"

"응, 그래……."

그러나 나리는 하고 싶은 말을 하지 못했다. 그녀를 죽는 날까지 지켜주고 싶다는 말을 하고 싶었으나 거절당할까 봐 말을 못 한 것이다.

'그래… 자리코가 나 같은 들개족과 결혼해 줄 리가 없어… 더구나 그런 일을 당한걸. 지금 나에게 웃어주는 것은 단지 오빠로서… 생명의 은인으로서 그런 걸 거야. 결혼을 해달라면 해주겠지만 단지 은혜를 갚기 위해서 승낙을 할 거야, 억지로.'

그런 이유로 나리는 자리코에게 진심을 말하지 못했다.

한편 자리코 역시 마음을 나타내지 못했다.

'오빠가 나 같은 여자를 받아들일 리 없지… 그렇게 더럽혀진 나를… 그냥 동생으로서 지켜준다는 걸 거야. 날 일행에게 무사히 되돌려 보내려고 그러는 거야.'

잠시 어색하게 있던 자리코가 방긋 미소를 지어 나리에게 웃어 보였다. 나리도 씁쓸한 미소로 화답을 했다.

나리가 말했다.

"이제 조금 자. 많이 힘들지? 오빠가 망을 볼게."

"미안해. 나 때문에 자꾸만 지연이 되어서."

"아냐, 곧 꼬치님의 동굴에 도착할 거야. 여기서 그리 멀지 않아. 거기 가면 퍼쿵의 소식을 들을 수 있을 거야."

자리코가 눈을 동그랗게 뜨며 물었다. 그동안 쫓겨 다니느라 일행의 소식에 대해 전혀 생각할 겨를이 없었던 것이다. 나리도 그 말을 해주는 것을 잊고 있었다.

"참! 퍼쿵 오빠는 어떻게 됐어? 무사히 나은 거야?"

"아, 그 얘기를 해주지 않았구나. 퍼쿵은 완전히 회복됐어. 그래서 웅가 아저씨를 인간족의 성에 모셔다 드린다고 떠났는데… 지금쯤이면 이곳으로 돌아오지 않았을까 싶은데."

"그랬구나… 다른 아이들도 모두 건강하지?"

"아… 자리코, 모두들 자리코가 죽은 줄 알고 있어. 그때 너의 피 묻은 옷을 치요랑 유코가 가지고 돌아왔었어.”

“피 묻은 옷?”

“그래. 네 옷이었어. 다 찢어져서 피에 범벅이 되어 있었어.”

“그래… 내가 죽은 줄 알았구나.”

“응, 치요는 우레 없이 빨리 먼 거리를 가지 못한대. 그래서… 너를 제시간에 구하지 못했던 거래. 당시에 혼자 있었기 때문에… 도착했을 때는 이미…….”

“그랬구나… 그래서 치요가 날 구하러 오지 못했었구나. 맞아… 그때 우레는 없었어. 내가 길을 잃어버리던 날…….”

나리가 안타까운 시선으로 자리코를 바라봤다.

“그날 우리는 모두 바다에 나가 있었고, 치요 혼자서 널 찾아 그곳까지 달려간 모양이야.”

자리코가 다시 회한에 잠겼다. 당시의 일이 떠오르자 그녀가 제 몸을 감싸 안고 부르르 떨었다. 공포스런 기억이 되살아나고 있었다.

“…무서웠어. 정말 무서워서 죽는 줄 알았어.”

“왜… 혼자서 숲으로 들어간 거니?”

“토끼를 따라서… 흑, 토끼를 따라갔다가 길을 잃었어. 그런데 아무리 찾아도 돌아갈 수가 없었어. 처음 보는 길만 나오고… 나중에는 길도 아예 없어졌는데 해가 지자마자 무서운 짐승이… 흑.”

자리코가 흐느끼기 시작했다. 그러자 나리가 가만히 다가가서 그녀를 안았다.

“흑흑… 오빠…….”

“울지 마. 다 끝난 일이야. 이렇게 무사히 집으로 돌아가고 있잖아? 자, 울지 마, 자리코.”

자리코가 나리의 품에 안겨서 흐느끼며 말했다.

"그 괴물이 덤벼들어서 정신을 잃었는데 깨어보니 내 위에 남자들이 있었어. 무서운 들개족들이 벌거벗고… 침을 흘리면서 날… 때리고… 나를… 흑, 흐흑."

나리가 자리코를 꼬옥 힘 주어 안았다.

"그 얘기 그만 해. 모두 지난 일이야. 아니, 없었던 일이야. 다신 그런 일 없을 거야. 약속할게. 오빠가 꼭 지켜줄게. 자, 약속."

나리가 새끼손가락을 펴서 자리코에게 내밀었다.

자리코가 물끄러미 그 손가락을 바라봤다. 아직도 뺨에 눈물이 흐르고 있었지만 이제 흐느끼지는 않았다. 그의 손가락을 바라보다가 눈으로 시선을 옮긴 자리코가 물었다.

"정말 오빠가 지켜줄 거야?"

"그럼. 오빠가 자리코 지켜줄 거야."

"영원히?"

"……."

나리는 아무 말 없이 잠시 자리코의 눈을 들여다보았다.

'영원히… 라… 그 말은 무슨 의미니? 응? 자리코?'

나리는 그렇게 속으로만 자리코에게 질문을 던졌다.

그때 자리코가 다시 물었다.

"날 영원히 지켜줄 거야?"

나리가 가만히 고개를 끄덕였다.

"그래, 영원히 널 지켜줄게."

자리코의 눈에서 다시 눈물이 흘러내렸다.

"알겠어. 오빠를 믿을게. 날 영원히 지켜줘."

그녀는 그제야 나리의 새끼손가락에 자신의 새끼손가락을 걸었다. 나리의 왼손이 자리코의 왼손을 잡더니 서로 고리를 지어서 연결되어 있는 오른손 위에 올려 덮었다.

그렇게 네 개의 손이 서로 엉킨 채 떨어질 줄 몰랐다. 나리의 심장이 또 쿵쾅거리며 뛰기 시작했고 그에 따라 그의 얼굴도 달아올랐다. 자리코도 발그레한 얼굴로 나리를 올려다보았다. 그러나 이미 날이 너무 어두워져서 서로의 얼굴은 확인할 수 없었다.

잠시 후 나리가 말했다.

"자리코, 조금 더 자. 오빠가 지키고 있을게."

"오빠도 피곤하잖아?"

"나는 괜찮아. 어서 눈 좀 더 붙여."

"고마워. 그럼 조금만 자고 교대해 줄게."

자리코가 등을 보이며 모로 눕자 나리가 그녀의 몸 위에 망토를 덮어주었다. 그리고 밖으로 나가 잔가지를 더 모아다가 바위틈을 보이지 않도록 모두 막았다. 그런 다음 나무 창과 단검을 들고 입구에 앉았다.

밖은 이미 아무것도 보이지 않을 정도로 어두웠다. 달도 없는 하늘에 별들만 헤아릴 수 없이 떠 있었고 어디선가 길게 끄는 짐승의 울음소리가 간간이 들려왔다.

아직 밤 기온은 매우 쌀쌀했다. 이불 대용인 망토를 자리코에게 주고 나서 홑저고리 차림인 나리는 시간이 갈수록 팔에 소름이 돋아났지만 덜덜 떨면서도 참아내고 있었다. 들개족이 아직도 추격하고 있을지 모르기 때문에 불을 피울 수가 없어서 무척 괴로웠지만 그래도 추격자들에게 들키는 것보다는 추운 게 훨씬 오래 사는 길이었다.

잠든 줄 알았던 자리코가 부스스 몸을 돌렸다.

“오빠, 춥지?”

“아… 아니, 괜찮아. 자라니까 왜 안 자?”

“오빠 추울까 봐 걱정돼서 잠이 안 와.”

“거, 거, 걱정 말고 좀 자… 오, 오빠는 추, 춥지 않아.”

자리코가 발딱 몸을 일으켰다.

“거짓말. 떨고 있잖아?”

“으응? 떠, 떨긴 누가 떠… 얼었다고 그래?”

“이빨 부딪치는 소리가 들리는걸.”

“읍.”

나리가 입을 막았다.

자리코가 나리의 팔을 잡아당겼다.

“그러지 말고 이리 와. 내 옆으로… 같이 덮어, 우리.”

“괘, 괘, 괜찮다니까 그, 그러네.”

“오빠 동생인데 뭐 어때? 어서 이리 오라니까.”

“아, 안 돼! 나, 나는.”

나리가 펄쩍 뛰며 몸을 뺐다. 얼굴이 화끈거리고 몸도 후끈 달아오르는 것 같았다. 그러나 몸의 떨림은 긴장함에 따라 더 심해지고 있었다.

당황하는 나리를 보고 잠시 생각에 잠겼던 자리코가 다시 나리의 팔을 세게 당기며 졸랐다.

“어서 이리 와서 자리코 안아줘요. 나 추워서 그래.”

“추, 춥니?”

“응… 자리코는 추워서 잠이 안 와요.”

“그, 그럼 어떡하지? 부, 불을 조금만 피울까?”

"아니, 그러면 들개족한테 들키잖아? 이리 와서 오빠가 안아줘요, 응?"

자리코가 다시 나리를 잡아당겼다. 그러자 몇 번 거절하던 나리가 어쩔 수 없이 그녀에게 다가가서 옆에 몸을 뉘었다.

"팔 이리 줘. 이렇게 나란히 누우면 남자가 팔베개를 해주는 거야."

나리가 가만히 팔을 내밀었고, 자리코가 그의 팔을 끌어당겨 베더니 몸을 동그랗게 웅크리고 품 안으로 쏙 파고들었다. 그리고 나리의 다른 팔을 제 몸 위에 올리고 그 위로 망토를 덮었다.

"오빠가 안아주니까 너무 따뜻해."

"그, 그래?"

나리의 몸은 차갑게 식어 있었다. 그래서 따뜻할 리가 없었다. 오히려 자리코에게서 따뜻한 온기가 전해지면서 나리의 몸이 녹아가고 있었다. 하지만 나리는 너무나 긴장한 나머지 지금 누가 누구를 녹이고 있는지에 대해서 생각하지 못하고 있었다.

'아… 너무 황홀하다!'

난생처음 여자를 안고 잠자리에 누운 나리는 몸을 휘감아오는 듯한 여인의 살 냄새에 정신이 아찔해져 왔다. 몸은 천근만근 무거워서 누우면 곧 잠이 들 만도 한데 어찌 된 일인지 그의 정신은 오히려 점점 또렷이 깨어나고 있었다.

'아… 이거… 어떡하지? 내 몸이 이상해……'

나리는 너무나 따스하고 보드라운 감촉, 그 낯선 느낌에 몸을 부르르 떨었다. 정신을 아찔하게 하는 그녀의 살 냄새에 온몸의 세포가 따로따로 흥분해 깨어나서는 일제히 몸의 한구석으로 정신없이 달려가는 느낌이 들었다. 그리고 주체할 수 없는 제 몸의 변화에 나리는 엉덩이를 뒤로 빼야만 했다. 어느 부분이 그녀에게 닿지 않도록 하기 위해서.

그녀의 몸을 두른 팔, 그 끝에 쥐고 있는 단검이 가늘게 떨리고 있었다.

'내가 떨고 있는 건가? 떨리는 것을 들키면 안 되는데… 이 팔을 풀어야 하는데… 하지만 움직이면 자리코가 눈치 챌 거야… 어떡하면 좋지?'

그러나 그의 생각과는 달리 너무나 지쳐 버린 자리코는 이미 새근새근 잠이 들어버린 후였다. 나리는 그것도 모르고 혼자 오만 가지 상상을 다 하며 진땀을 흘리고 있는 것이었다.

그러는 동안 밤이 점점 깊어갔고 잠시만 눈을 붙였다가 다시 떠난다던 나리는 계획했던 모든 것을 까맣게 잊어버린 채 그 밤을 뜬눈으로 지새고 말았다.

결국 그렇게 밤새도록 고민하고 떨다가 새벽녘이 되어서야 피로에 지쳐 나리도 선잠이 들어버렸다.

이날 새벽도 꼬치는 밖으로 나가기 전에 조심스레 동굴 입구에 기대서 정신을 기울인 채 밖의 소리에 귀를 기울였다. 문틈으로 새어 들어오는 바람에 코를 벌름거리며 냄새를 맡아보기도 했다.

한참을 그렇게 서서 밖의 동정을 살핀 꼬치가 말했다.

"괜찮아. 아무도 없는 것 같아."

그 말에 뒤에 늘어서서 숨을 죽이고 기다리던 다른 사람들이 움직이기 시작했다. 철그럭거리며 창, 칼과 활, 그리고 여러 가지 사냥 도구를 챙긴 이십여 명의 사나이들이 입구를 조금 열고 밖으로 줄지어 나갔다.

모두가 빠져나오자 다시 출입문을 굳게 닫았다. 밖에서 바라본 문은 전보다 훨씬 위장이 잘 되어서 전혀 굴의 입구처럼 보이지 않았다. 그저 바위산의 벽에 풀과 이끼가 잔뜩 덮여 있는 것처럼 보였다.

그 문을 꼼꼼히 살펴보던 꼬치가 말했다.

"됐어. 전혀 눈치 채지 못할 거야."

"휴… 언제까지 이 짓을 하며 숨어 살아야 하는 겁니까?"

"언제까지가 될지 영원히 이 짓을 해야 할지… 아니면 아예 먼 곳으로 이주를 해야 할지도 모르지. 중요한 것은 조금만 실수를 해도 우리의 가족이 모두 죽을 수 있다는 거야. 그러니 너무 투덜대지 말게."

"예."

다른 부하가 말했다.

"족장님, 그 고대 도시인가 뭔가는 언제 찾으러 떠날 생각인가요? 정말 있긴 있는 거죠?"

"글쎄… 그건 나도 잘 몰라. 일단 나리가 아버님의 회답을 가지고 돌아오면 그때 얘기하지."

"그러죠. 무슨 결론을 내든지 해야지, 이거 이대로는 불안해서 못살겠어요. 이렇게 멀리까지 도망을 왔는데 느닷없이 또 터치 때문에 골치를 썩이게 되는군요."

"그렇군… 내가 동생을 잘못 둬서 정말 모두에게 미안하네. 하지만 일단 먹을 것이 떨어졌으니 사냥부터 해야지."

"아, 아닙니다. 꼬치님이 무슨 잘못이 있다고."

꼬치를 포함해 이십여 명의 들개족들은 궁시렁거리며 숲을 향해 들어갔다. 그러면서도 연신 귀와 코를 벌름거리며 주위를 경계하는 것을 잊지 않았다.

들개족들은 그렇게 서쪽으로 걸음을 옮겼고 잠시 후 그들의 모습은 숲 사이로 사라져 보이지 않았다.

한참 시간이 지난 후 동굴에서 서쪽으로 상당히 멀리 떨어진 곳에서 꼬치의 일행이 다시 모습을 나타냈다. 해가 산 위로 고개를 내민 지 얼마 되지도 않았는데 그들의 어깨에는 벌써 몇 마리의 짐승이 걸쳐져 있었다.

길게 횡대를 이룬 채 이동하던 중 한 사람이 허리를 숙이며 무엇인가 주워 들었다.

"뭐야?"

"쉿!"

"……?"

손에 거무죽죽한 무엇인가를 주워 든 사람은 모든 사람에게 신호를 보냈다.

꼬치가 다가가며 속삭였다.

"뭐야? 그게 뭐지?"

다른 들개족들이 주위를 경계하는 가운데 서너 명의 들개족이 그 주위로 모여들었다.

신호를 보냈던 사람이 낮은 목소리로 말했다.

"짐승의 내장입니다. 누군가 내장만 발라내어 버렸어요."

"그렇다면?"

"짐승은 아닙니다. 짐승들은 내장 먼저 먹어버리니까요. 이건 사람이 한 짓입니다."

"음… 그렇군. 상태를 보니 오래되지는 않았는데."

"그래. 이건 몇 시간 되지 않았어. 아직 피도 제대로 굳지 않았군."

꼬치의 일행들은 몸을 잔뜩 숙여 수풀에 몸을 가린 채 머리를 맞대고 수군수군 상의를 했다.

그때 멀리 있던 다른 사람이 수신호를 보내왔다. 그는 오른손으로 벼랑 위의 바위를 가리킨 채 왼손으로 무엇인가 흔적이 있다고 신호를 보내고 있었다.

사람들이 칼을 뽑아 들거나 활을 겨눈 채 소리 죽여 바위 아래로 모여들었다.

"이건… 누군가 벼랑을 기어오른 흔적이군. 상당히 힘들게 올라갔어. 흙이 많이 무너져 있잖아. 좋아. 너, 너, 그리고 너, 위로 올라가서 바위를 살펴봐."

"예."

아래에서 바위를 향해 활을 겨누어 엄호를 하는 가운데 꼬치의 지시에 따라 세 명의 젊은이가 멀찌감치 떨어진 곳으로 벼랑을 타고 올라가기 시작했다. 그들은 익숙한 솜씨로 가파른 벼랑을 기어올랐다. 그리고 바위를 둘러싸자 칼을 뽑아 들고 위와 양 옆에서 서서히 접근했다.

바위틈에는 나뭇가지가 잔뜩 덮여 있어서 안은 보이지 않았다. 바로 옆까지 다가간 한 젊은이가 바위틈을 가리키고 다시 제 코를 가리키며 손으로 사람 모양을 만들어 보였다. 그 안에서 사람 냄새가 난다는 뜻이었다.

고개를 끄덕인 꼬치가 수색 명령을 내렸다. 그러나 공격은 하지 말고 우선 누군가 확인하라는 신호를 보냈다. 그리고 기다란 창을 위로 던졌다. 창은 정확히 바위를 향해 날아갔고 젊은이는 가볍게 그 창을 받아 들었다.

두 사람이 바위를 둘러싼 가운데 나머지 한 사람이 창으로 살며시 나뭇가지를 들춰냈다.

그때였다. 순간적으로 누군가 안쪽에서 창을 잡아당기며 밖의 젊은이를 걸어찼다.

“억!”

차인 젊은 들개족은 외마디 비명을 지르며 데굴데굴 벼랑에서 굴러 떨어졌다.

“이놈!”

동시에 깜짝 놀라 물러섰던 다른 두 젊은이가 칼을 들이대며 달려들었다. 안쪽의 누군가는 만만치 않게 저항을 했고 또 한 젊은이가 아래로 굴러 떨어졌다.

“어억!”

그러자 꼬치가 소리쳤다.

“그만 물러서! 혼자 접근하지 마라!”

꼬치의 명령에 달려들던 나머지 한 젊은이가 뒤로 물러났다.

꼬치가 바위를 향해 외쳤다.

“누구냐? 모습을 드러내라! 어차피 너는 포위가 되었다. 고슴도치가 되고 싶지 않으면 나와라. 저항하지 않으면 죽이지 않는다!”

잠시 정적이 있은 후 안쪽에서도 누군가 소리쳤다.

“쏘지 마세요. 꼬치님 아닙니까?”

“어? 이 목소리는?”

“저 나리예요. 쏘지 마세요.”

꼬치가 황당한 표정으로 소리쳤다.

“나리? 야, 너 왜 거기 있는 거야?”

그제야 안쪽에서 무엇인가 꿈틀거리더니 덮어놓았던 수풀이 걷히며 나리가 모습을 드러냈다.

“아! 난 또 터치의 추격대인 줄 알았잖아요.”

“터치의 추격대라고?”

나리가 완전히 밖으로 나와서 소리쳤다.

"예, 큰일 났어요. 터치가 반란을 일으켰어요. 폐하가 체포되었고요, 비밀 터널도 발각되었습니다."

"뭐, 뭐라고? 아버님이 체포되었어?"

나리는 자신이 아래로 굴려 버린 두 젊은이에게 손을 흔들어 사과를 했다.

"이봐! 미안하게 됐어. 적인 줄 알고 그런 거니 용서해 주게."

두 젊은 들개족은 목이며 허리를 주무르며 손을 흔들었다.

꼬치가 사색이 되어 말했다.

"어서 내려와. 내려와서 자세히 얘기해 봐!"

"예, 잠깐만요."

다시 바위틈으로 고개를 들이민 나리가 누군가를 데리고 나왔다.

"어서 나와. 괜찮아, 꼬치님이야."

"누가 같이 있나?"

"예, 자리코예요."

"자리코? 자리코라면……?"

"퍼쿵 일행 중 한 명인 아가씨 말이에요."

"자리코라면 죽었다고 하지 않았어? 그런데 왜 자리코가 자네와 같이 거기에서 나와?"

"얘기하자면 길어요. 우선 내려갈게요."

나리는 안으로 들여놓았던 밧줄을 늘어뜨리고 자리코를 부축하며 조심스럽게 아래로 내려왔다.

꼬치가 황당하다는 표정으로 물었다.

"도대체 어떻게 된 건가?"

“예, 큰일이 났어요.”

나리는 죽은 줄 알았던 자리코가 터치의 군대에게 납치되어 있었던 얘기부터 그녀를 극적으로 구출해 비밀 터널에 들어갔던 것, 그리고 왕과 만나던 중 터치가 느닷없이 들이닥쳐 가까스로 도망쳐 오게 된 얘기까지 모두 했다. 물론 자리코가 들개족 장교들에게 강간당한 얘기만 빼고 말했다.

얘기를 모두 들은 꼬치는 비통한 표정으로 중얼거렸다.

“그, 그런 일이 있었군. 터치 놈… 드디어 아버지마저 몰아내고 왕이 되려 하는 것인가.”

아직도 자리코는 겁에 질린 표정이었다. 꼬치의 종족을 잘 알고 있기는 했지만 ‘자라에게 놀란 가슴 솥뚜껑을 보고도 놀란다…’고, 들개족에 대해 한번 새겨진 공포심이 그녀를 불안에 떨게 하고 있었다. 때문에 내색을 하지 않으려 애쓰고는 있었지만 그녀의 어깨가 떨려오고 있었다.

그 모습을 본 나리가 자리코의 두 어깨를 살며시 감싸며 망토를 잘 여며주었다. 자리코가 살짝 눈을 들어 나리의 얼굴을 바라봤고 눈이 마주치자 나리가 미소를 지으며 안심을 시켰다.

“괜찮아. 이제 떨지 않아도 돼. 곧 네 일행과 만날 수 있을 거야.”

“응.”

나리가 꼬치에게 물었다.

“혹시 퍼쿵 돌아오지 않았어요?”

“글쎄… 나도 기다리고 있는데 아직 돌아오지 않았네.”

“왜 아직도 돌아오지 않았지? 자리코가 살아 돌아온 것을 알면 모두 기뻐서 난리가 날 텐데.”

꼬치가 자리코에게 물었다.

“그래. 죽은 줄 알고 있으니… 그런데 어쩌다가 터치에게 잡혀갔지?”

“그게…….”

자리코가 머뭇머뭇하며 말을 못하자 나리가 그녀를 제 뒤로 감춰주며 대신 나섰다. 그녀가 또다시 그 악몽을 기억하게 하고 싶지 않아서였다.

“그게 뭐 중요해요? 살아 돌아왔으면 된 거지.”

“하긴.”

“그보다는 앞으로 대책을 생각해야 해요. 꼬치님이 이렇게 살아있다는 것을 조만간 터치가 알게 될지도 모릅니다.”

“큰일이군. 내가 여기서 부족을 이루고 있다는 것을 자네 말고 또 누가 알고 있지?”

“아직은 저와 폐하밖에 모릅니다. 저는 오로지 폐하와만 연락이 닿으니까요. 하지만 폐하가 누구에게 말했을지도 모르는 일이거든요.”

“아버님이?”

“예. 우리 조직에 폐하가 직접 연락하는 비밀 요원이 저 말고도 한두 명 더 있는 걸로 알고 있어요. 직접 터치의 부대 내에 첩자를 심어놓기도 하셨고요. 그래서 어쩌면 폐하가 다른 사람에게 말을 했을 수도 있습니다. 게다가 터치는 고문을 심하게 하기 때문에 만약 잡힌 사람 중 이곳에 대해 알고 있는 자가 있다면 십중팔구는 불게 될 겁니다.”

“어떡해야 할까?”

“상의해 봐야죠. 최악의 경우 부족 전체가 멀리 도망을 가서야 할 겁니다.”

“그렇겠지. 터치와 싸울 힘은 없으니까.”

“그런데 여긴 왜 나오신 겁니까?”

“사냥을 나왔네. 식량이 떨어져서.”

"그래요? 그럼 어서 사냥을 하시죠. 저희도 배가 고파서 죽을 것 같습니다. 좀 얻어먹을 수 있을까요?"

"하하, 며칠 굶은 모양이군. 그럼 먼저 가 있게. 난 곧 고기를 잔뜩 장만해서 돌아갈 테니. 동굴에 가 배를 채우면서 다시 진지하게 얘기해 보자구. 우선 저걸 가지고 가."

꼬치가 커다란 멧돼지 한 마리를 가리키며 덩치 큰 젊은이 한 사람을 붙여주었다.

"자네, 그걸 가지고 나리와 함께 마을로 돌아가게. 우선 저걸로 손님들에게 식사 대접 하라고 말해 줘. 여자와 아이들도 우선 요기를 하도록 하고. 곧 짐승들을 많이 잡아서 돌아갈 테니까."

"예. 그럼 먼저 가 있겠습니다. 조심하십쇼."

"그래."

꼬치는 상당히 심각한 상황인데도 불구하고 그다지 침울해 보이지는 않았다. 그건 다른 들개족들도 마찬가지였다. 모두 평소와 크게 다르지 않은 표정을 짓고 있었다.

젊은 들개족 청년이 멧돼지를 짊어진 채 앞서 걷기 시작했고 그 뒤를 나리와 그에게 바싹 달라붙은 자리코가 따라서 걸었다.

자리코는 계속 움츠리고 떨다가 들개족들이 완전히 시야에서 사라지고 앞선 청년도 좀 거리가 떨어지게 되고 나서야 조그만 소리로 말했다.

"난 무서워서 죽는 줄 알았어. 나쁜 사람들이 우릴 찾아낸 줄 알고."

"나도 깜짝 놀랐어. 어쩌다가 잠이 들어서 말이야. 하하!"

나리가 웃자 자리코가 물었다.

"오빠도 그렇고 저 사람들도 그렇고 왜 그렇게 심각해 보이지 않아? 지금 큰일 난 거 아냐?"

"큰일 났지."

"그런데 다들 허허 웃고 그렇게 고민하는 것 같지 않아?"

나리가 잠깐 생각하더니 대답했다.

"그건… 뭐랄까… 울고 찌푸리고 그런다고 해서 문제가 해결되는
건 아니니까… 나도 잘은 모르는데, 그래서 그런 게 아닐까?"

"그래도 그렇지… 남자들이라 그런가?"

"남자라서? 아니, 그렇지 않아. 여자들도 마찬가지야. 괜히 울고불
고할 이유는 없어."

"하지만 사람은 감정이란 게 있잖아?"

"하긴 인간족들은 참 감정이 복잡하긴 하더라."

"그럼 들개족들은 다르단 말야?"

"내가 자란 마을에는 인간족 여자 노예가 많이 있었어. 가끔 남자
노예도 있었고. 그런데 그 사람들은 참 많이 울었어. 또 조금만 기쁜
일이 생겨도 웃었지. 감정의 표현이 굉장히 과장되다는 느낌을 받곤
했지. 나도 반쪽은 인간족이긴 하지만 말야. 들개족들은 그렇지 않아.
별로 자기 기분을 내색하지 않지. 화가 나도, 슬퍼도, 기쁜 일이 있어
도 다 거기서 거기야. 여자들도 마찬가지야."

자리코가 고개를 갸웃거렸다.

"그래? 참 이상하네."

나리가 앞선 청년에게 소리쳤다.

"어이! 이봐, 좀 도와줄까?"

그러자 덩치 큰 들개족 청년은 뒤를 흘낏 보더니 대답했다.

"괜찮아, 별로 무겁지도 않은데 뭐. 그보다 그 아가씨나 잘 부축해
주라고. 떨고 있잖아?"

"그래. 미안하네. 도와주지 못해서."

나리의 말에 들개족 청년이 씨익 웃으며 손을 흔들더니 빠르게 걸어갔다. 자리코가 무서워하는 것을 느끼고 자리를 피해주는 듯 보였다.

이제 나리는 좀 더 마음 편하게 자리코의 손을 잡고 걷기 시작했다. 혼자 커다란 멧돼지를 지고 가는 청년에게 미안했던 마음을 씻을 수 있었기 때문이었다. 나리는 그녀의 손을 꼭 잡고 이제는 여유가 있어진 동작으로 천천히 걸으며 잔잔한 음성으로 말을 하기 시작했다.

"그러고 보니 나 어릴 적 생각이 나는구나. 우리 어머니는 인간족이었대. 너처럼 들개족에 잡혀온 여자였을 거야. 난 본 적도 없고 기억도 없지만 말야."

자리코는 그가 가엾다는 듯 바라봤다.

"오빠."

"그래, 난 태어나 젖을 뗀 지 얼마 안 되어 버려졌대. 주변의 아줌마들에게 들은 얘기야. 우리 어머니는 노예로 낮에는 죽도록 일만 하고 또 밤에는 이 남자 저 남자에게 정액받이가 되어야 했던 모양이야. 그래서 난 아버지가 누군지도 몰라. 대개 그렇지. 착한 들개족 남자를 만나지 못한 인간족 여자 노예들은 다 그렇게 아버지 없는 아이를 낳아. 누가 씨를 주었는지 모르니까. 나는 그중에서도 불행했지."

인간족 여자 노예의 얘기를 들으며 자리코는 속으로 몸서리를 쳤다. 자신도 며칠 전까지는 그와 똑같은 상황이었기 때문이다. 나리의 얘기를 끊지 않으려고 내색은 하지 않았지만 등줄기에 식은땀이 주르륵 흘렀고 온몸에 소름이 돋는 것이 느껴졌다.

나리의 얘기는 계속되었다.

"다른 혼혈 아이들은 그래도 엄마 품에서 자랄 수 있었지만 난 그마

저도 없었으니까. 겨우 젖을 떼고 나자 엄마가 죽었대. 물론 아버지도 없었고… 그 뒤로 거의 굶어 죽을 뻔한 것을 인간족 여자들이 돌아가며 젖을 먹이고 죽을 먹이고 해서 살려놓았다나 봐. 하지만 그 사람들이 나 같은 고아까지 거둬줄 형편은 아니었지. 너무 불쌍해서 모자란 젖을 조금 나누어 먹였을 뿐, 그것으로 끝이었어. 나는 제일 오래된 기억이 구걸하던 거야. 지금 생각하면 세 살이나 네 살 정도였던 것 같은데 쓰레기통을 뒤져서 먹거나 썩은 음식을 먹었던 것 같아. 그러고도 죽지 않고 용케 살아남았어.”

그의 얘기를 듣는 동안 자리코는 두려움에서 차츰 벗어나 나리의 얘기에 빠져들기 시작했다.

“불쌍해요.”

“불쌍하지? 하지만 잘 생각해 보면 꼭 그렇지만도 않아. 그래도 난 살아남았으니까. 엄마가 있는 아이들도 많이 죽었어. 굶어서 죽고 맞아서 죽고.”

“아이들을 때렸어?”

“그럼. 노예의 사생아, 혼혈아들인데 못 때릴 게 뭐 있어?”

“너무 끔찍해. 어린애들을 때리다니.”

“개중에 아버지를 잘 만난 녀석들은 아주 호강을 하기도 했지. 오히려 들개족 토종 애들보다 나았으니까.”

“어떻게?”

“혼혈 아이들은 머리가 아주 좋았거든. 들개족은 머리가 나쁘지는 않은데 성질이 급하고 좀 단순해서 뭘 진득하게 배우지 못해. 하지만 혼혈 아이들은 그렇지 않았지. 공부를 시키면 공부를, 기술을 가르치면 기술을 끝까지 물고 늘어지는 거야. 너 모르지? 커우의 들개족이 어떻게 그렇게 빨리 인간족의 문명을 받아들일 수 있었는지?"

"어떻게 한 건데?"

"그건 거의 다 혼혈아들이 만든 거야."

"정말?"

"그래. 혼혈아들이 불을 사용하기 시작했고 철을 녹여내는 기술을 배우게 된 거야. 인간족인 엄마가 불을 사용하니까 당연히 불을 무서워하지 않았지. 원래 토종 들개족들은 불을 사용하지 않았대. 지금도 다른 들개족들은 겨우 고기나 구워 먹고 마는 수준인데 뭐."

"그래?"

"응, 다른 들개족들이 우리 부족에게 복종하는 이유가 다 그런 거야. 기술에 너무 차이가 나니까 대적할 수가 없는 거지."

자리코가 고개를 끄덕였다.

이제야 알 것 같았다. 옛날부터 늘 들어오던 얘기였다. 들개족이 인간족의 기술을 한번 보면 흉내를 낸다는 것 말이다. 처음에는 그들이 인간족의 기술을 전혀 따라하지 못하더니 인간족을 납치해 가는 일이 잦아지고 이십 년 정도 지나자 급속도로 발전하기 시작했다고 했다. 그리고 그와 때를 같이하여 들개족 병사에서 좀 더 인간을 닮은 모습이 나타났다는 말도 나왔던 것이다.

자리코가 말했다.

"아, 바로 그런 이유였구나… 처음 태어난 혼혈아들이 자라서 어른이 되었던 시기가 그때였구나."

"그래. 바로 그 시기에 커우의 들개족은 엄청나게 커진 거야. 나도 들은 얘기지만."

"그럼 나리 오빠는 혼자 자랐어?"

“응. 남의 집에서 허드렛일을 해주고 밥을 얻어먹거나 구걸을 하다
가 좀 커서는 사냥을 하고 물고기를 잡아먹었지. 그러다 보니 물에도
익숙해지고 또 혼자 살다 보니까 자유로웠고… 오히려 난 운이 좋은
거야. 어려서는 죽을 고비를 많이 넘겼지만 사람들이 모두 천대하고
멀리하는 까닭에 어디서 구속하는 일도 없었지. 그러다가 어떤 사람들
을 만나게 되었어.”

“누구?”

“푸치 정권과 전쟁에 반대하는 사람들 말야.”

“푸치라면 지금 왕이라는? 며칠 전 오빠와 만났다가 아들에게 배신
당했다는?”

“그래. 그 사람도 젊어서는 터치 못지않았었어. 지금은 반성하고 달
라졌지만. 하지만 그럼 뭐 하니? 이제 끝났는데. 이젠 터치 세상이야.
그놈은 아주 흉악해. 머리도 좋고. 지금 이 마을의 족장인 꼬치님의 동
생이야.”

“응, 들은 적 있어. 그래서 오빠가 이 일을 하게 된 거구나?”

“그래, 칠 년쯤 전의 일이지.”

“오빠는 정말 어린 시절을 힘들게 보냈구나…….”

“그렇다고 할 수도 있고 안 그럴 수도 있고.”

“나도 힘들게 자랐다고 생각했었는데 이젠 생각을 바꿔야겠어. 나리
오빠랑 비교하니까 난 아주 행복하게 자란 거네. 그래도 나에게는 양
아버지도 있었고 친아빠 같은 오빠도 있었으니까.”

얘기하며 걷는 사이에 앞선 들개족과 두 사람은 커다란 언덕 아래에
도착했다.

“다 왔어. 저곳이야.”

"응? 이상한데? 여기가 어디야?"

"동굴 앞이잖아?"

"동굴이 없어졌어. 나 지난 겨울에 이쪽으로 나온 적 있었는데… 그런데 동굴이 저기쯤 있었던 것 같은데 어디로 갔지?"

자리코가 어리둥절해하자 나리가 웃었다.

"하하, 그야 입구를 막아놓았으니까 보이지 않는 거지. 얼마 전에 터치의 원정대가 이 앞을 지나갔거든. 그래서 들키지 않게 완전히 막아버린 거야. 그들에게 들키면 큰일이거든."

"정말 감쪽같이 막아놨네. 전혀 보이지 않아."

"들개족 병사들을 속였을 정도니 너는 절대로 찾을 수 없지. 인간족들은 절대 찾을 수 없어. 냄새를 잘 못 맡으니까."

"들개족이 그렇게 냄새를 잘 맡아?"

"그럼, 귀도 얼마나 밝은데. 너희 인간족과는 비교할 수도 없어."

자리코가 겉으로는 말 않고 속으로 생각했다.

'진짜 개랑 비슷하구나. 그래서 들개족이라고 부르나?'

그러면서 나리의 얼굴을 자세히 들여다보니 토종 들개족과는 차이가 많이 났지만 그 역시 약간 입과 턱이 앞으로 돌출하고 말할 때마다 송곳니가 살짝 보이는 것이 조금은 야만스럽게 생긴 것을 알 수 있었다. 하지만 그럼에도 불구하고 그는 징그럽지 않다는 생각이 들었다. 나리에 대한 좋은 감정 때문인지도 몰랐다.

'…피코도 혼혈이라고 했는데 어째서 피코는 우리와 똑같이 생겼을까? 여자와 남자는 다른 건가?'

자리코가 생각에 잠긴 사이에 앞서 걷던 들개족 청년이 언덕 앞으로 바짝 다가서더니 안을 향해서 뭐라고 소리를 질렀다. 잠시 후 안에서도 무슨 소리가 나는가 싶더니 들개족 청년이 벽에다 대고 잠시 동안 속닥거리며 얘기를 나눴다. 그리고 거짓말처럼 벽이 갈라지며 한 사람이 겨우 통과할 만한 작은 틈이 벌어졌다.

들개족 청년이 나리에게 소리쳤다.

"나리! 어서 와. 이쪽으로!"

"응."

나리가 자리코의 손을 잡고 언덕에서 미끄러지지 않도록 끌어주었다. 그리고 그녀를 먼저 안으로 들여보내고 자신도 몸을 들이밀었다.

"고마워."

안쪽에서 문을 열고 나온 들개족 남자가 자리코에게 인사했다.

"어서 와요. 오랜만이군요. 이렇게 건강하게 살아 있어서 정말 다행입니다."

"예… 고, 고맙습니다."

"자, 어서 이 안쪽으로 들어와요. 문을 닫아야 합니다."

두 사람이 완전히 들어가자 틈새는 다시 닫혔다.

"어서 와요, 아가씨."

"반가워요."

먼저 들어갔던 들개족 청년이 어리둥절한 채 바라보는 들개족 여자들에게 뭔가 얘기하는 것이 보였다. 나리와 자리코가 같이 온 이유에 대해서 설명하는 것 같았다. 그리고 잠시 시간이 지나고 그녀의 눈이 어둠에 익숙해질 무렵 여기저기서 아는 얼굴들이 다가오며 바짝 긴장해 있는 자리코를 반가이 맞아주기 시작했다.

제2장 꼬치의 마을

동굴 안은 생각만큼 어둡지는 않았다. 밖에서는 보이지 않지만 입구를 덮어놓은 나무 덤불 문 사이사이로 꽤 많은 구멍이 있어서 빛이 새어들기 때문이었다.

동굴 안에 어른 남자는 경계를 위해 남겨졌던 두 명과 멧돼지를 가지고 온 청년까지 세 명뿐이었고 나머지는 모두 여자와 아이들이었다.

모여드는 들개족 여자들을 보고 자리코가 몸을 움츠렸다. 아무래도 두려움이 쉽게 사라지지는 않았다.

하지만 그녀의 심정을 아는지 모르는지 들개족 여자들은 계속 몰려와 그녀를 둘러싸고 한마디씩 인사를 했다. 그녀들은 죽었다던 자리코가 살아 돌아온 것을 보고 매우 반가워했다.

"어떻게 된 거예요? 어디에 갔다 왔어요?"

"나리가 지난번에 죽었다고 말해서 얼마나 가슴이 아팠는데요. 정말 잘 돌아왔어요.”

“어머! 이 몰골 좀 봐. 왜 이렇게 말랐어요?”

“정말 몰라보게 말랐군요. 고생이 많았나 봐요.”

“어서 이리로 와요. 우선 식사부터 좀 해야 되겠어요.”

“그래요. 안색이 좋지 않군요. 나리도 이리 오세요. 두 분 다 꼴이
말이 아니에요.”

계속되는 그들의 말에 자리코는 점점 더 움츠러들었다. 그녀가 잔뜩
겁에 질려서 계속 움츠러들고 있자 들개족 여자들이 입을 다물고 걱정
스러운 표정을 지었다. 그러자 나리가 그녀의 어깨를 살며시 잡아주며
속삭였다.

“자리코, 이제 겁내지 않아도 돼. 다 아는 사람들이잖아?”

“응… 그렇지만…….”

“이렇게 모두 네가 돌아온 것을 반가워하고 있잖아. 웃어줘야지.
응? 네가 그렇게 무서워하고 있으면 저 사람들에 대한 실례야.”

“응… 미안해.”

자리코가 비로소 고개를 들어 사람들의 얼굴을 보고 억지로 웃는 표
정을 지어 보였다. 그리고 말했다.

“모두들… 잘 지내셨어요?”

그녀가 처음으로 반응을 보이자 들개족 여자들이 무척 기뻐하며 다
시 떠들어댔다.

“어서 이리로 와서 앉아요. 좀 쉬어야 되겠어요.”

“그래요, 갈아입을 옷을 준비해 둘 테니 어서 식사부터 해요.”

“아니, 식사를 준비할 동안 먼저 목욕부터 하는 게 좋지 않을까?”

“무슨 소리야? 먼저 식사를 하고 그 다음이 목욕이지.”

들개족 여자들은 자리코가 대답할 틈도 없이 제각기 떠들고 있었다.
물론 지금 자리코에게는 일일이 대답할 정신도 없었다.

결국 나리가 모두의 앞에 나서며 자리코 대신 말했다.

"모두 고마워요. 우선 좀 씻을 수 있게 해주시면 좋겠어요. 자리코
의 몸 상태가 그리 좋지 않거든요. 며칠 동안 제대로 잠도 식사도 못했
어요. 신세를 좀 지겠습니다."

나리의 부탁을 들은 들개족 여자들이 분주하게 움직이기 시작했다.
자리코가 목욕을 할 수 있도록 준비를 하는 것이다.

곧 동굴 깊은 구석에 만들어져 있는 방에 목욕할 수 있는 물이 준비
가 되었다. 그리고 여자들이 자리코를 데리러 왔다.

"자, 가요. 목욕부터 해야 하니까. 먼저 자리코 씨부터 하고 그 다음
에 나리도 해요."

"저기."

자리코가 애써 두려운 표정을 감추며 머뭇머뭇 나리를 바라봤다. 혼
자 가기가 무서웠기 때문이었다. 지금 그녀의 눈에는 들개족 여자들도
남자와 마찬가지로 무서워 보였다.

나리가 부드럽게 웃으며 말했다.

"괜찮아. 먼저 갔다 와. 나 여기서 기다리고 있을게."

"오빠… 가, 같이 가면 안 돼? 나… 혼자 가기가……."

그녀의 말을 들은 들개족 여자들이 동시에 왁 웃어댔다.

"어머? 자리코 씨, 어떻게 된 거예요? 목욕을 하러 가는데 남자보고
같이 가자니… 호호호!"

"그러게 말이야. 두 사람 무슨 일이 있었던 거 아냐?"

"어머나~ 그랬구나! 언제 그리되었어요? 깔깔깔!"

"오호홋! 그럼 우린 빠집시다. 어차피 나리도 목욕을 해야 하니까 둘이 같이 하도록 하면 되겠네."

"그래, 그래. 그렇게 하는 게 좋겠어요. 둘이 가서 같이 목욕하도록 해요. 까르르."

여자들이 소란을 피우며 떠들어대자 멀리 출입구에서 밖을 경계하고 있던 세 남자가 소리쳤다.

"이봐, 나리! 드디어 결혼할 여자를 만난 거야?"

"그러게 말야. 이거 축하해 줘야 할 일이군! 하하하!"

"껄껄껄, 이거 경사났구먼."

동굴 안이 삽시간에 웃음바다가 되며 소란스러워졌다.

나리와 자리코는 사람들의 말에 얼굴이 귀밑까지 새빨갛게 물들어서 고개를 푹 숙이고 있었다.

한 여자가 나리에게 말했다.

"아, 뭐 해요? 어서 자리코 씨를 데려가지 않고?"

나리가 떠듬떠듬 변명을 했다.

"저… 그, 그런 사이 아닙니다… 오해하지 마십시오."

자리코의 고개도 더욱 깊이 숙여졌다.

"이게 무슨 말이야? 지금 여자가 저렇게 기다리고 있는데 모른 척할 셈이에요?"

"그러게 말이에요. 이 남자가 당신을 책임지지 않는다는데 어떡하죠, 자리코 씨? 호호호!"

"그냥 우리와 함께 가요. 우리가 안내해 줄게요."

"안 돼! 무슨 소리야? 넌 눈치도 없니? 우린 빠져야지. 깔깔깔."

또 한 번 동굴 안에 웃음이 와 하고 터져 나왔다.

자리코는 그래도 여자들을 따라가지 않고 나리의 소매를 잡았다. 그러자 여자들이 다시 말했다.

"저것 봐, 여자는 애타게 기다리고 있는데 웬 남자가 저렇게 숫기가 없담?"

"이거 이상한데? 나리 씨 혹시 고자 아녀?"

"글쎄 말이야."

"호호호!"

"와하하하!"

사람들의 놀림이 극에 달했다. 그러자 나리도 어쩔 수 없이 더 버티지 못하고 걸음을 옮겼다. 우선 재빨리 그 자리를 빠져나가고 싶었기 때문이다. 그렇게 해서 걸음을 옮기기 시작한 나리의 소매를 자리코가 꽉 붙잡은 채 오리 새끼처럼 졸래졸래 따라 걸어갔고, 그 두 사람의 뒤로 다시 왁자한 웃음소리가 터져 나왔다.

나리가 새빨개진 얼굴로 고개를 푹 숙이고 생각했다.

'으… 이거 창피해서… 이제 어떡하면 좋지? 사냥을 나간 꼬치님이랑 남자들이 돌아와서 이 얘기를 들으면 또 한바탕 난리가 날 텐데.'

잠깐 안쪽으로 걸어 들어가자 밖에서는 보이지 않도록 잘 가려진 방이 몇 개 나왔다. 그리고 그중 한 방 안에 물이 채워진 커다란 물통이 있었다.

나리가 자리코에게 말했다.

"자, 자리코… 먼저 목욕해… 나 여기 밖에서 지키고 있을게."

자리코가 고개를 푹 숙이고 말했다.

"미안해. 나 때문에 놀림감이 되어서… 하지만 나 너무 무서웠어… 그래서… 오빠가 없으면 너무 무서워서."

나리는 그녀의 마음을 이해할 수 있을 것 같았다. 앞으로 시간이 지나면 나아질 테지만 지금 당장은 들개족에 대한 두려움을 벗어버리기 힘들 것이었다.

"괘, 괜찮아. 난 괜찮으니까 신경 쓰지 말고 어서 씻어. 씻고 식사해야지."

"응."

자리코가 뒤로 돌아서더니 나리가 보는 앞에서 주섬주섬 옷을 벗기 시작했다. 그 모습에 나리가 화들짝 놀라며 뒤로 돌아서며 중얼거렸다.

"미… 미안, 자리코. 오빠 저 밖에서 기다릴게."

그러자 자리코가 급히 소리쳤다.

"아, 안 돼! 오빠, 여기 있어줘. 내 옆에서… 멀리 가지 말아줘요. 제발."

언제 달려왔는지 자리코가 밖으로 걸음을 옮기려는 나리의 옷자락을 다시 움켜쥐었다.

나리는 심장이 벌떡벌떡 뛰며 얼굴이 벌겋게 달아올랐다.

"하, 하지만……."

"미안해, 오빠. 제발 여기 있어줘. 뒤돌아 있으면 되잖아… 제발 내가 보이는 곳에 있어줘요."

자리코가 나리의 등을 감싸 안았다. 떨고 있었다. 지금 그녀에게는 수치심보다 두려움이 훨씬 더 큰 문제였던 것이다.

그녀의 살 내음이 다시 나리의 코에 확 끼얹어지자 나리가 침을 꿀꺽 삼키며 말했다.

"아, 알았어. 여기 있을게. 걱정하지 말고 어서 씻어. 오빠 나가지 않을게."

"응."

그제야 자리코가 나리에게서 떨어졌다. 그리고 잠시 후 물소리가 들려오기 시작했다.

찰박찰박.

그 소리에 나리가 다시 침을 꿀꺽 삼켰다.

'그녀가 목욕을 하고 있어… 내 옆에서… 내가 볼 수 있는 곳에서.'

알 수 없는 감정이 밀려들었다. 나리로서는 난생처음 느끼는 감정이었고 말로 표현할 수 없는 느낌이었다. 행복? 행복은 아니고… 그렇다고 싫은 것도 아니고… 아니, 분명히 좋은 감정이었다. 뭔가 알 수 없는 기분 좋은 구속감이 지금 나리의 머리 속, 아니, 가슴속을 가득 채우며 온몸을 감싸고 있었다.

그 느낌에 나리가 몸을 부르르 떨었다.

'뭐지… 이 기분은? 그녀로부터 전달되어 오는 이 아련한 느낌은?'

이 세상에 태어나서 한 번도 느껴본 적 없었던 간절하고도 아련한 흥분이 나리의 몸을 들뜨게 하고 있었다.

그런 상태로 나리는 자리코가 내는 소리를, 물방울 하나가 튀는 소리까지 놓치지 않으려고 신경을 곤두세우며 듣고 있었다.

'…그녀가 나를 바라보고 있을까? 내 뒷모습을 바라보며 목욕을 하고 있을까? 어떤 모습일까? 그녀의 몸은 무슨 색일까? 하얀색일까?'

나리는 침이 바싹바싹 말라왔다.

'…돌아보고 싶다. 한 번… 단 한 번만이라도 그녀의 알몸을 보고 싶다… 아!'

그때였다. 멍한 눈으로 방문 쪽을 향해 있던 나리의 시야에 뭔가 불

쑥 나타났다.

"헛!"

"꺄악!"

나리가 놀라 숨을 내쉬는 것과 동시에 자리코의 비명이 들려왔다.

나리는 순간 펄쩍 뛰며 뒤로 물러났고 자리코는 목욕을 하다 말고 고슴도치처럼 몸을 웅크리며 주저앉았다. 아니, 아예 바닥에 넘어져 버렸다.

"앗, 깜짝이야! 놀라지 말아요. 옷을 가져다 주러 왔어요. 호호호! 자리코 씨, 굉장히 부끄러움을 많이 타나 봐요? 자, 난 이만 물러갑니다. 어서 목욕하고 오세요. 식사 준비 다 되었으니까. 호호호!"

한 들개족 여자가 멍하니 입을 벌리고 서 있는 나리의 가슴팍에 옷을 턱 얹어주고 나서 되돌아갔다.

그녀가 방을 나서고 발소리가 멀어지는 잠시 동안 적막이 흘렀다. 나리도 자리코도 아무 소리도 내지 못하고 그 모양 그대로 문만 바라보고 있었다.

"흑! 흐흑!"

갑자기 자리코가 울음을 터뜨렸다. 그러자 나리가 가슴에 옷을 안은 채 엉거주춤 물었다.

"괘, 괜찮니? 자리코, 겁내지 마. 옷을 가져다 준 것뿐이야. 괜찮아."

"어엉, 엉… 놀랐어요… 무서웠어. 흑흑."

자리코가 서서히 몸을 일으켰다. 그리고 뒤로 돌아선 채 바라보지도 못하는 나리에게 걸어갔다. 그리고 젖은 몸으로 나리를 안았다.

"자, 자리코."

"오빠… 나 어떡하지? 나 너무 무서워. 만나는 사람마다 다 무서워.

나 바보가 되었나 봐. 이제… 흑, 흑.”

“자리코…….”

나리는 제 몸을 안고 흐느끼는 자리코의 떨림을 느끼며 생각에 잠겼다. 이제 아까와 같은 환희의 설레임이 아닌, 그녀가 가엾다는 생각이 나리의 가슴속을 무겁게 눌러왔다.

나리가 가만히 뒤로부터 자신을 감싸 가슴을 덮고 있는 자리코의 작은 손을 잡았다. 그리고 말했다.

“자리코… 괜찮아. 넌 바보가 아니야. 곧 나아질 거야. 조금만 더 시간이 지나면 괜찮아질 거야. 오빠가 꼭 널 지켜준다고 약속했잖아. 오빠 말 안 믿는 거야?”

“흑, 아니… 믿어. 오빠를 믿어. 그런데 순간순간 이렇게 무서워.”

“자, 괜찮아… 그만 울고… 다 씻었어?”

“응.”

“그럼 옷 입자. 자… 여기 수건 있어. 어서 물기 닦고 옷 입어.”

나리가 그녀의 손에 가만히 수건을 쥐어주었다. 그러자 자리코의 손이 살며시 그의 겨드랑이 사이를 빠져나갔다.

수건이 어깨 너머로 되돌아오자 그가 다시 옷을 뒤로 내밀어주고 잠시 기다렸다가 물었다.

“다 입었어?”

“응.”

나리가 돌아섰다. 낡고 더러워진 커다란 들개족 군복을 벗어버리고 여자의 옷을 입은 자리코가 훨씬 깨끗해진 모습으로 서 있었다.

“예쁘구나.”

나리의 말에 자리코가 눈물을 닦더니 배시시 웃었다.

“정말?”

“응. 너무 예뻐.”

“헤헤.”

아랫입술을 살짝 깨물며 수줍은 듯 웃는 자리코의 뺨에 깊은 보조개와 함께 홍조가 떠올랐다. 미소 띤 그녀의 아랫입술 위로 두 개의 하얀 앞니가 귀엽게 얹어져 있었다.

나리는 그녀의 모습에 잠시 아찔해지는 자신을 깨달았다.

‘아… 내가 왜 이러지?’

멍한 표정으로 서 있는 나리에게 자리코가 말했다.

“이제 오빠도 목욕해.”

“나? 나는 괜찮은데.”

“안 돼, 오빠도 너무 더러워졌어. 어서 씻고 옷 갈아입어요. 응?”

“하지만.”

사실 나리 역시 온몸이 땀과 먼지로 범벅이 되어 있어서 씻고 싶은 생각이 간절했다. 하지만 멀뚱멀뚱 바라보는 자리코 앞에서 옷을 벗기가 너무 부끄러워서 망설이고 있는 중이었다.

자리코가 그런 그의 마음을 알겠다는 듯 얼굴을 붉히며 생긋 웃더니 재빨리 돌아섰다.

“안 볼게. 어서 씻어요. 그리고 우리 밥 먹으러 가요. 나 배고프단 말야.”

“그, 그래.”

그녀가 돌아서자 그제야 나리가 머뭇거리며 옷을 벗었다. 생각 같아서는 나가서 기다리라고 말하고 싶었지만 지금 너무나 겁에 질려 있는 그녀를 문밖에 혼자 세워둘 수는 없었다.

“보, 보면 안 돼.”

“후후, 알았어.”

나리가 서둘러 몸에 물을 끼얹으며 씻기 시작했다.

철썩철썩— 쏴아아—

남녀의 씻는 소리는 왠지 좀 다르게 들렸다. 자리코가 찰박찰박인데 비하여 나리는 철썩철썩이었다.

자리코가 물었다.

“다 씻었어?”

“아, 아니! 아직!”

“나 돌아본다~”

“아, 안 돼!”

자리코의 농담에 나리는 얼굴이 벌게져서는 허둥지둥 바가지로 몸의 주요 부위를 가리며 웅크렸다.

나리가 당황하는 소리를 들으며 자리코가 웃어댔다.

“까르르~ 농담이야, 농담! 안 볼 테니 어서 안심하고 씻어요. 호호호.”

농담을 하는 것을 보니 그녀의 기분이 많이 좋아진 모양이었다. 하긴 아까는 옷을 벗고 있었으니 더 무서웠을 것이었다.

나리가 서둘러 목욕을 마무리하고 말했다.

“수, 수건 좀.”

“자요!”

자리코가 뒷걸음질로 다가와서 뒤로 수건을 내밀었다.

나리는 그녀가 돌아볼까 봐 서둘러 몸을 닦고 옷을 받아 입었다. 그리고 옷을 다 입고 나자 비로소 안심이 되어 말했다.

“자, 다 됐다.”

“봐도 돼?”

“응, 이제 봐도 돼.”

깨끗한 옷으로 갈아입은 나리에게 자리코가 손뼉을 치며 말했다.

“와아~ 멋져. 오빠, 다른 사람 같아요!”

“그, 그래?”

“응. 이제 가요. 더러워진 옷은 이리 주고.”

“내가 할게.”

“아니에요, 내가 빨아줄게.”

“자리코는 좀 쉬어야 해.”

“괜찮아. 빨래하고 쉴래. 뭐 힘든 일이라고.”

두 사람은 기분이 한결 좋아져서는 재잘재잘 떠들며 들개족 여자들이 식사를 준비해 놓은 곳으로 걸어갔다. 맛있는 냄새가 풍겨왔고 두 사람은 침을 꿀꺽 삼켰다.

그러나 저만치 사람들이 보이기 시작하자 자리코의 말수가 확연히 줄어들더니 그들의 하는 말이 들리기 시작할 정도로 가까워졌을 때는 완전히 입을 닫았다. 그녀의 표정에서는 다시 두려움이 엿보이기 시작했다.

그러자 나리가 걸음을 멈추고 자리코의 어깨를 두 손으로 잡았다.

“자리코.”

“……?”

자리코는 아무 말 없이 자신을 잡고 있는 나리의 눈을 들여다보았다.

“아직도 무섭니?”

“조금.”

나리가 그녀의 두 손을 포개어 감싸 쥐었다. 그리고 부드럽게 말했다.

“이제 겁내지 마. 저 사람들 좋은 사람들이야. 알고 있잖아? 네가 얼마나 상처를 받았는지 오빠는 잘 알고 있어. 하지만 네가 무서워한다는 것을 알면 저 사람들도 상처받게 될 거야.”

“응.”

“오빠가 한 약속 잊지 마. 내가 꼭 널 지켜줄 거라는 약속 말이야.”

“알고 있어요.”

“우리 자리코가 얼마나 밝고 용기가 있는지 모두에게 보여주자.”

“응.”

그녀가 고개를 살짝 끄덕여 주었다. 그리고 스스로에게 말했다.

‘그래, 저 사람들은 나를 해치지 않아… 좋은 사람들이야… 그리고 나리 오빠가 날 지켜줄 거야. 저 사람들은 모두 좋은 사람들이야… 자리코… 용기를 내야 해.’

스스로에게 다짐을 한 자리코가 나리의 손을 꼭 쥐고 먼저 걸음을 옮겼다.

“가요, 오빠.”

“그래.”

자리코는 걸음을 하나 옮길 때마다 스스로에게 다짐을 했다. 그렇게 한 걸음 한 걸음 들개족에게 가까이 걸어가면서 꼬옥 쥔 나리의 손에 힘을 주었고 그럴수록 점점 더 마음이 편해지는 것을 느꼈다.

들개족 여자들이 손을 꼭 잡고 돌아오는 나리와 자리코를 반기며 소리를 질렀다.

"어머! 새신랑, 새신부가 돌아와요!"

"이야~ 씻겨놓으니까 사람이 확 달라 보이는데?"

"어쩜 저렇게 둘이 손을 꼭 붙잡고 오다니! 부러워라~ 호호호!"

"아예 결혼식을 올리는 게 어때?"

"어머, 벌써 올렸겠지. 아무럼 처녀 총각이 저렇게 대놓고 손잡고 다니겠어?"

"오호호!"

"깔깔깔~"

"걀걀걀~!"

"갸르르륵~"

오랜만에 재미있는 구경을 하게 된 들개족 여자들은 모두 박수를 치며 즐거워했다.

자리코는 부끄러워 얼른 손을 놓았다. 그리고 용기를 내어 사람들에게 말했다.

"아까는 죄송했어요. 제가 너무 긴장해서……."

그러나 들개족 아줌마들은 그런 것에는 전혀 아랑곳하지 않았다는 듯 자리코의 등을 토닥이며 떠들었다.

"아녀, 아녀~ 그런 거 신경 쓸 거 하나도 없어. 겁이 없으면 그게 남자지 여잔가?"

"그려, 어서 이리로 와서 밥이나 먹어. 한 상 잘 차려놨응게."

"어여 신랑도 이리 와 앉아. 새신부를 혼자 밥 먹게 할 참이여?"

과장되게 사투리를 써대며 말하는 여자들을 보고 다른 사람들이 웃음을 터뜨렸다.

"오호호! 그 사투리는 도대체 뭐야? 어느 부족 말이야?"

“깔깔깔!”

뭐가 그렇게 신이 나는지 들개족 여자들은 잔뜩 들떠서 난리였고, 자리코와 나리는 그들의 유난히 과장된 것처럼 보이는 환영을 어리둥절해하며 그녀들이 차려준 식사를 맛있게 얻어먹었다. 그리고 자리코와 나리의 지저분한 빨래는 두 사람이 식사를 하는 사이에 다른 여자들이 어느새 다 해서 널어놓았고 두 남녀는 사냥에 나간 남자들이 돌아올 때까지 포근하게 마련된 잠자리에서 오랫동안 낮잠을 잘 수 있었다.

들개족 여자들은 나리가 부끄러워하는데도 아랑곳하지 않고 굳이 요란을 떨며 두 사람을 한 방에 집어넣었다. 이날 잠자리에서도 전혀 떨어지지 않으려는 자리코의 고집에 의해 나리는 또 그녀에게 팔베개를 해주어야 했다.

물론 꼭 그녀의 고집에 의해 억지로 한 것만은 아니었지만…….

나리는 다시 한 번 그녀의 향기에 가슴을 두근거리며 몸을 떨어야 했지만 그래도 한번 해본 경험이 있어서인지 처음처럼 어색하고 말도 못할 정도로 떨리지는 않았다.

자리코에게 팔베개를 해준 채 나리가 말했다.

“조금 이상한데?”

나리의 가슴팍에 머리를 묻고 그의 옷깃을 꼭 쥐고 있던 자리코가 물었다.

“뭐가요?”

“저 아줌마들 말야. 왜 저렇게 흥분해서 난리인지 모르겠어. 저런 모습 한 번도 본 적이 없는데… 무슨 일이 있는 걸까?”

“어떤 모습?”

"저렇게 신이 나서 떠들고 웃고 하는 거 말야. 들개족 여자들은 거
의 저러는 일이 없거든."

자리코가 잠시 생각하더니 말했다.

"음… 여긴 터치의 마을이 아니잖아요. 그래서 다른 거 아냐?"

"내가 이 마을을 드나든 게 벌써 여섯 번째인데 저런 모습은 처음 봤
어."

"그래요?"

"응."

자리코는 이번에도 나리의 다른 팔을 끌어다가 자신의 몸 위에 얹었
다. 그래야 안심이 되는 모양이었다. 그리고 말했다.

"좀 잘래요. 오빠도 자요."

"응."

"나 혼자… 두고… 어디 가면 안 돼요."

자리코가 졸기 시작하더니 잠꼬대하듯 말했다. 그리고 긴장이 풀린
두 사람은 갑자기 엄습해 오는 피로감을 이기지 못하고 금방 잠이 들
어버렸다.

훨씬 나중에 알게 된 일이지만 들개족 여자들이 그렇게 들뜬 것처럼
보였던 것은 그녀들이 일부러 과장되게 행동을 했기 때문이었다.

들개족 여자들은 죽었다던 자리코가 느닷없이 커다란 남자의 옷을
입은 채 지나치게 초췌한 몰골로 돌아온 데다가 엄청나게 겁에 질려
있는 것을 보고 일단 뭔가 사연이 있다고 생각을 했었다. 그러던 중 멧
돼지를 둘러메고 같이 들어온 들개족 청년으로부터 그녀가 터치의 군
대에게 잡혀 있다가 나리에 의해 구출되었다는 얘기를 들었던 것이다.

꼬치의 부족 사람들은 예전에 푸치나 터치가 인간족 여자들을 잡아다가 어떤 짓을 했는지 잘 알고 있었다. 그래서 말은 하지 않았지만 자리코도 똑같은 일을 당했으리라는 걸 쉽게 짐작할 수 있었다.

물론 그 끔찍한 일을 물어서 그녀로 하여금 다시 일깨우게 할 생각은 전혀 없었다. 다만 그녀가 다른 생각은 전혀 하지 못하도록, 그리고어서 새로운 생활에 적응하도록 만들어주기 위해서 일부러 분위기를 띄웠던 것이다.

훨씬 시간이 지나고 나서야 평소에는 별로 감정 표현을 하지 않는 들개족 여자들이 그렇게 단체로 오버 연기를 할 정도로 신경을 써서 자신을 감싸주었다는 사실을 알게 된 자리코는 눈물이 나도록 고맙다는 생각이 들었다. 그런 그들을 무조건 들개족이라는 이유만으로 두렵다고 생각하던 자신이 너무나 한심해서 그녀들에게 더욱 미안하고 고맙다는 생각이 들었다.

며칠이 지나자 자리코는 훨씬 상태가 좋아졌다. 이제 나리가 없어도 들개족 여자들과 함께 곧잘 얘기도 하고 일도 거들어줄 정도로 회복이 되어 있었다.

이날도 나리는 자리코를 여자들에게 맡겨놓은 채 꼬치와 단둘이 밀실에서 소리를 죽여가며 얘기하고 있었다. 조금 있다가 마을 남자들이 모두 모여서 회의를 할 예정이었는데 그전에 미리 두 사람만 먼저 만나서 이런저런 의논을 하는 중이었다.

꼬치가 나리에게 물었다.

"나리, 이제 어떡하면 좋겠나? 이렇게 마냥 숨어서 기다릴 수만은 없는데."

“글쎄요. 저도 그것 때문에 계속 고민하는 중인데 도무지 뾰족한 수가 없군요.”

“자네의 그 조직이란 것은 대체 어떤 것인가?”

나리가 잠시 생각하더니 입을 열었다.

“원칙적으로 그건 비밀에 속하는 것이지만 이제 더 숨길 필요가 없을 것 같군요. 어차피 꼬치님과 저는 한 배를 타야 하니까.”

“그래, 뭘 알아야 나도 그에 맞도록 결정을 할 수가 있을 것 같네.”

“하지만 만일의 경우를 대비해서 미리 주의 사항을 말씀드리겠습니다.”

“주의 사항? 그게 뭔가?”

나리가 방문을 살짝 열고 밖을 내다보며 말했다. 밖에 모여 있는 남자들은 나이가 많은 순서로 모두 열 명이었다. 나머지 남자들은 동굴에서 가까운 곳에 세워둔 초소, 그리고 동굴 입구에서 경계를 서고 있었다.

가까이에 아무도 없다는 것을 확인한 나리가 자리로 돌아와서 말했다.

“먼저 우리 조직은 거의 알려져 있지 않습니다. 그러니 앞으로도 절대 입 밖에 내지 말아주셨으면 합니다.”

꼬치가 물었다.

“그러면 우리 부족의 사람들에게도 말하지 말라는 말이군?”

나리가 무슨 조직에 속해 있다는 것은 꼬치밖에 모르는 일이었다. 언젠가 나리로부터 비밀을 당부받았기 때문에 아직 자기 부족에게도 얘기하지 않았던 것이다.

“예, 당분간은 그렇게 해주시면 좋겠는데요.”

꼬치가 고개를 끄덕였다.

"알겠네. 그렇게 하지. 그런데 대체 무슨 조직인가? 입 밖에 내면 안 된다니 비밀 조직인 모양이지?"

"그렇습니다. 비밀 결사입니다. 워낙 은밀하게 활동하기 때문에 지금까지 저 혼자서 행동해 왔지요. 하지만 백여 개나 되는 들개 부족에서 각각 서너 명 정도씩 조직에 관여되어 있기 때문에 총조직원의 수는 수백 명에 이릅니다."

"그렇게 큰가?"

"전부 합치면 그렇지요. 하지만 비밀 유지가 아주 중요하기 때문에 서로의 얼굴은 물론 이름이나 하는 일도 거의 모릅니다."

"그러면 어떻게 서로 같은 조직이라고 할 수 있지? 연락도 되지 않을 텐데."

"일단 연락을 취하기 시작하면 순식간에 모두에게 연결이 됩니다."

나리의 말에 꼬치가 고개를 갸웃거렸다.

"서로 얼굴도 이름도 모른다면서 어떻게 그럴 수가 있어?"

나리가 고개를 저었다.

"서로 얼굴을 모르는 건 각자 연락하는 사람을 한두 명으로 제한하고 있기 때문입니다. 심지어 서로 연락을 할 때조차도 얼굴을 서로 마주치지 않거든요. 미리 약속한 장소에 쪽지나 암호 표시를 해서 연락을 주고받으니까요. 바로 점조직이라는 겁니다. 하지만 가까운 곳에 연락 장소를 두고 수시로 확인을 하기 때문에 생각보다 빠르게 연결이 됩니다. 게다가 점조직은 비밀 유지가 거의 완벽하다는 장점이 있지요. 한두 명 잡혀봐야 그들이 자살을 하고 나면 그 이상의 연락선을 캐내기가 거의 불가능하니까요. 어쩌다가 배신자가 나와도 마찬가지고요."

"호오… 대단하군. 그런 방법이 있었다니."

꼬치가 놀라운 듯 탄성을 지르며 고개를 끄덕였다.

나리가 말을 이었다.

"제가 이렇게 조직의 비밀을 말해 드리는 것은 우선 꼬치님과 이 부족을 믿고 있기 때문입니다. 오랫동안 이 부족을 관찰한 결과 꼬치님이 배신할 리도 없고 터치에게 가담할 리도 없다는 확신이 들었습니다. 죄송한 말씀이지만 저는 조직을 지키기 위해서 부득이 조심을 하는 수밖에 없었습니다."

꼬치가 고개를 끄덕였다.

"그래, 나도 그 마음은 이해한다. 조직의 안전을 생각해야 할 테니."

"예. 이해해 주셔서 감사합니다. 사실 저는 저희 조직에 대해서 푸치 폐하께도 말씀을 드리지 않았습니다. 다른 조직원에 의해서 폐하가 이미 알고 있는지 아닌지는 잘 모르겠습니다. 하지만 저하고 조직에 대한 얘기는 나눈 적이 없습니다."

"그랬었군. 어쨌든 나와 우리 부족은 절대 터치에게 굽히거나 돌아갈 생각이 없어. 어차피 우리가 투항을 한다고 해도 터치가 살려두지는 않을 거야. 상대가 다른 사람도 아닌 나니까 말이야. 그러니 안심하고 앞으로의 일을 상의해도 좋아. 도움이 될지 누가 아나? 게다가 아버님이 터치에게 체포되고 정권이 찬탈되었다면 앞으로의 사태는 볼 것도 없이 걷잡을 수 없는 전쟁으로 치달을 테니까."

나리가 결심한 듯 입을 열었다.

"그렇죠. 그럼 우선 우리 조직의 목적에 대해서 말씀드리겠습니다."

꼬치가 진지한 표정으로 나리의 눈을 주시했다. 그로서도 나리의 진짜 정체나 목적이 궁금하지 않을 수 없었다.

"그래, 목적이 뭔가?"

"목적은 단 하나입니다. 푸치 정권, 아니, 이제는 터치 정권이라고 해야겠죠. 그것을 깨고 모든 들개족이 각자의 독립 생활로 돌아가게 하는 겁니다."

"독립?"

"예, 이미 잘 알고 계시겠지만 몇십 년 전 커우 시절부터 당시 군권을 장악했던 푸치 장군님은 인간족을 공격함과 동시에 주변에 흩어져 생활해 오던 들개족들을 정벌해서 통합하기 시작했습니다. 그 때문에 각 종족들은 본의 아니게 각자의 평화로운 생활을 잃어버리고 그들의 전쟁을 위해 종족의 젊은이들과 각종 물자를 상납해야 했죠. 심지어 반대하는 부족의 족장들이 처참히 살해당하는 일도 빈번히 일어났습니다. 그럼에도 불구하고 힘에 밀려서 어쩌지 못하고 지금까지 살아오고 있습니다."

꼬치가 고개를 끄덕였다.

그는 나리가 하는 말이 무엇인지는 잘 알고 있었다. 불과 오 년 전 이곳으로 쫓겨오기 전까지만 해도 자신이 푸치의 한 부대를 맡고 있는 장군으로서 주력의 위치를 차지하고 있었던 것이다. 물론 꼬치의 군대는 그런 잔인하고 맹목적인 푸치의 정책에 반대하고는 있었으나 그 역시 상부의 명령을 따라야 하는 군인일 뿐이었다.

나리의 말이 계속되었다.

"우리 조직은 그런 상태로부터 벗어나 각자가 본연의 생활로 돌아가기를 원하는 공통의 목적을 가지고 만들어졌습니다. 때문에 어떻게 보면 조직이면서 조직이 아니기도 하죠. 이 목적만 달성되면 누가 앞장서 해체하지 않더라도 저절로 사라지게 될 테니까요. 어쨌든 우리 조직에서는 그 목적을 이루기 위해서 터치를 없애는 것을 가장 시급한 사안으로 정했습니다."

꼬치가 말했다.

"그런 목적이었나? 그렇다면 우리와 다를 게 없는 것 같군. 우리 역시 터치나 그 추종자들을 벗어나 평화롭게 사는 것을 원하고 있으니까 말야."

"물론이죠. 그건 다른 대부분의 들개족이 공통적으로 가지고 있는 생각입니다. 모두의 생각이라고 할 수 있죠. 그렇기 때문에 힘이 없어서 앞으로 나서지 못하고 있을 뿐, 대부분의 들개족들이 사실상 터치의 반대 세력이라고 해도 과언이 아닙니다."

꼬치가 나리의 어깨를 두드리며 말했다.

"잘 알겠네. 자네의 조직에 관해서는 내가 죽을 때까지 가슴속에 묻고 가지. 또 다른 주의 사항은?"

"없습니다. 조직에 관한 비밀만 지키면 그만입니다."

"좋아. 그럼 나가지. 모두들 기다리고 있을 거야."

"예."

두 사람은 일어나서 방문을 열고 나갔다. 저만치 들개족 남자들이 모여 앉아 있었다.

꼬치와 나리가 다가오는 것을 보자 사람들이 일어섰다.

"족장님, 상의할 것이 있다면서요?"

"그래. 앞으로 어떻게 해야 할지 모두가 머리를 맞대고 얘기를 좀 해보세."

"그러… 지요 뭐."

사람들의 반응이 그리 신통치는 않았다. 이미 나리가 오던 그날로부터 모두 모여서 몇 차례나 상의한 바가 있었지만 별 뾰족한 수를 찾아내지는 못했기 때문이었다. 거의 매일같이 시간이 날 때마다 모여서 상의를 해보는 것인데 항상 걱정만 하다가 흐지부지 끝나다 보니 이제는 회의 자체에 별 기대를 하지 못하게 되어버린 상태였다.

나리가 말했다.

"너무 그렇게 실망하지 마십시오. 반드시 살아 나갈 방법이 있을 겁니다."

한 사람이 대답했다.

"그래, 그래야지. 어차피 이렇게 앉아서 터치가 쳐들어오기만 기다리고 있을 수도 없는 일이니."

다른 사람이 말했다.

"고대 도시에 대해서는 어떻게 할 생각인가요? 그것을 찾아야 한다고 했잖아요?"

모두의 시선이 꼬치와 나리에게 모아졌다.

"글쎄요… 그것에 대한 얘기는 딱히 드릴 말씀이 없습니다. 아직 그 실체에 대해서 알려진 것이 하나도 없으니까."

"실제로 있기나 한 건가?"

"그것도 잘 몰라요. 지금 인간족이 그것을 찾아내려고 혈안이 되어 있고, 터치의 원정대도 마찬가지로 그것을 먼저 차지하려고 인간족을 따라다니며 감시하고 있습니다만… 그들 역시 아직 실마리를 잡지 못하고 있다고 합니다."

"그래?"

"예. 그래서 요즘에 와서는 인간족 내에서 고대 도시가 실제로 있는 것이 아니라 전설에 불과한 것이 아니냐는 의견까지 나오고 있으니까 요."

"그럼 거기에도 큰 기대를 걸 수는 없겠구먼."

"쯧쯧."

모든 사람들의 표정에서 실망감이 살짝 번졌다.

꼬치가 침울해지려는 분위기를 바로잡으려는 듯 웃으며 말했다.

"자, 힘들 내게. 아직 그렇게 절망적인 것은 아니니까. 아직 터치가 본격적으로 움직이는 것도 아니고, 우리의 위치도 알아내지 못했을 거야. 그러니까 이렇게 대책을 의논하고 있는 것 아닌가?"

"그렇지만 우리의 힘으로 터치와 대적할 수는 없는 것 아닙니까? 그건 부정할 수 없어요."

"물론 나도 알아. 인정하네. 그렇다고 우리가 실망만 하고 있으면 우리만 믿고 있는 여자와 아이들은 어떻게 하나? 우리가 저들을 지켜 줘야지."

꼬치의 말을 듣고 사람들이 여기저기서 기운을 차리기 시작했다.

"그래요. 힘을 냅시다. 뭔가 방법이 있을 거예요."

"맞아. 우린 쉽게 죽지 않을 거야. 여태까지도 잘 살아왔는걸."

"그래, 지난번에도 죽지 않고 무사히 빠져나왔잖아?"

나리가 말했다.

"맞는 말입니다. 희망이 아주 없는 것은 아니에요. 여러분 혹시 들개족이 모두 몇 개나 되는지 알고 있습니까?"

사람들이 서로의 얼굴을 바라보며 웅성거렸다. 이들은 모두 푸치의 성에서 꼬치의 부하로 있던 군인들이었으므로 한동안 들개족 통합 원정을 다녔던 적이 있었기 때문에 대충은 알고 있었다.

“글쎄, 한 오륙십 개 정도 되지 않나?”

나리가 미소를 지었다.

“인구 삼백 명 이상의 큰 부족은 그 정도 되죠. 하지만 여기 이 부족 정도 되는 작은 부족들까지 합치면 총 백여 개가 넘어요. 그들 모두 대부분 터치의 압제를 받고 있지만 그래도 아주 절망적으로 생각하지는 않는답니다.”

한 사람이 손을 들더니 나리에게 물었다.

“다른 부족들은 터치에 대해서 어떻게 생각하고 있나?”

“대부분의 부족이 반대를 하고 있어요. 모두가 독립을 원하고 있죠. 사실 터치가 좋아서 시키는 대로 하는 부족은 하나도 없다고 봐도 됩니다.”

사람들의 표정이 조금 밝아졌다.

“그렇다면 희망이 전혀 없는 것은 아니군.”

“그렇습니다.”

“그럼 앞으로 어떻게 하면 좋을까?”

“터치를 암살하면 어떨까?”

“그게 가능할까?”

중구난방으로 떠드는 사람들의 말을 가만히 듣던 나리가 힘없이 입을 열었다.

“글쎄요. 그를 암살한다고 해도 터치 정권을 무너뜨리기가 생각만큼 쉬운 것은 아니거든요. 그의 군대는 굉장히 체계가 잘 잡혀 있고 조직도 상당히 견고합니다. 게다가 그의 추종자들도 그 못지않게 신념이 강해요. 단순히 터치 하나 죽는다고 힘없이 무너질 그런 약한 조직은 아닙니다.”

꼬치가 심각하게 생각에 잠겼다.

이 부족의 성인 남자들이라고 하면 전체 다 통틀어봐야 열여덟 명 남짓 되었다. 부족 전체의 인구가 육십 명이 조금 넘었고 그중 칠십 퍼센트가 여자와 아이들이니 대책을 세운다고 해봐야 싸움과는 거리가 먼 생각을 할 뿐이었다. 현재 몇천 명이나 될 터치의 대군과 싸움을 벌인다는 것은 상상도 할 수 없었다.

한 사람이 손을 들고 말했다.

"대부분의 들개족이 터치에게 반대를 하고 있다면 의외로 쉬운 문제가 아닐까요? 모두 힘을 합하면 그깟 몇천 명밖에 안 되는 터치의 군대 정도는 쉽게 무너뜨릴 수 있을 텐데."

나리가 고개를 저었다.

"저희도 그 생각을 해보지 않은 것이 아닙니다. 하지만 쉬운 문제가 아닙니다. 여기저기 흩어져 있는 수많은 부족들을 한 번에 움직이기도 쉽지가 않고, 또 워낙에 외부 일에 관심이 없이 조용히 살아가는 원시부족들이라 서로 협조도 잘되지 않아서 번번이 실패했어요. 현재로써 수천 명 이상이나 되는 사람들을 조직화하고 획일적으로 다룰 수 있는 부족은 딱 둘뿐입니다."

"그게 어디어디인가?"

나리가 가만히 좌중을 둘러보더니 입을 열었다.

"하나는 터치의 들개족이고, 다른 하나는 인간족입니다."

"인간족?"

"우……."

여기저기서 웅성대는 소리가 들려왔다.

"예, 그렇습니다. 여러분은 왕년에 터치의 부대였기 때문에 인간족과 전투를 많이 해보았을 겁니다. 물론 인간족은 들개족에게 완전히 패해서 쫓겨갔죠. 거의 멸망하다시피 해서요. 혹시 그 뒤로 인간족의 소식에 대해서 자세히 알고 있는 분 있습니까?"

꼬치와 부족 사람들이 서로의 얼굴을 바라보았다. 그러나 나서는 사람은 없었다.

꼬치가 대표로 입을 열었다.

"사실 이십 년 전 전쟁 당시에 하커 장군님이 그들의 도주로를 열어주었다는 것은 알고 있었네. 하지만 그 이후로 인간족의 소식은 들어보지 못했지. 얼마 전에 퍼쿵에게 인간족이 여기서 얼마 떨어지지 않은 곳에 새로운 성을 짓고 자리를 잡았다는 말을 들었을 뿐, 규모나 세력에 대해서는 모르네. 퍼쿵이 그런 얘기는 해주지 않았어."

나리가 고개를 끄덕이더니 말했다.

"그렇군요. 하긴… 이십 년 동안 서로 한 번도 접한 적이 없었으니까요."

나리는 궁금한 얼굴로 주목하는 사람들의 얼굴을 하나씩 돌아가며 바라보았다.

"지금 인간족은 이곳에서 동쪽으로 이틀 정도 되는 거리의 강가에 전보다 훨씬 크고 튼튼한 성을 지어놓고 살고 있습니다. 인구는 천 명이 조금 넘고요. 옛날 바닷가에 살 때의 반도 안 되는 숫자죠. 그래도 주변 종족들과 무역을 통해서 평화롭게 살고 있어요. 그 주변에는 인간족을 무너뜨릴 만큼 강한 종족도 없지만 어쨌든 그들이 만든 무역이라는 제도가 다른 종족들을 잘 융화시켰죠."

"무역이라면 물물 교환을 말하는 것인가?"

"예. 물물 교환뿐 아니라 오래전부터 화폐를 만들어 물물 교환 대신

통용시키고 있습니다."

"화폐? 그게 뭐지?"

"그건 정련시킨 금이나 은을 가지고 무게에 따라 일정한 가치를 정해놓은 겁니다."

사람들이 웅성거렸다. 무슨 말인지 잘 알아듣지 못하고 있었다. 그러자 나리가 자신의 단검을 들어 보이며 설명했다.

"예를 들어서 여기 이 칼을 가지고 싶으면 짐승의 가죽 요만큼이, 또는 토끼 한 마리 분량의 고기가 있어야 한다고 칠 때, 이 세 물건의 가치는 똑같다고 할 수 있죠?"

"그렇지."

나리가 이번에는 작은 돌멩이를 집어 들었다.

"그런데 인간족은 요만한 크기의 은에다가 이 세 물건과 같은 가치를 부여해 놓은 겁니다. 그러면 누구나 요만한 은을 가지고 있으면 이 칼과도 바꿀 수가 있고 이만한 가죽도, 그리고 한 마리의 토끼 고기와도 바꿀 수가 있다는 것이죠."

"오오!"

"그거 대단히 편리한 생각이군."

다시 여기저기서 웅성거리는 소리가 튀어나왔다.

나리가 다시 말했다.

"그렇게 해서 인간족들은 누구나 자신이 필요한 물건을 바꾸기 위해서 상대가 필요한 물건을 일일이 알아내어 구하러 다니지 않아도 되도록 만들어놓은 겁니다. 은만 가지고 있으면 그 양에 따라서 같은 가치의 다른 무엇과도 바꿀 수 있도록 말이에요. 아주 편리하죠."

모두가 신기해하고 있었다. 그러자 나리가 덧붙였다.

"몇 년 전에 이곳으로 오셔서 아직 모르고 계셨군요. 지금은 터치의 성에서도 이와 비슷한 제도가 생겼습니다."

꼬치가 놀라며 물었다.

"뭐야? 터치도 화폐라는 것을 사용한다고?"

"예. 한 이삼 년 되었어요. 은은 아니지만 비슷한 용도로 쓰이는 물건이 생겼거든요. 돈이라고 불러요."

"터치가 그걸 생각해 냈나?"

"아닙니다. 실은 인간족의 마을을 살펴본 후 제가 전한 겁니다. 들개족들은 은을 별로 쓰지 않기 때문에 제가 강철 막대를 가지고 다니며 필요한 물건들을 바꾸기 시작했거든요. 그 막대는 그냥 날을 갈기만 하면 칼이 되도록 미리 모양을 일정하게 만들어놓은 거였어요. 의외로 반응이 좋았죠. 모두가 필요할 때 갈아서 원하는 모양의 칼을 만들 수 있었으니까요. 때문에 그 뒤로는 사람들이 너나없이 그것을 사용하기 시작했죠. 지금은 그것 외에 가치가 좀 적은 화살촉 같은 것도 통화가 되고 있어요. 무엇보다 돈이라는 것은 지니고 다니기가 쉽거든요."

얘기가 한참 빗나간 것을 깨달은 나리가 자세를 고쳐 앉으며 하던 얘기로 돌아갔다.

"어쨌든 인간족은 그만큼 기술이 발달해 있어요. 물건을 만드는 것도 주변 종족은 도저히 흉내를 낼 수가 없죠. 옛날 서쪽 바다에 살 때도 처음에는 들개족보다 훨씬 강한 종족이었다지 않습니까? 그러다가 작년 여름에 세력을 넓히려는 터치의 원정대와 만나 서로 싸우는 바람에 악연이 다시 이어진 겁니다."

"그랬군. 만일 만나지 않았더라면 싸울 일은 없었을 텐데."

"그렇겠죠. 그러니까 터치가 문제인 겁니다. 그는 지금 인간족뿐 아니라 온 세상을 다 자기 손안에 넣겠다는 생각을 하고 있으니 어차피 인간족이 아니라 어느 종족을 만나도 싸움을 벌일 겁니다."

그 얘기를 이미 알고 있는 꼬치를 제외한 다른 사람들이 다시 웅성거렸다.

"뭐야, 뭐야? 뭐래?"

"온 세상을 다 먹겠대?"

"그놈 미친 거 아냐?"

"그게 말이나 되는 소리야? 제정신이 아니군."

떠드는 사람들에게 손을 들어 진정시킨 후 나리가 다시 말했다.

"지금 인간족 역시 터치의 군대와 싸울 힘이 없어요. 그들은 이십 년 전의 운명을 다시 맞게 될 겁니다."

꼬치가 물었다.

"하지만 지난 가을의 전쟁에서는 터치를 이겼다고 하지 않았나?"

"그야… 무슨 신무기를 사용했다고 하던데… 그래도 겨우 인구 천 명밖에 안 되는 인간족이 몇천이나 되는 터치의 군대를 어떻게 다 상대해요? 싸울 수 있는 인간족 남자들이라고 해도 기껏해야 오백 명도 되지 않을 텐데요. 게다가 터치의 원정대가 인간족의 신무기에 대해서 면밀히 조사하고 있으니 곧 정체가 드러날 겁니다."

"하긴 들개족 한 명이면 인간족 몇 명은 거뜬히 죽일 수 있으니까 상대가 되지 않을 테지."

꼬치가 한숨을 내쉬며 말했다.

"휴~ 그럼 어차피 인간족도 또다시 멀리 도망을 가거나 죽게 될 운명이군."

“그렇다고 할 수 있죠. 그걸 막아보겠다고 지금 고대 도시를 찾으러 다니는 모양인데 그게 여의치가 않아요. 가능성이 별로 없다고 봐야죠.”

모든 사람이 입을 다물었다. 대책이 없으니 할 말도 없었던 것이다.

한 사람이 나리에게 물었다.

“그럼 어떻게 하면 좋단 말인가? 우리가 회의를 한다고 해서 뾰족한 수가 나오는 것도 아닌데.”

다른 사람이 꼬치에게 말했다.

“어차피 이길 수 없는 싸움이라면 아예 포기하고 더 멀리 이주를 하는 것이 낫지 않겠습니까? 이렇게 대책도 없이 기다리다가 진짜로 터치의 군대와 맞닥뜨리기 전에요.”

“그래요. 그게 좋을 것 같아요.”

“제 생각도 그렇습니다. 족장님 생각은 뭔지 궁금합니다.”

대부분 사람들이 같은 생각을 하는 것 같았다. 늦기 전에 멀리 도망을 가자는 말이었다.

꼬치가 잠시 생각을 하더니 말했다.

“정 방법이 없으면 그렇게라도 해야지. 하지만.”

하지만이라는 말에 모두가 의아해서 꼬치를 바라봤다.

“어디로 간단 말인가?”

“어디든 멀리요. 터치가 쫓아올 수 없는 곳으로 말입니다.”

“그런 곳이 있을까? 터치가 계속 세력을 넓힌다면 언젠가는 만나야 할 텐데?”

또 다른 사람이 꼬치의 편을 들며 얘기했다.

“맞아요. 터치의 군대는 계속 세력을 넓힐 겁니다. 게다가 어디로 간다고 하더라도 그곳에는 또 다른 적이 없을까요?"

다시 사람들이 침묵에 잠겼다. 그러자 나리가 말했다.

"너무 절망들하지 마시고 조금만 더 생각을 해보도록 해요. 물론 터치와 맞닥뜨리는 일은 피해야 합니다. 그날이 바로 죽는 날이 될 테니까요. 뭐… 최악의 경우에는 역시 도망을 가는 수밖에 없다고 저도 생각합니다. 그렇지만."

그때였다.

"큰일 났어요! 족장님!"

동굴 안쪽에서 경계를 서던 소년이 급히 달려오며 소리쳤다. 그쪽은 강을 향한 방향이었고 전에 퍼쿵 일행이 살던 동굴이 있었다. 지금은 한 사람이 겨우 기어서 통과할 만한 작은 구멍만 남기고 돌로 막아놓은 상태였는데, 인원이 부족한 관계로 아직 어린 소년들이 두 사람씩 교대로 반대쪽 동굴 입구까지 나가 경계를 서고 있었다.

모두 깜짝 놀라서 고개를 돌려 소년을 바라봤고 여기저기서 여자와 아이들도 잔뜩 겁을 먹은 채 웅성거리고 있었다.

꼬치가 소리쳤다.

"무슨 일이냐?"

소년은 숨을 헐떡거리며 말했다.

"강 쪽의 입구를 향해서 커다란 배가 접근해 오고 있어요!"

"뭐? 배?"

"예. 조금 전에 배가 접근하는 것을 보고 달려왔어요."

"어느 종족인지 확인해 봤어? 혹시 퍼쿵 일행이 돌아온 것 아니냐?"

"아니에요. 배 위에 수십 명이나 타고 있던걸요? 너무 멀어서 어느 종족인지는 모르겠지만 어른 남자들 같았어요. 무기도 들고 있고요."

꼬치가 중얼거렸다.

"벌써 일이 터진 건가? 이건 너무 빠르잖아!"

한 사람이 꼬치에게 말했다.

"혹시 그냥 지나치는 것 아닐까요?"

그러자 숨을 헐떡거리던 아이가 다시 소리쳤다.

"아니에요. 분명히 강가에 배를 대는 것을 봤어요!"

꼬치가 급히 물었다.

"너와 같이 있던 아이는?"

"아직 거기에 있어요!"

위험할 수도 있는 그곳에 아직 한 아이가 남아 있다는 말을 들은 꼬치는 당황하며 급히 칼을 허리에 찼다. 그리고 소리쳤다.

"열 명만, 무기를 챙겨서 나를 따라와! 그리고 나머지는 여기서 대기하며 이쪽 출구를 잘 경계하고 있다가 지원 요청하면 바로 달려오도록!"

"예!"

남자들이 급히 움직이며 무기를 챙겨 들었다. 활과 칼, 창, 철퇴 등 다양했다. 그리고 남겨진 남자들은 여자와 아이들을 한 군데로 모이게 했다.

나리도 급히 자루와 단검을 챙기고 남는 창을 하나 집어 들었다. 여차하면 같이 싸울 참이었다. 지금 접근하는 사람들이 누구인지는 그 역시 예측할 수 없었다.

나리가 급히 머리를 회전시키며 누구일까 생각을 해보았다.

'음… 숫자가 많다는 것으로 보아 퍼쿵 일행은 아닌 것 같은데.'

첫째, 어쩌면 터치의 추격대가 강을 따라 올라오다가 동굴을 발견한 것인지도 몰랐다. 터치는 계속 원정대를 동쪽 인간족의 성으로 파견하는 중이었으므로 충분히 가능성이 있었다. 게다가 나리의 존재를 눈치채고 추격해 왔을 수도 있었다. 그게 가장 위험하고 겁나는 가능성이었다. 터치가 꼬치의 부족을 발견하면 반드시 죽이려고 할 것이기 때문이다.

둘째로는, 가능성은 희박하지만 배를 타고 왔다는 것을 보면 인간족일 수도 있었다. 근처에서 배를 가장 잘 다루는 종족은 역시 인간족이었으니까. 하지만 현재 들개족 원정대에게 둘러싸여 있어서 거의 전쟁 상태나 다름없는 인간족이 이곳까지 찾아올 리는 없다는 생각이 들었다.

셋째, 전혀 다른 종족이 동굴을 탐사하러 들어오는 것인지도 모르는 일이었다. 퍼쿵이 살던 쪽은 동굴 전체의 십 분의 일밖에 되지 않았지만, 그것만 가지고도 워낙 거대하고 깊어서 웬만한 작은 부족이 주거지로 삼아도 충분할 만큼 좋은 조건이었다. 그러니 만일 이쪽으로 길이 더 있다는 것을 알아내게 되면 상대가 누구라고 하더라도 동굴을 차지하기 위한 싸움이 일어날 가능성이 매우 높았다.

거기까지 생각한 나리가 결론을 내렸다.

'아무래도 터치의 군대일 가능성이 가장 높군. 그의 원정대가 계속 이 지점을 통과해 동쪽으로 이동하고 있으니… 게다가 이 부족의 소년이 무기를 들고 있다고 했으면… 당연히 철제 무기일 거야. 아무래도 이 부족은 철기에 익숙해 있으니까.'

나리가 급히 꼬치의 뒤를 따라 달리기 시작했다. 그러나 꼬치가 멈추어 서며 나리를 제지했다.

"잠깐, 자네는 따라오지 말게."

"예? 무슨 말씀이세요? 저도 같이 싸우겠습니다!"

그러는 사이 다른 들개족 남자들은 벌써 저만치 달려가고 있었다.

"안 돼! 지금 우리 부족은 완전히 고립이 되어 있어. 만일의 경우 우리가 당하게 될 때, 남은 부족의 부녀자들을 다른 곳으로 인도하거나 다른 들개족에게 도움을 청할 사람은 자네밖에 없어. 그러니 자네는 여기서 죽어서는 안 돼!"

"하지만."

"부탁하네. 우리에게 무슨 일이 생기면 남은 사람들을 안전하게 피신시켜 주게. 진심이야!"

꼬치의 눈빛은 진지했다. 죽기를 각오한 사람의 눈빛이었다. 몇 명 안 되는 약한 부족을 이끌어가는 족장에게 있어서 외적의 침입이란 언제든지 찾아올 수 있는 것이므로 아마도 꼬치는 항상 죽음을 각오하고 살 것이 분명했다.

그의 진심을 느낀 나리는 뭔가 울컥 하는 것이 목구멍까지 치밀어 오르는 것을 느꼈다. 그리고 고개를 떨구었다.

"알겠습니다. 그럼 무사히 돌아오십시오."

"고맙네. 있다가 보세."

꼬치는 말을 마치기도 전에 벌써 달려가고 있었고 곧 보이지 않게 되었다. 그 뒷모습을 망연히 바라보던 나리가 돌아서서 여자와 아이들이 모인 곳으로 달려갔다.

이쪽 편 입구에는 남아 있는 서너 명의 남자들이 완전 무장을 한 채 밖을 경계하고 있었고 그 바깥쪽 어딘가에도 서너 명의 이 부족 남자들이 숨어서 경계를 하고 있을 것이다.

여자들이 불안에 떨며 나리를 바라봤다. 그 가운데는 자리코도 끼어 있었다. 자리코가 나리를 향해 달려나왔다. 그리고 그에게 매달리며 불안한 목소리로 물었다.

"오빠, 대체 무슨 일이에요? 터치가 이곳을 찾아냈나요?"

다른 들개족 여자들도 나리를 둘러싸고 떨리는 목소리로 물었다.

"나리! 어떻게 된 거예요? 정말 터치가 온 거예요?"

"어, 어떻게 해? 어떡해요?"

여기저기서 울먹이는 소리가 들려왔다. 이들은 모두 터치의 군대에 대해서 강한 두려움을 가진 사람들이었다. 그들의 눈에서 형언할 수 없는 두려움이 퍼져 나오고 있었다.

나리가 차분한 음성으로 말했다.

"모두들 진정하십시오. 아직 확실한 것은 모릅니다. 터치의 군대인지 아니면 다른 종족인지… 꼬치님과 남자 분들이 갔으니 곧 무슨 소식이 올 겁니다. 너무 염려하지 말고 침착하게 기다리세요."

다른 여자들도 마찬가지였지만 자리코는 유난히 두려움에 떨며 나리의 가슴속으로 파고들었다. 그리고 울먹이며 말했다.

"오, 오빠… 나 무서워… 여기 언니들이 그러는데… 터치는 아주 잔인한 사람이래… 우릴 다 죽일 거래… 흑, 흑!"

나리가 자리코의 머리를 꼭 감싸 안으며 말했다.

"걱정하지 마. 꼬치님은 무사히 돌아올 거야. 이기고 돌아올 거야. 그리고 만일… 그런 일은 없겠지만……."

나리가 말을 하다 멈추고 자신의 입만 바라보는 여자들을 둘러보았다. 그녀들의 눈빛을 보고는 더 이상 말을 할 수 없었다.

'…만일… 꼬치님과 남자들이 다 죽게 되면 내가 반드시 여러분들을 데리고 안전한 곳으로 피신시켜 드릴 겁니다.'

나리는 하던 말을 마음속으로만 되새겼다.

  꼬치와 남자들은 이 여자와 아이들에게는 모든 것이었다. 이들의 목숨을 부지시키고 삶을 이어주는 수 있는 유일한 안식처였다. 그런 사람들 앞에서, 아무리 가정이라 하더라도 그들이 죽는다라는 말은 도저히 꺼낼 수가 없었던 것이다.

  긴장한 나리가 침을 꿀꺽 삼켰는데 그 소리가 너무 커서 모두에게 들릴 정도였다.

  그가 애써 미소를 지으며 말을 돌렸다.

  "자, 걱정하지 말고 기다립시다. 이들이 돌아왔을 때 우리가 얼마나 차분하고 용기있게 잘 있는지, 그리고 얼마나 그분들을 믿고 있는지 보여줘야지요. 그렇죠?"

  나리의 말에 들개족 여자들이 고개를 끄덕였다. 그리고 서로를 위로하기 시작했다.

  "그래요. 우리는 잘할 수 있어요."

  "우리는 그분들을 믿어요. 우릴 지켜줄 거예요."

  "이럴 게 아니라 우리도 만일을 대비해서 준비를 합시다. 그분들 중에 다치는 사람이 있을지도 모르니 치료할 준비를 해요."

  "맞아요. 그리고 도움이 될지는 모르지만 우리도 싸울 수 있어요. 안 그래요?"

  "예, 맞아요."

  이제 아이들까지 입을 모았다.

  "저도 도울 거예요."

  "저도요!"

  여자와 아이들이 분주히 움직이기 시작했다. 연약한 팔뚝으로 무기를 챙기기도 했고 약초와 지혈제를 준비하기도 했다. 이제 여자와 아

이들은 여기저기서 웅성거리며 서로에게, 그리고 스스로에게 용기를
불어넣고 있었다.

"아!"

그 모습을 보고 나리는 눈시울이 뜨거워지며 또다시 뭔가 울컥하고
치밀어 오르는 것이 느껴졌다.

'이… 이게 가족이구나… 바로 혈육이라는 거구나… 서로를 믿고
의지하고.'

지금까지 평생을 혼자 떠돌아다니며 살아오던 나리로서는 그들의 모
습을 보고 감동하지 않을 수 없었다. 눈물이 살짝 나오려는 것을 꾹 눌
러 참았다. 이런 상황에서 자신이 눈물을 보인다면 그 의미가 어떤 것
이라 할지라도 이들의 용기를 꺾는 결과밖에 올 것이 없기 때문이었다.

나리가 다시 침을 꿀꺽 삼키고는 품 안의 자리코에게 속삭였다.

"자리코… 잘 봤지? 너도 용기를 내는 거야. 오빠가 한 약속 잊어버
리면 안 돼. 영원히 지켜준다고 한 말 기억하지? 이 오빠가 목숨이 다
하는 날까지 너를 지켜줄 거야."

자리코가 나리의 품에 얼굴을 묻더니 두 손으로 그의 옷자락을 꽉
힘주어 잡았다. 그리고 속삭였다.

"아… 알고 있어. 나도 오빠만 따라다닐 거야. 용기를 낼게."

그녀의 목소리는 떨리고 있었지만 그래도 힘이 들어 있었다. 그녀의
결심을 보여주는 것 같았다.

'그래… 어차피 나는 한번 죽었다가 살아난 몸이야. 다신 터치에게
잡혀가서 똑같은 일을 당하진 않을 거야. 만약 나리 오빠가 죽으면 그
때는 나도……'

그녀는 떨리는 손을 내밀어 나리의 허리춤에서 단검을 하나 뽑아냈

다. 그리고 나리에게 말했다.

"이거… 나 하나만 가지고 있어도 돼?"

"그건… 왜?"

나리가 의심스런 표정을 지으며 물었다.

다른 사람이 가지고 있겠다고 하면 비상시에 호신용으로 하겠거니 생각했을 터이지만 자리코의 물음에는 왠지 모를 비장함이 실려 있었다. 그래서 가슴에 잠시 서늘한 기운이 스치는 것을 느낀 나리는 그 말을 그냥 흘려듣지 못했다.

"그냥."

"아, 안 돼! 이리 줘."

나리가 그녀의 가녀린 손에서 단검을 다시 빼앗았다.

자리코가 물끄러미 나리의 눈을 들여다보며 말했다.

"하지만… 다른 언니들은 모두 단검을 가지고 있는걸? 터치의 군대가 오면 싸울 거라고 말했는걸?"

나리가 단검을 다시 제 허리춤에 꽂으며 꾸짖듯이 말했다.

"넌 안 돼! 다쳐!"

"하지만."

"이따위 조그만 칼을 가지고 있다고 해서 들개족 병사들이랑 싸울 수 있는 게 아냐. 그건 이곳 여자들도 마찬가지야."

"……."

자리코가 고개를 숙이며 눈을 내리깔았다. 그리고 떠듬떠듬 말했다.

"하지만… 나 어디든 오빠와 함께 가려면… 그게 있어야 해. 그래야 오빠를 따라갈 수 있어."

나리가 유난히 가는 그녀의 두 손목을 꽉 쥐었다. 그리고 힘주어 말했다.

"자리코, 오빠 말 잘 들어. 오빠는 죽지 않아. 널 데리고 어디든지 갈 거야. 이런 곳에서 죽게 하려고 널 구해온 것이 아니야. 그러니까 엉뚱한 생각은 하지 말아. 알겠어?"

"응."

자리코가 고개를 숙이며 순순히 대답하자 그제야 안심한 나리가 그녀를 꼭 안았다.

동굴 안은 무척 고요했다. 모두 아무 말 없이 동굴 너머로 간 사람들의 소식을 기다리고 있었다. 잠시 후 밖의 경계를 본 사람들이 아무 위험이 없다는 것을 알려왔고 이쪽 편 입구가 열렸다. 그리고 남아 있는 남자들에 의해서 여자와 아이들이 차례차례 빠져나가고 있었다.

만일의 경우를 대비해서 부녀자들을 안전한 곳으로 숨겨놓기 위함이었다. 우려하는 사태가 발생하게 된다면 그때 피하는 것은 너무 늦기 때문에 미리 손을 써놓는 것이었다.

중년의 들개족 남자가 다가와서 나리에게 말했다.

"준비가 다 되었네. 어서 자네와 아가씨도 움직이게. 이곳에는 우리가 남아 있다가 상황을 알게 되는 대로 바로 연락해 줄 거야. 그러면 그 다음 자네가 부녀자들을 데리고 피신해 주게."

"알겠습니다. 그럼."

나리와 자리코가 마지막으로 동굴을 빠져나갔고 다시 동굴 입구가 닫혔다. 그리고 출입구를 사이에 두고 양쪽에 들개족 남자가 두 명씩 몸을 숨기고 앉아 각각 안팎을 주시하며 숨죽이고 있었다.

제3장 재회

　꼬치가 동굴 제일 안쪽에 쌓아놓은 돌무더기에 도착했을 때 그곳에는 이미 먼저 간 사람들이 자리를 잡고 반대 편 동굴에 귀를 기울이며 주시하고 있었다.

　한 아이가 꼬치와 어른들을 부르러 간 사이 그곳에 혼자 남아 감시하며 기다리던 다른 아이가 땀을 흘리며 헐떡이고 있었다. 꼬치가 아이에게 물었다.

　"배가 접근하고 있다고?"

　"예… 계속 지켜보고 있었는데… 헉헉! …몇 사람이 내려서 이쪽으로 걸어오는 것을 보고 여기까지 도망쳐 왔어요. 헉헉!"

　"배에서 내린 사람이 몇 명이나 되더냐?"

　"두 명인 것 같았어요."

　"나머지는?"

"헉헉, 잘 모르겠어요. 그냥 도망을 와서… 허억, 죄송해요."

꼬치는 확인을 못해서 미안해하는 아이에게 오히려 측은한 생각이 들었다. 아직 열 살밖에 안 된 소년이었다. 혼자 남아 그걸 지켜보면서 오죽 겁이 났으랴 싶었다.

"아냐, 잘했다. 정말 수고가 많았구나."

꼬치의 칭찬에 아이는 기대가 가득 담긴 표정으로 물었다.

"족장님, 저 잘했어요?"

"그래. 잘했단다. 넌 진짜 사나이구나. 이제 엄마에게 돌아가거라."

꼬치는 아이를 부녀자들이 남아 있는 곳으로 급히 돌려보냈고 아이는 불안해하면서도 굉장히 뿌듯한 표정이 되어 어두운 터널을 달려갔다.

둘러보니 반대 편으로 뚫어놓았던 개구멍은 먼저 도착한 남자들이 이미 큼직한 바위로 막아놓은 뒤였다. 겉으로 보기에는 완전히 틈이 없이 무너진 것처럼 보였으나 작은 틈새들을 통해 동굴 저쪽의 소리나 냄새를 느낄 수 있었다. 물론 바람이 이쪽을 향해서 불어올 경우에 한해서.

다행히 지금은 꼬치가 원하는 상태로 바람이 불어오고 있었다. 꼬치는 소리를 죽이고 사람들이 몸을 숙이고 있는 구멍으로 다가가 코를 벌름거리며 냄새를 맡았다. 그리고 아주 작은 소리로 물었다.

"어때, 무슨 낌새가 있나?"

한 청년이 꼬치의 귀에 입을 갖다 대고 속삭였다.

"아직 아무 소리도 들리지 않습니다. 하지만 아이가 한 말에 의하면 인간족인 것 같았습니다."

"그래? 뭐라고 했는데?"

"배가 크고 이것저것 많이 달려 있답니다. 애가 배에 대해서 잘 몰라서 뭐라고 하는지 잘 알아들을 순 없지만 아마 돛을 얘기하는 것 같았어요. 이 근처에서 그런 배를 사용하는 것은 인간족밖에 없지 않습니까?"

"그렇군. 인간족만이 그런 배를 사용하지. 그렇다면 인간족이 여길 찾아오는 것인가?"

"아마 그런 것 같습니다. 조금 더 지켜봐야 하겠지만."

터치의 군대가 아니라는 것을 안 꼬치가 일단 안심을 했다. 하지만 여전히 의문은 풀리지 않았다.

'인간족이라고? 왜 인간족이 이곳을 찾아왔을까? 그들이 우릴 보면 어떤 반응을 보일 것인가? 터치의 들개족으로 오인하고 공격할지도 모르지. 하긴… 인간족의 눈에 들개족은 모두 들개족일 뿐 어느 누구의 부족인가는 전혀 상관없을 수도.'

꼬치는 가능하면 싸움을 피하고 싶었다. 공연히 인간족과 싸움을 벌일 필요는 없었다. 꼬치의 부족은 인간족에게 욕심도 없었고 원한도 없었다. 그저 서로의 터전에서 각자 평화롭게 살아가면 그만이었다.

또한 나리가 말한 대로 만일 인간족과 무역을 통해 평화적으로 교류할 수 있다면 그것도 좋겠다고 생각하고 있었다.

그때 망을 보던 젊은이가 낮으나 힘찬 목소리로 속삭였다.

"옵니다!"

"음."

꼬치를 포함한 열 명의 들개족들은 바짝 긴장해서 돌무더기의 틈새에 귀를 갖다 댔다. 과연 누군가 접근해 오는 발소리가 조그맣게 들려왔다.

신경을 집중해서 듣던 꼬치가 사람들에게 손을 들어 신호를 했다. 손가락을 몇 개 펴서 숫자를 알리고는 다시 귀를 갖다 댔다. 몇 명 안 된다는 표시였다.

‘이상하군. 정말 몇 명 안 되는 것 같은데? 수십 명이 왔다면서 왜 몇 명만 동굴로 들어오는 거지? 동굴 안에는 무슨 위험이 있을지도 모르는데.’

이제 아주 가까이 접근한 듯 사람들의 말소리가 들리고 있었다. 무슨 얘기인지 자세히 들리지는 않았지만 목소리가 차분하게 가라앉아 있는 것으로 봐서 이쪽을 경계하지는 않는 것 같았다. 다행히 바람도 이쪽 방향으로 계속 불어오고 있었다.

귀를 대고 있던 한 사람이 속삭였다.

“어린아이의 목소리 같은데.”

“쉿—!”

꼬치가 다시 수신호를 보냈다. 아무 소리도 내지 말라는 것과 가능하면 그냥 지나쳐 보내자는 표시였다.

다른 사람들이 고개를 끄덕이고 각자 자신의 병장기에서 소리가 나지 않도록 손으로 잘 감쌌다. 저들이 아무것도 없다는 것을 확인하고 나면 모두의 바람처럼 그냥 돌아갈 수도 있었다.

그때였다.

우르르… 탁탁!

깜짝 놀란 들개족 사람들이 몸을 일으키고 뒤로 물러섰다. 그리고 꼬치에게 손짓을 했다. 돌을 치우고 있다는 뜻이었다.

꼬치도 소스라치게 놀라며 고개를 들었다. 순간 후회가 밀려왔다.

‘뭐, 뭐야? 왜 돌을 치우고 있지? 이거 큰일이군!’

몇 명만이 동굴로 왔으니 일단 위험하지는 않았다. 하지만 그들이 놀라 도망을 가기라도 하면 밖에 있던 더 많은 인간들이 들어올 것이고 십중팔구 싸움이 벌어지게 될 것이다. 일단 그렇게 되면 그들은 또 더 많은 인간족을 몰고 올 것이었다. 그러니 애초부터 싸움은 가능한 한 피해야 했다.

'제기랄… 이쪽에 동굴이 이어져 있다는 것을 눈치 챈 것인가! 이럴 줄 알았으면 저쪽 입구도 완전히 막아서 위장을 해놓는 건데.'

그러나 후회는 이미 뒤늦은 것이었다. 벌써 상대는 상당히 많은 돌무더기를 치운 듯 소리가 가까워지고 있었다.

긴장해서 칼집의 안전끈을 풀어놓고 활에 화살을 걸고 있는 동료들에게 꼬치가 모이라고 손짓했다. 그리고 사람들에게 속삭였다.

"몇 명밖에 안 되니 겁먹을 필요는 없어. 하지만 절대로 싸움을 해선 안 된다. 일이 커지면 곤란하니까. 게다가 우리에게 적대감이 있는지 없는지도 아직 모르니 절대 공격하지 말아라."

사람들이 고개를 끄덕였다.

"우선 몸을 숨기고 경계를 늦추지 말도록! 이쪽으로 통하는 구멍이 뚫리게 되면 먼저 내가 저쪽과 얘기를 해보겠다."

한 사람이 나섰다.

"위험하지 않을까요? 그러지 말고 족장님은 뒤로 물러나 계십시오. 제가 접촉을 해보겠습니다."

"아냐, 내가 한다. 작은 구멍으로 얘기할 테니 위험하지는 않을 거야. 오히려 저들이 겁을 먹지 않도록 주의해야 해."

"알겠습니다. 그럼, 조심하십시오."

한 사람만 꼬치 옆에 남고 다른 들개족들은 뒤로 물러나 어둠 속에 몸을 감추었다. 그리고 잠시 기다리자 이쪽에 쌓아놓은 돌덩이가 움찔 움찔 움직이더니 한 귀퉁이가 우르르 무너져 내리고 사람의 얼굴이 겨우 들어올 정도의 틈이 벌어졌다.

그 뒤로 계속 돌을 치우려는 것을 꼬치가 창의 뒤를 이용해서 반대편의 손을 걷어냈다.

"앗! 깜짝이야!"

"왜 그래? 무슨 일이야?"

저쪽에서 돌을 치우던 사람의 목소리가 들려왔고 꼬치가 가만히 귀를 기울였다. 그런데 왠지 귀에 익은 목소리였다.

깜짝 놀라서 물러났던 인간족이 다시 다가오더니 구멍에 대고 소리쳤다.

"누구 있어? 나 피코야!"

"피코?"

꼬치가 놀라며 몸을 일으켰고 숨어 있던 다른 들개족들도 어리둥절해서 걸어나왔다.

"누구야? 꼬치 오빠야?"

다시 말소리가 들려왔는데 피코의 목소리가 맞는 것 같았다.

"그래. 나 꼬치다. 어떻게 된 거냐?"

"뭐가 어떻게 돼? 동굴이 막혀 있어서 뚫는 중이지."

"그게 아니라, 너 누구와 함께 왔나?"

"아~ 그래. 인간족을 몇 사람 데리고 왔어."

"인간족들? 배를 타고 왔다는 사람들 말이냐?"

"응, 어떻게 알았어?"

두 사람은 조그만 구멍에 얼굴을 맞대고 계속 이야기를 했다. 꼬치가 내다보니 거기에는 보보도 서 있었다. 배에서 내려 걸어왔다는 두 사람은 바로 피코와 보보였던 것이다.

보보가 꼬치의 얼굴을 보고 인사했다.

"안녕하세요? 잘 지내셨어요?"

"그래. 일단 잘 지낸다만… 어찌 된 영문인지 설명을 좀 해봐라."

피코가 말했다.

"일단 이 구멍을 좀 더 크게 뚫고 나서 얘기하면 안 되나? 답답해서 이거."

"그래. 위험한 사람들은 아니지?"

"헤헤, 걱정하지 마. 우리가 위험한 사람들을 데리고 왔겠어? 그리고 배는 다른 곳으로 보냈으니까 안심해도 돼. 여기 동굴은 안 가르쳐 줬어. 그냥 볼일이 있다고 우리만 내린 거니까 여기가 오빠네 부족이 사는 동굴인지는 아무도 몰라."

그제야 꼬치가 안도의 한숨을 내쉬었다.

"휴… 다행이구나. 별로 이곳을 알려주고 싶진 않거든."

피코가 보보를 가리켰다.

"이 녀석의 생각이었어. 나야 뭐. 보보가 그러더라고. 인간족을 확실하게 믿을 수는 없으니까 여기 동굴의 위치를 가르쳐 주면 안 된다고. 그래서 배는 지금 퍼쿵이 다른 곳으로 데리고 가는 중이야."

"그런데 무슨 일로 인간족과 함께 온 거야?"

"응… 얘기하자면 길어. 우선 이거부터 좀 트자."

피코가 돌덩이들을 다시 치우기 시작했고 들개족들도 달려들어서 한 사람이 지나기에 충분할 만큼 구멍을 넓혔다.

구멍이 트이자 꼬치 일행이 피코 쪽으로 건너갔다. 그리고 모두 피코, 보보와 인사를 나누었다. 그러나 모두의 표정은 아직도 의아함과 긴장감에 싸여 있었다. 왜 인간족을 데리고 왔는지 궁금하기 때문이었다.

모두의 시선이 자신에게 몰리자 피코가 보보를 툭 쳤다.

"야, 네가 좀 얘기할래? 난 말주변이 없어서."

"아, 알았어."

말발이 좋은 보보가 설명을 시작했다.

지금 인간족이 처한 위기 상황에서부터 인간족의 성에서 왕과 고위 간부들을 만나 했던 얘기들, 그리고 설전 끝에 결국 터치를 반대하는 들개족들과 손을 잡기로 결정을 했다는 얘기까지 간략하게 그러나 빠뜨리지 않고 다 했다.

"…그래서 인간족의 대표를 데리고 온 거예요. 고대 도시에 대해서는 별 가능성이 없으니까요. 이대로라면 인간족은 멸망하고 말거든요. 그런데 들개족도 사정은 마찬가지라서 다른 부족들도 터치에게 반대를 하고 있다면서요? 그래서 힘을 합치자고 한 거예요. 터치만 몰아내면 모두 평화롭게 살 수 있을 것 같아서요."

"…하지만 그들은 우리 들개족에 대해서 그리 좋은 감정이 아닐 텐데?"

"맞아요. 인간족들은 들개족이 다 똑같은 줄 알고 있었어요. 그런데 퍼쿵 형이 설명을 했죠. 터치의 부족과 다른 부족들은 다르다고요."

한 사람이 물었다.

"그런데… 우리가 인간족을 믿어도 괜찮은 거냐?"

"저도 그 점이 의심스러워서 배를 다른 곳으로 보낸 거예요. 그 사람들 좀 교활해서 나중에 배신할 수도 있으니까요. 뭐, 아직은 서로 협정을 맺은 게 아니니까. 일단 말을 해보면 알겠죠. 꼬치 아저씨, 어떻게 하시겠어요? 인간족 대표들을 만나보시겠어요?”

“음.”

꼬치가 고민에 빠졌다. 인간족을 믿고 만날 수 있을지는 잘 모르는 일이었다. 아무래도 전에 적대 관계였다는 점을 묵과할 수는 없었다.

‘어떻게 하면 좋을까? 인간족과 손을 잡으면… 터치를 몰아낼 수 있을까? 불가능하겠지. 인간족이나 우리나 힘이 없긴 마찬가지인데. 좀 더 많은 들개족이 협력한다면 모를까… 아니면 고대 도시라는 것을 정말 찾아내던가.’

꼬치가 고민하고 있자 피코가 말했다.

“그렇게 급하게 생각할 거 없어. 오늘 밤 어떻게 할 건지 잘 생각해 보고 내일 아침까지 답을 줘. 내가 내일 퍼쿵에게 돌아가기로 했으니까. 만일 만날 거면 나와 같이 가서 인간족 대표를 만나보고 아니면 나 혼자 가면 그만이야.”

“그래. 이 문제는 좀 더 신중히 생각을 해봐야겠다. 오늘 밤 나리와 함께, 아!”

갑자기 꼬치가 말을 멈추고 탄성을 질렀다.

피코가 궁금한 듯 바라봤다.

“왜 그래? 나리가 뭐? 나리 여기 있어?”

“피코! 너 지금 바로 돌아가지 않을 거지?”

“응. 내일 간다니까.”

여태 심각한 표정을 짓고 있던 꼬치가 갑자기 함빡 웃는 표정으로 변하더니 피코와 보보의 손을 덥석 잡았다. 그리고 말했다.

“우선 우리와 함께 가자. 보여줄 것이 있어!”

"뭔데 그래?"

"하하, 지금은 묻지 마라. 이따가 보면 아주 깜짝 놀랄 거야. 기절할 만큼."

꼬치는 이제 아주 싱글벙글이었다. 그러자 보보가 의심스런 눈초리로 말했다.

"그거… 무서운 거 아니죠? 전 무서운 건 딱 질색인데요."

"하하하, 이런… 엄청 무서운 건데 어쩌지?"

"그럼 그만두세요. 전 안 볼래요."

"하하하, 무서운 건 아니고 아주 놀라운 거야. 어서 따라오라고!"

보보가 여전히 겁을 먹은 목소리로 중얼거렸다.

"전 놀라는 것도 별로 좋아하지 않거든요."

그러자 피코가 보보의 어깨에 손을 턱 얹으며 말했다.

"걱정 마. 내가 있잖아. 누가 이 피코님을 건드리겠냐? 무서울 것 하나 없다고. 나에게만 꼭 붙어 있으면 돼."

그러자 보보가 피코의 팔을 잡으며 말했다.

"정말 이럴 때 피코만 있어서 다행이다. 유코가 있었다면 겁쟁이라고 놀리기만 했을 거야. 정작 무서울 때는 제가 더 울고불고 난리면서."

꼬치가 들개족 청년들에게 말했다.

"좋아. 구멍을 다시 막아놓고 두 사람이 남아서 지키고 있으라고. 조금 있다가 교대할 사람을 보내줄 테니."

"예."

두 명만 남기고 모든 사람이 다시 긴 동굴을 따라 걸어 숲 쪽의 입구로 돌아왔다. 그곳은 텅 비어 있었고 입구에 숨어 있던 두 사람의 남자가 꼬치가 돌아오는 것을 보고 몸을 일으켰다.

"어떻게 되었습니까? 아무 일 없습니까?"

"응, 괜찮아. 피코와 보보가 돌아온 거야."

"피코와 보보요? 수십 명이 배를 타고 왔다더니……."

남아있던 사람들이 어리둥절해서 서로의 얼굴만 마주 보았다.

피코가 말했다.

"미안해요. 배가 오긴 왔었는데 우리만 내리고 다른 곳으로 갔어요. 이제 안심해도 됩니다."

"그래? 다행이군. 얼마나 놀랐는지 알아? 터치의 군대가 온 줄 알고."

피코가 인상을 팍 구기며 말했다.

"여기도 터치 때문에 난리가 났군. 정말 그놈의 터치는 어디 가도 피해만 주고 다니는 놈이라니까."

입구에 있던 청년이 소리쳤다.

"일단 피신했던 여자와 아이들을 데리고 오겠습니다."

그러자 꼬치가 손을 들어 그를 불렀다.

"잠깐!"

"예?"

꼬치가 그에게 달려가더니 속삭였다.

"피코와 보보가 왔다는 말은 하지 말고 그냥 데려오게. 자리코와 서로 만나면 아주 반가워할 테니까. 저 애들을 아주 깜짝 놀라게 해주자고."

청년이 무슨 말인지 알겠다는 듯 미소 지으며 대답했다.

"아, 그렇군요. 알겠습니다. 염려 마십시오."

청년이 달려나갔고 꼬치가 돌아오자 피코가 물었다.

"터치의 군대가 오는 줄 알고 놀라서 모두 도망을 간 거야?"

"그래. 우리 부족이 몇 명 되어야 말이지. 싸우다가 다 죽일 수는 없잖아."

피코가 이를 부드득 갈았다.

"그러니까 그놈을 죽여야 한다는 거야. 인간족도 별로 좋아하지 않지만 터치는 정말 없애 버려야 해."

보보도 고개를 끄덕였다.

"정말 그런가 봐. 여기저기서 터치 얘기만 나오면 다들 불안해서 어쩔 줄을 모르네."

피코가 보보의 목을 한 팔로 휘감아 조이는 시늉을 하며 말했다.

"그 정도가 아니야. 터치는 자기 욕심을 채우기 위해 방해가 되는 것은 다 죽인다고. 아주 흉악한 놈이야."

"아, 알았어. 아파! 이거 좀 놔줘."

피코가 보보를 풀어주며 그의 헝클어진 머리를 단정히 매만져 주었다. 꼬치가 말했다.

"그래. 다른 아이들은 다 배에 같이 있나?"

"응, 퍼쿵이랑 치요, 유코, 그리고 우레가 배에 있어. 인간족들이랑."

"인간족은 몇 명인데?"

"스무 명 정도?"

"뭐 그렇게 떼거지로 몰려왔나?"

"몰라. 몇 사람만 있으면 된다고 했는데 인간족 왕이 그렇게 보냈어. 겁나나 보지 뭐."

"후후, 그렇기도 하겠지. 들개족을 만나러 간다니까 겁나기도 했을 거야. 그 사람들 들개족이라면 생각만 해도 무서울 정도일 테니."

보보가 물었다.

"보여준다는 것은 뭐예요? 어디 있어요?"

"잠깐 기다려 봐. 여자들이 돌아오면 알게 될 거야."

"도대체 어디까지 도망을 간 건가요? 왜 이렇게 오래 걸려요?"

"곧 온다니까. 기다려 봐."

피코도 물었다.

"도대체 뭘 보여준다는 건데 이렇게 말도 안 해주고 뜸을 들여? 무슨 보물이라도 찾았어?"

"그럼 찾았지."

"정말? 뭔데 그래? 궁금해 죽겠네."

"그래요. 뭔지 가르쳐 주면 안 돼요?"

꼬치는 대답은 않고 빙긋이 웃기만 했다.

그때 입구 쪽에서 웅성거리는 소리가 들리더니 문이 열리며 여자와 아이들이 들어오기 시작했다. 모두 잔뜩 긴장했다가 풀려서인지 멍한 표정을 짓고 있었고 때때로 웃는 소리도 들려왔다.

그러자 꼬치가 말했다.

"왔다!"

보보와 피코가 그들을 바라보았다.

"저 여자들이 보물을 가지고 있단 말이지?"

사십여 명이나 되는 여자와 아이들이 줄줄이 들어오는 것을 가만히 바라보던 피코가 꼬치에게 고개를 돌릴 즈음 갑자기 보보가 벌떡 몸을 일으켰다.

"뭐야? 왜 그래?"

그러나 보보는 대답도 않고 뭔가에 홀린 듯 여자와 아이들의 무리를
바라보고 있었다.

"보보, 도대체 왜 그러는데?"

답답했는지 피코도 몸을 반쯤 일으키며 보보의 시선이 머무는 곳을
향해 고개를 돌렸다.

그때였다.

"…보보?"

입구 쪽에서 들려오는 한 여자의 목소리를 듣고 피코가 멈칫했다.

"엉?"

"피코! 보보!"

"자리코!"

"어어? 자, 자리코!"

일순간 입구 쪽에서 걸어오던 자리코와 안쪽에 서 있던 피코, 그리
고 보보는 그대로 석상처럼 굳어버렸다.

마치 시간이 정지된 것 같았다. 아무것도 움직이지 않았고 아무도
소리를 내지 않았다.

아니, 적어도 멈춰 버린 세 사람에게는 그렇게 느껴졌다. 모두가 바
쁘게 움직이고 있었지만 이들에게는 보이지 않았고 그들이 하는 얘기
도 들리지 않았다. 모든 신경이 서로를 바라보고 확인하는 데만 집중
이 되었던 탓이리라.

누군가 피코와 보보를 툭 치며 말을 걸었다.

"바로 너희가 온 것이었구나."

"어?"

"나리 형."

멈추어 선 채 자리코만 바라보던 피코와 보보가 문득 정신을 차리고 나리를 돌아봤다. 누군가 건드리지 않았더라면 그대로 영원히 굳어버렸을지도 몰랐다.

나리가 멍하니 서 있는 자리코에게 말했다.

"자리코, 뭐 하니? 와서 인사하지 않고."

"흑……!"

순간 자리코가 울음을 터뜨렸고 피코와 보보가 동시에 달려나갔다.

"자리코!"

"살아 있었구나!"

자리코는 무너져 내리듯 그 자리에 주저앉았고 그 위로 피코와 보보가 덮치듯이 엎어져 그녀를 부둥켜안았다.

"…보보… 피코… 엉엉엉!"

"어, 어떻게 된 거야? 자리코! 정말 자리코 맞아?"

"자리코! 말 좀 해봐! 응? 이게 어찌 된 일이야? 왜 여기에 있는 거야? 응?"

보보의 눈에서도 눈물이 비 오듯 쏟아져 내렸고 피코에게서도 실로 오랜만에 두 뺨을 다 적시도록 눈물이 흘러내리는 모습을 볼 수 있었다.

세 사람은 그렇게 부둥켜안은 채 제대로 말도 못하고 한참을 울고만 있었다.

꼬치와 들개족 남자들도 그 광경을 바라보고 있었고 들개족 여자들은 기쁨과 감동에 젖어 자기 일처럼 눈물을 흘렸다. 부둥켜안은 세 사람의 바로 곁에 서 있는 나리의 눈시울도 빨갛게 달아올랐다. 그런데 그의 표정은 어딘지 좀 서글프게 보였다.

나리가 미소를 지었다.

‘이제… 됐군. 자리코를 일행과 만나게 해주었으니… 정말 잘됐어. 자리코는 이제 무섭지 않을 거야. 잘됐어.’

나리의 미소에는 왠지 모를 슬픔이 묻어나는 것 같았다. 어딘지 모르게 쓸쓸해 보이는 미소였다.

“잘됐지?”

“예?”

나리가 깜짝 놀라며 돌아보니 꼬치가 어깨에 손을 짚고 있었다.

“예… 잘됐어요. 이제 자리코는 가족에게 돌아갈 수 있게 되었어요. 휴우.”

“그런데 웬 한숨? 후후… 그러고 보니 이제 자네가 쓸쓸함을 느낄 차례가 되었군.”

꼬치의 말에 나리가 살짝 얼굴을 붉히며 대답했다.

“예? 아닙니다. 쓸쓸하다뇨?”

“후후… 괜히 아닌 척할 필요는 없어. 다 알고 있으니까.”

“이, 이거 괜한 말씀 하지 마십시오. 남들이 들으면 오해하겠습니다.”

“알겠네. 아무 말 않지. 그러지 않아도 모두 알고 있을 텐데 뭐.”

꼬치가 빙긋이 웃자 나리가 더욱 얼굴을 붉히며 말을 돌렸다.

“저, 그, 그건 그렇고 대체 어떻게 된 겁니까? 수십 명의 사람들이 배를 타고 온다고 하더니?”

“아, 그거 말인가? 이제부터 얘기할 참이었네. 우선 저 아이들부터 좀 안정을 시키세. 같이 얘기를 해야 하니까.”

“그리죠.”

나리와 꼬치가 아까부터 계속 울고 있는 세 아이에게 다가갔다. 그리고 말했다.

“자, 진정들하고 이리로 와. 저기 불을 피워놓았으니 가서 좀 몸을 녹이는 게 좋겠어. 자리코가 떨고 있잖아?”

피코가 일어서며 눈물을 소매로 쓱 닦았다. 그리고 말했다.

“오빠가 말한 보물이 바로 자리코였군?”

“그래. 엄청난 보물이지.”

“맞아. 자리코는 우리에게 보물 이상이야.”

“며칠 전에 나리가 데리고 왔어.”

“나리가?”

“자, 자세한 얘기는 나중에 조용한 곳에서 하자고. 여기서 이러지 말고 우선은 불가로 가자.”

“그래.”

보보와 자리코는 아직도 부둥켜안고 우는 중이었는데 둘 다 목이 잔뜩 메어서 꺽꺽거리기만 할 뿐 말도 제대로 못하고 있었다. 아니, 이제 숨도 잘 못 쉬는 것 같았다.

나리가 자리코를 부축하고 피코가 보보를 부축해서 겨우 불가로 자리를 옮겼다.

꼬치가 여자들에게 말했다.

“여기 마실 것 좀 가져다 줘.”

“예.”

“보보랑 자리코는 여기 좀 있으라고 하고 피코와 나리는 나와 함께 가자. 어떻게 할 건지 상의를 해야지.”

“그래.”

일어서던 피코가 보보를 가리키며 말했다.

“나보다는 머리 좋은 보보와 얘기하는 게 더 나을 텐데.”

그러나 꼬치가 고개를 저었다.

“저래 가지고 어디 상의가 되겠어? 역시 보보는 아직 어린 티가 나는 군. 후후… 좀 더 울게 놔둬. 저녁에 진정이 되면 다시 얘기하면 돼.”

피코와 나리는 꼬치와 함께 남자들이 모여 있는 곳으로 갔다. 벌써 모두가 심각한 표정으로 아까 들었던 얘기에 대해서 상의하고 있었다.

“족장님, 어서 오십시오. 그렇지 않아도 모시러 가려는 참이었습니다.”

“그래. 얘기 많이 했나?”

“글쎄요. 저희들끼리 얘기해 봐야 무슨 결론이 나야죠.”

그들이 한구석을 비워주자 꼬치와 나리, 피코가 앉았다. 그리고 회의를 시작했다.

“먼저 피코의 얘기를 들어보자. 피코, 아까 한 얘기 좀 더 자세히 얘기해 줄 수 있겠어?”

“아까 보보가 다 말했잖아?”

“나리가 듣지 못했잖아.”

“하지만 난 말주변이 별로 없는데.”

“그래, 그럼 내가 질문하는 것에 대해서 대답을 해줘. 그건 좀 쉬울 거야.”

“휴… 알았어. 어서 물어봐.”

꼬치가 질문을 시작했다.

“먼저 인간족이 우리와 제휴를 한다면 어떤 방법으로 하겠다는 거냐? 무슨 조건이라도 있을 거 아니냐?”

“그건 나도 잘 모르는데? 우린 그냥 소개를 해주는 것뿐이니까.”

전후 설명을 전혀 듣지 않았던 나리가 물었다.

“우선 그 얘기부터 좀 해줘. 배를 타고 수십 명이 오고 있다고 했었는데 왜 두 사람만 왔는가 하고, 퍼쿵과 나머지 아이들은 어디에 있는지.”

피코가 말주변이 없다는 것을 아는 꼬치가 대신 말했다.

“그건 내가 말해 주지. 퍼쿵 일행이 인간족 이십 명을 데리고 배로 이곳에 왔다가 피코와 보보만 내려놓고 다른 곳으로 갔다고 하더군. 인간족이 우리와 손을 잡기로 결정했기 때문이라네. 두 사람만 내린 것은 우리 동굴의 위치를 가르쳐 주지 않기 위해서라고 하네.”

간단한 설명을 들은 나리가 고개를 끄덕였다.

“무슨 말인지 알겠군요. 인간족이 들개족과 손을 잡는다… 라.”

잠시 생각하던 나리가 피코에게 물었다.

“피코, 인간족이 들개족에 대해서 얼마나 알고 있니?”

나리의 질문에 피코가 장황한 설명을 늘어놓기 시작했는데 그녀는 정말 말주변이 없었다.

“음… 처음에는 전혀 몰랐었는데 퍼쿵이 설명을 해줬어. 지금 들개족은 수십 개의 부족으로 나뉘어져 있다는 것하고, 대부분 터치의 힘에 눌려서 자유롭게 살지 못하고 있다는 것… 퍼쿵이 인간족 왕을 설득했어. 들개족들과 손을 잡고 평화로운 관계를 맺어야 한다고. 또… 그러니까 우선은 인간족과 들개족이 손을 잡고 터치를 제거해야 한다고 말한 건데, 에… 왜 그랬느냐면… 터치를 제거해서 전쟁을 그만두게 하면 들개족이나 인간족이나 서로 침략하지 않고 잘살게 될 거라는 대충… 그런 얘기지 뭐.”

피코가 두서없이 지껄이는 말에 모두 귀를 기울이고 있었다. 정리는 전혀 안 된 말이었지만 대충 내용은 알아들을 수 있었다.

나리가 다시 물었다.

“내가 조사한 바에 의하면 인간족은 고대 도시를 찾으러 매년 수십 차례나 원정대를 사방으로 파견하고 있다고 하던데… 그리고 그걸 찾아내면 들개족을 멸망시킬 생각까지 하고 있는 것으로 알고 있는데. 그런 그들이 과연 들개족과 손을 잡을까?"

피코가 대답했다.

"그것까지는 잘 모르겠고, 어쨌든 우리가 왕을 설득했다니까. 쓸데없이 있지도 않은 것에 시간 낭비하지 말고 들개족과 평화를 맺어야 한다고 말야. 어쨌든 인간족은 지금 멸망 직전에 있기 때문에 다른 방법도 없어. 그래서 손을 잡기로 했어. 정말이야."

꼬치가 물었다.

"믿을 수 있는 거냐? 나중에 터치를 제거하고 나면 배신하지 않을까?"

피코가 머리 아프다는 듯 제 머리카락을 쥐며 말했다.

"몰라. 믿을 수 있는지 없는지는 손을 잡아봐야 아는 거 아냐?"

한 중년 들개족이 말했다.

"그렇게 막연하게 생각하면 곤란한데… 지금 우리도 당장 멀리 이주를 해야 하나 말아야 하나를 결정해야 하는 지경이야. 그런데 막연히 인간족과 손을 잡는다고 터치의 군대가 없어지는 것도 아니고."

또 한 사람이 말을 했다.

"맞아. 우리가 그리 강한 부족도 아닌데… 다른 들개족들과 연락이 닿는 것도 아니고… 아무튼 좀 현실성이 없는 얘기다."

그의 말에 따라서 모두 씁쓸한 표정을 지었다. 피코의 얘기는 정말 막연하기 짝이 없는 얘기였다.

말이 막히자 피코가 고민되는 얼굴을 하더니 보보가 있는 쪽을 바라봤다. 그러나 보보는 아직도 자리코와 붙어 앉아서 훌쩍거리고 있었다.

그녀가 할 말을 찾지 못해서 민망해하는 것을 보고 나리가 말했다.

“됐어. 뭐 그렇게 방법이 아예 없는 것은 아냐.”

그러더니 꼬치를 바라보고 말했다.

“꼬치님은 어떻게 생각하십니까?”

“나도 그렇게 불가능한 일만은 아니라고 생각하네. 인간족의 기술과 우리 들개족의 힘을 합치면 터치의 군대는 격파할 수도 있을 거야. 다만 두 가지 걱정이 있는데.”

“뭡니까?”

“첫째는 다른 들개족도 끌어들여야 한다는 거지. 우리 부족만 가지고는 어림도 없어. 우리는 싸울 수 있는 사람이 겨우 스무 명도 안 되는데 터치의 군대는 몇 천이나 되거든. 무기도 만만치 않고.”

“그렇군요. 숫자가 문제가 되는군요. 또 하나는요?”

“음… 만일 전쟁에 이기게 된다고 가정하고 나서 그 다음에 누군가 배신하지 않을까 하는 걱정이지. 그게 인간족이 될 수도 있고 다른 들개족이 될 수도 있어. 누가 알겠나? 터치 같은 생각을 하는 놈이 또 있을지.”

나리가 고개를 끄덕였다.

“그것도 그러네요. 끝까지 신의를 지킬 수 있을지도… 문제가 되지요.”

모두 생각에 잠겼다. 어려운 문제가 아닐 수 없었다.

잠시 후 나리가 말했다.

“우선 다른 들개족의 의사를 타진하는 것은 제가 나서보겠습니다. 저는 모든 들개족과 직, 간접적으로 연락이 닿으니까요.”

꼬치는 그의 말이 무슨 뜻인지 알고 있었다. 나리가 비밀 결사에 속해 있는 것을 알기 때문이었다. 그러나 그의 정체를 모르는 다른 사람들이 감탄했다.

“호오… 대단하군. 자넨 어떻게 모든 부족을 다 알고 다니나?”

나리가 말을 이었다.

"그건 별로 중요한 문제가 아니에요. 그저 하도 돌아다니다 보니까 그렇게 된 거죠. 그리고 신의의 문제는 일단 겪어보기 전에는 알 수 없는 겁니다. 만일 신의를 저버리고 배신하는 종족이 있으면 또다시 전쟁이 일어나겠죠. 하지만 우선은 이 전쟁부터 막아야 합니다. 터치의 독주를 이대로 내버려 둘 수는 없어요."

나리의 말에 모두 공감하는 듯 고개를 끄덕이고 있었다.

들개족들이 꼬치를 향해 시선을 모았다.

"족장님, 어떻게 하면 좋겠습니까? 결정을 내려주세요."

"저는 일단 터치부터 제거를 하는 게 좋다고 생각합니다. 급한 불부터 끄고 봐야죠."

"그래요. 오늘도 터치가 나타난 줄 알고 얼마나 놀랐어요? 계속 이렇게 쫓겨 다니며 살 수는 없어요."

다른 의견도 있었다.

"그렇게 한다고 해도 터치를 이길 수 있겠어요? 차라리 멀리 도망을 갑시다. 더 늦기 전에요."

"그래요. 계란으로 바위 치기예요. 이렇게 기다리고 있다가는 저 여자들과 아이들이 다 죽고 말 거예요."

"무슨 소리야? 터치는 어디까지라도 쫓아올 거야. 아예 없애 버리는 게 나아."

"그놈이 무슨 귀신이라도 돼? 어떻게 어디든지 다 쫓아와?"

양쪽의 의견이 갈려서 시끄럽게 웅성거리기 시작했다. 그러자 꼬치가 손을 들어서 모두의 입을 막았다.

"일단."

시선이 꼬치에게 모아졌다.

"먼저 인간족의 대표를 만나보도록 하자. 손을 잡을 건지 말 건지는 얘기를 해보고 결정하도록 하지."

나리가 고개를 끄덕였다.

"그러는 게 좋겠군요. 신중하게 생각해야 하니까."

꼬치가 다시 말을 이었다.

"오늘 밤 안으로 우리 측 대표를 뽑도록 하지. 뭐 많이는 필요없을 거야. 나와 같이 갈 사람 한두 명이면 돼. 피코, 그럼 그렇게 알고 내일 아침 함께 가자."

"그래, 알았어."

"일단은 모두 해산해서 각자 볼일을 보도록 해. 자, 수고들했네."

꼬치의 말에 의해 모두 자리에서 일어나 해산했다.

꼬치가 피코와 나리에게 말했다.

"자네들은 어서 자리코에게 가보게. 이제 울음도 어느 정도 그친 것 같으니. 할 얘기가 많을 것 아닌가?"

"응."

피코가 일어서서 걸어갔고 나리는 잠시 서서 우두커니 자리코의 모습을 바라보고 있었다.

"자네는 안 가보나?"

"가봐야죠."

꼬치가 나리의 어깨를 가볍게 두드리며 말했다.

"자네 맘은 다 알아. 하지만 결정은 자리코에게 맡겨야지."

"안 그래도 퍼쿵에게 돌려보낼 생각입니다. 원래 그녀는 그들의 가족이니까요. 게다가 인간족의 성에 친오빠가 있답니다."

"그래? 그럼 더욱 보내줘야 하겠군."

"예."

꼬치가 나리의 등을 밀었다.

"어서 가봐. 어쨌거나 지금 이곳에서는 자네가 자리코의 보호자가 아닌가. 자리코도 자네를 무척 의지하는 것 같고. 그리고 자리코로서는 터치의 군대에서 있었던 일을 말하기도 무척 곤란할 거야."

나리가 깜짝 놀라며 꼬치를 바라봤다. 자리코가 당한 얘기는 아무에게도 한 적이 없었기 때문이다.

"아, 그 일은… 알고 계셨습니까?"

꼬치가 측은한 표정으로 자리코에게 시선을 돌리며 말했다.

"뭐… 다들 그 정도는 눈치를 채고 있지. 얘기하지 않아도 말야. 터치나 그 일당이 하는 짓 정도는 누구나 예상할 수 있는 일이니까."

나리가 한숨을 내쉬었다.

"휴~ 그렇군요. 그 일에 대해서만은 아무에게도 말하고 싶지 않았습니다. 너무 가슴 아픈 일이라서요, 그녀에게는."

"그래. 하지만 그런 일 당한 여자가 한둘이 아니니까. 지금 우리 부족에도 혼혈이 많이 있지 않나. 그들의 어머니들도 다 같은 처지의 인간족 여자들이었으니 다들 그런 정도는 알고 있네. 그 점은 걱정하지 않아도 괜찮을 거야. 절대 말할 사람 없으니까. 다만 피코나 보보가 자리코에게 물어보는 거나 잘 무마시켜 주게. 그게 지금 당장 자네가 할 일인 듯싶구먼. 어서 가봐."

"알겠습니다."

나리가 고개를 숙여 고맙다는 표시를 하고 급히 자리코에게 걸어갔다.

슬쩍 보니 꼬치의 말대로 피코와 보보가 자리코에게 무엇인가 자꾸만 물어보고 있었고 자리코는 아무 말 없이 고개만 푹 숙이고 있었다.

"자리코."

나리의 목소리를 들은 자리코가 급히 고개를 들어 나리를 돌아봤다.

"나, 나리 오빠."

나리가 얼른 다가가서 자리코의 어깨에 망토를 둘러주며 속삭였다.

"잘됐어. 이제 가족에게 돌아갈 수 있게 되었잖아. 그리고 또 행복하게 살게 될 거야."

"오빠."

피코와 보보가 나리를 바라봤다.

"나리가 자리코를 데리고 왔다면서?"

"그래."

두 사람은 궁금해서 어쩔 줄을 몰랐다.

"어떻게 된 일인지 말 좀 해줘. 나리 형이 어떻게 자리코를 만났는지. 우리와 헤어지고 나서 바로 만난 거야?"

"그래. 말 좀 해봐. 자리코는 도대체 어디에 가 있었던 거야? 어디서 그녀를 만났지?"

나리가 자리코를 바라보자 자리코 역시 불안한 눈으로 나리를 마주 보았다.

나리가 생각했다.

'역시… 그녀로서는 자신이 당한 얘기를 하고 싶지 않을 거야. 아무리 가족이라고 해도.'

그리고 자리코에게 미소를 지으며 다시 그녀의 귀에 대고 속삭였다.

"괜찮아, 자리코. 다 잘될 거야. 오빠는 아무 말 하지 않을게. 너도 아무 말 하지 마. 약속해."

“오빠······.”

나리가 피코와 보보의 시선이 자신에게 꽂히는 것을 느끼고 시선을 들었다. 그들의 심정도 이해가 갔다. 꼭 죽은 줄만 알았던 자리코가 멀쩡히 살아서 이 먼 곳에 와 있는 것이다. 게다가 자리코가 없어지던 순간까지 자신들과 함께 있던 나리가 그녀를 데리고 돌아왔다는 것이다. 그러니 어찌 궁금하지 않을 수 있겠는가?

나리가 가만히 입을 열었다.

“그때 너희와 헤어지고 나서 나는 바로 들개족의 마을에 들렀지. 거기서 왕의 서신을 가지고 이곳으로 왔어. 오던 도중에 숲에서 정신없이 헤매고 있는 자리코를 발견했고.”

피코가 이해가 안 간다는 표정으로 물었다.

“어떻게? 자리코의 옷은 다 찢어진 채로 발견되었는데? 그럼 자리코가 알몸으로 숲 속을 돌아다녔단 말야?”

피코의 말에 자리코가 고개를 다른 곳으로 돌렸다. 가족을 만난 반가움이 채 가시기도 전에 찾아온 이 곤란스런 입장에 몸이 저절로 움츠려졌다.

자리코가 먼 곳을 바라보며 맘속으로 절규했다.

‘피코, 보보… 제발 묻지 않을 수 없니? 그게 그렇게 중요해? 내가 이렇게 살아 돌아온 것으로 그만 아니야? 어떻게… 어떻게 그 얘기를 너희에게 해줄 수가 있어? 들개족에게 창녀짓 하던 얘기를… 난 못해… 하고 싶지 않아······.’

나리가 담담한 목소리로 말했다.

“자리코는 들짐승에게 쫓겨서 그렇게 된 거야. 들짐승이 그녀의 옷을 찢어낸 거야. 잡아먹으려고. 그래, 내가 발견했을 때는 알몸이었어.

하지만 그게 무슨 상관이야? 자리코가 이렇게 건강히 살아 있으면 그만이잖아? 들짐승에게 옷만 내주고 알몸으로 도망을 갔든 어쨌든 상관없는 거 아냐?"

피코가 다시 말했다.

"그, 그거야 그렇지만 이해가 안 가잖아? 어떻게 들짐승이 옷만 가지고 가? 게다가 그 피는 뭐야? 자리코의 옷을 흠뻑 적셔놓았던 피는!"

보보는 그녀가 외면하고 있는 것을 보고 생각했다.

'그런 건 아닌 것 같아… 뭔가 말하고 싶지 않은 게 있는 것처럼 보이는데… 묻지 않는 게 좋을까? 하지만……'

나리가 말했다.

"세상에 이해가 가는 일만 있는 건 아니잖아. 어떻게 모든 일을 다 이해할 수 있어? 나는 자리코가 무사한 것 이외에는 아무것도 관심이 없어. 너희도 그래 줬으면 좋겠다."

그 말에 결국 피코도 입을 다물었다.

자리코가 나리에게 고개를 돌렸다.

'오빠……'

그녀는 자신이 말하고 싶어하지 않는다는 것을 헤아려서 열심히 감싸고 대변해 주는 나리가 너무나 고맙게 느껴졌다. 물론 피코나 보보가 미운 것은 아니었지만 지금 이 순간 야속하게 느껴지는 것만은 사실이었다.

보보가 고개를 끄덕였다.

"맞아… 나리 형의 말이 맞는 것 같아. 우리가 너무 생각이 짧았어. 자리코가 이렇게 살아 있는 것만으로도 너무 고맙고 좋아. 자리코, 미안해. 자꾸 지난 일을 물어서. 그리고… 그때 혼자 있도록 한 것도 정말 미안해."

지난 일을 떠올리자 다시 보보의 눈에 슬며시 물기가 어렸다. 자리코도 이제야 편해진 마음으로 보보와 피코를 바라보며 미소 지었다.

피코가 말했다.

"퍼쿵과 유코, 치요도 엄청나게 기뻐할 거야. 우리 모두 널 잃고서 너무나 슬펐단다. 잘 돌아왔어."

보보가 덧붙였다.

"우레도 마찬가지야. 자리코가 사라진 후 우레는 한 번도 장난을 치지 않았어. 어찌나 우울해하던지… 후후… 그 녀석도 자리코를 아주 좋아하고 있었던 게 틀림없어."

보보의 말에 자리코의 눈가에 다시 이슬이 홍건히 고이더니 가만히 미소를 지었다. 그리고 아이들이 더 이상 아무것도 묻지 않자 겨우 안심하고 입을 열었다.

"너무 보고 싶었어. 너희들… 흑, 정말 너무너무 보고 싶었어. 흑, 흑."

나리가 말했다.

"또 우니? 우리 자리코는 정말 눈물이 많아. 하하하."

자리코가 얼굴을 감싼 채 나리의 품에 얼굴을 묻고 투정했다.

"몰라, 몰라. 눈물이 나는 걸 어떡해?"

나리가 자연스럽게 그녀의 등을 토닥거리며 말했다. 그러자 피코와 보보가 좀 놀랍다는 표정으로 말했다.

"어라? 어떻게 된 거야? 두 사람 보통 사이가 아닌 것 같아 보이는데?"

"그러게 말이야. 마치… 연인 같잖아?"

두 사람의 놀림 섞인 말에 자리코와 나리가 화들짝 놀라며 급히 떨어졌다.

나리가 얼굴을 붉게 물들이며 변명했다.

“아, 아니… 그런 게 아니라.”

“에이~ 아닌 것 같은데? 정말 다정해 보이지 않았어?”

“글쎄 말이야. 그동안 두 사람 사이에 무슨 일이라도 있었던 거야?”

자리코의 뺨이 빨갛게 물들었다. 그리고 민망한 표정으로 떠듬거리며 말했다.

“그, 그건… 나… 나리 오빠를 만나지 않았다면… 난 벌써 죽었을 거야. 오빠가 날 구해줬어. 너무 고마워서.”

피코와 보보가 웃으며 말했다.

“하하, 신경 쓰지 마. 장난이야. 농담이었어. 나리, 정말 고마워. 자리코를 잘 돌봐줘서.”

“그래. 나리 형이 자리코를 정말 잘 돌봐준 모양이야. 두 사람 너무 잘 어울려, 이제는.”

자리코와 나리가 다시 부끄러운 듯 민망한 표정을 지으며 서로 마주 보았다. 그런데 나리를 바라보는 자리코의 표정이 무척 부끄러워하면서도 왠지 싫어하는 것 같지는 않았다. 어딘지 모르게 아련한 행복을 느끼는 것 같은 표정이었다. 또한 나리도 마찬가지였다.

피코가 말했다.

“내일 아침에 퍼쿵에게 돌아갈 거야. 모두 자리코를 보면 기절할 거야. 너무 놀라서 말야. 하하, 기대가 되는걸?”

보보가 빙그레 웃으며 말했다.

“그래. 유코는 우느라고 정신을 못 차릴 걸 아마? 울다가 기절할지도 몰라. 그 녀석 배짱 좋은 척하지만 보기보다 울보라니까. 헤헤.”

그러자 나리가 피식 웃었다.

“풋! 아까 너도 그랬어. 너무 울어서 거의 기절 직전 같아 보였는데?”

보보가 순간 얼굴을 붉히며 말했다.

"내, 내가 언제? 그냥 좀 눈물이 났을 뿐이야! 너무 반가웠으니까 그 정도는 당연한 거야!"

그래도 남자라고 울던 것이 부끄러웠나 보다. 그러자 피코도 말했다.

"아니, 나리 말이 맞아. 정말 하도 울어서 너 놔두고 나 혼자 회의하느라 얼마나 힘들었는지 알아? 원! 말을 붙일 수가 있어야지."

"아, 아냐! 그 정도는 아니었어."

피코가 계속 놀렸다.

"후후… 부끄러워하긴… 귀여운 자식."

"자, 자기도 울어놓고선!"

"난 여자니까 좀 울어도 괜찮아. 그렇지 나리?"

나리가 피코에게 동조하며 고개를 끄덕였다.

"그럼. 피코는 여잔데. 후후."

"하하하!"

"호호호!"

이제 모두 보보를 놀리고 있었다.

그렇게 웃고 떠들며 네 사람이 저녁을 맞았다. 동굴 안으로 새어 들어오던 빛이 점차 엷어지더니 결국 없어져 버렸고 작은 모닥불이 하나둘 늘어갔다. 그 모닥불도 밖으로 새어 나가지 않도록 가장자리마다에 테두리를 둘러쳐 놓아 동굴 안은 무척 어두웠다.

꼬치가 네 사람이 함께 잘 수 있도록 하나의 모닥불을 따로 피워주었다. 네 사람은 불가에 옹기종기 모여 앉아서 이런저런 지난 얘기를 하며 밤늦게까지 잠들지 못했다.

대부분의 얘기가 퍼쿵 일행이 인간족 마을에서 겪은 일로 진행이 되었고 자리코의 아픈 기억에 대한 얘기는 이제 묻지도 답하지도 않았다. 서로에 대한 배려였다. 나리도 자리코의 얘기만 쏙 빼고 터치가 반란을 일으킨 얘기를 전해주어 피코와 보보를 놀라게 했다.

자리코는 피코 옆에 바싹 붙어서 누워 있었다. 그녀가 나리와 함께 이 동굴에 온 이후로 나리의 팔을 베지 않고 잠자리에 들은 것은 처음이었다.

이제 밤이 깊어서 네 사람은 슬슬 지치기 시작했다. 보보가 졸기 시작했고 피코도 하품을 했다. 그런데 나리는 아까부터 얘기에는 잘 끼지 않고 왠지 쓸쓸한 얼굴로 피코 옆에 누운 자리코의 모습을 가끔 훔쳐보는 것이었다. 그러다가 역시 비슷한 표정으로 나리를 가끔 바라보던 자리코와 눈이 딱 마주치고 말았다.

나리가 겸연쩍은 표정을 짓더니 고개를 숙이며 괜히 자기 뺨을 어루만졌다. 그리고 다시 눈을 들어 자리코를 바라보자 그녀가 남몰래 살짝 미소를 지으며 웃어주었다. 그 미소를 본 나리도 빙그레 웃으며 자리코에게 윙크를 했다.

그때 피코가 하품을 찢어지게 하며 말했다.

"아함~ 이제 잘까? 보보는 벌써 잠이 든 것 같은데. 내일 일도 있으니까 좀 자야지. 두 사람, 더 얘기할 거야?"

자리코는 얼른 눈을 감으며 자는 척을 했고 나리는 깜짝 놀라 미소를 지우며 말했다.

"아… 아니, 나도 이제 잘 생각이었어."

나리와 자리코 두 사람은 피코와 보보가 눈치 채지 않게 얼른 시선을 돌리고 각자 섭섭한 가슴을 달래며 잠을 청했다.

제4장 두 종족의 만남

다음날 아침은 상당히 분주했다. 전날 밤사이에 꼬치는 부족 회의를 따로 열어서 인간족을 만나러 갈 대표를 뽑아놓았고 아침에 일어나자마자 그들과 함께 떠날 준비를 서두르고 있었다.

역시 길을 떠날 준비를 하던 피코가 나리에게 당연하다는 듯이 물었다.

"나리도 함께 갈 거지? 인간족 대표를 만나러 말야."

그러나 나리는 고개를 저었다.

"글쎄? 생각 좀 해봐야 하겠는데?"

"왜? 만나서 얘기해 보는 게 앞으로 일을 판단하는 데 도움이 되지 않겠어?"

"그렇기는 한데… 한 가지 걸리는 게 있어서 말야."

보보도 궁금한 듯 물었다.

"뭔데?"

나리가 대답했다.

"앞으로 내가 할 일이 굉장히 많을 텐데 이 시점에서 인간족에게 내 얼굴이 알려지는 게 좀 그래. 나는 다른 들개족들과 계속 연락을 취해야 하고, 한편으로 터치의 성에도 또 들어가야 할지도 모르거든."

"그런데?"

"지금 인간족의 성 주변에 터치의 군대가 진을 치고 감시하고 있잖아? 아직 터치는 내 정체를 모르고 있을 거야. 그런데 내 얼굴이 인간족들에게 알려지면 나중에 일이 틀어질까 봐 조금 염려가 돼. 계속 이일을 하려면 아무래도 알려지지 않는 편이 유리하거든. 위험 부담도 없고 말야."

보보가 고개를 끄덕였다.

"아… 그렇겠네. 비밀스런 일을 하는 데는 역시 그러는 것이 좋겠지. 그럼 나리 형은 빠지지 뭐. 어차피 꼬치 아저씨에게 나중에 다 듣게 될 테니까."

나리가 결정을 내렸다.

"맞아, 나는 이번에 빠질래."

그렇게 말한 나리가 속으로 생각했다.

'그래… 어차피 헤어져야 한다면 자리코와도 여기서 빨리 이별하는 게 더 낫겠지. 마음 아프지만 그녀를 위해서라도 그 편이 좋을 거야. 후……'

피코가 이해한다는 듯 고개를 끄덕이며 자리코에게 돌아섰다.

"그럼 자리코만 준비하면 되겠네. 뭐 챙길 것 있으면 얼른 챙겨. 곧 식사만 끝나면 바로 출발할 거니까."

“응.”

자리코는 왠지 힘없이 대답을 하고는 나리를 슬쩍 돌아봤다. 그 눈길을 받은 나리도 뭔가 할 말이 많은 것 같은 표정으로 자리코의 얼굴을 슬쩍 바라보았다.

그들이 주고받는 눈길을 알아채지 못한 피코가 보보를 향해 말했다.

“보보, 나 좀 도와줘. 꼬치 오빠와 상의할 것이 좀 있는데 네가 같이 가는 게 좋겠어. 나 혼자서는 좀 설명하기가 힘들어서 말야.”

“그래, 어서 가자.”

피코와 보보가 두 사람만 남겨놓고는 사람들에게 뭔가 떠들고 있는 꼬치를 향해 걸어갔다.

둘만 남게 되자 자리코가 애처로운 눈으로 나리를 보며 입속으로 중얼거렸다.

“오빠… 나리 오빠.”

“자리코.”

자리코가 입 밖으로는 감히 내지도 못하고 속으로만 생각했다.

‘오빠… 나 정말 가도 돼? 나 이대로 떠나도 괜찮아? 나리 오빠는 아무렇지도 않아? 날 잡아주면 안 돼? 하긴… 나 같은 여자를 오빠가… 좋아할 리 없지… 어쩌면 빨리 떠나길 바라고 있을지도… 나 때문에 아무 일도 못하니까……’

그녀의 맘을 알 리 없는 나리도 속으로만 생각하고 있었다.

‘자리코… 가는 거니? 정말 가는 거야? 그럼 오빠는 앞으로 네가 보고 싶어서 어떻게 하지? 안 가면 안 되니? 나와 함께 항상 같이… 살 수는 없는 거야? 하긴… 나 같은 놈하고… 너에게는 더 행복할 수 있는 길이 기다리고 있는데. 구태여 나같이 항상 위험한 일만 하며 떠도는

놈하고는… 내 욕심일 뿐이지. 하지만 보내고 싶지 않아. 정말로.'

두 사람은 서로에게 맘을 터놓지 못하고 그저 애처로운 눈빛으로 바라보고만 있었다.

자리코가 겨우 떨리는 입술을 떼었다.

"오빠… 그동안 정말 고마웠어요, 진심으로."

그녀의 눈에서는 금방이라도 눈물이 떨어질 것 같았다. 입술이 파르르 떨리고 있었다. 그녀의 맘을 모르는 나리는 그녀가 자신을 생명의 은인으로서 매우 고마워한다고만 생각했다. 그래서 역시 맘을 속인 채 말했다.

"잘 가라. 행복하게 살아야 해. 꼭 행복해져야 해. 그리고 지난 일은 다 잊어버려. 누가 뭐라고 해도 넌 떳떳해. 아무 일 없었어. 알겠어?"

"응."

나리가 자리코의 두 손을 꼬옥 잡았다. 나리의 손도 조금 떨리고 있었다.

"이 다음에 또 만나면 울지 않아야 해. 알겠어? 약속해."

"응."

"자, 이건……."

나리가 품속에서 조그만 단검을 꺼냈다. 그가 평소에 사용하는 것이 아니었다. 훨씬 더 작고 손잡이와 날에도 예쁜 그림이 장식되어 있는 칼이었다.

"이게 뭐야?"

"내가 오래전에 우연히 손에 넣어서 늘 지니고 다니던 거야. 행운을 주는 부적이야."

"이걸 왜 내게?"

"난 없어도 돼. 이제 널 지켜줄 거야."

"하지만 행운의 부적을 내게 주면 오빠는?"

"난 널 알게 되었다는 것으로 이미 행운을 받았어. 그러니 이제는 네가 가지고 있어."

그 말에 자리코의 눈에서 눈물이 후드득 떨어졌다.

"오빠……."

"울지 마. 다음에 꼭 다시 만날 수 있으니까. 그때 우리 자리코 얼마나 씩씩해졌는지 오빠가 볼 거야. 잘살겠다고 약속해. 자. 그때처럼 여기 손가락 걸고."

나리가 새끼손가락을 내밀었다. 그 손가락에 자리코의 작고 하얀 새끼손가락이 똑같은 모양으로 걸렸다.

그때였다. 멀리서 피코의 목소리가 들렸다.

"어이! 뭐 해? 식사 준비 다 되었어. 어서 이리로 와!"

"으, 응."

나리와 자리코는 깜짝 놀라 떨어지며 피코를 바라봤다. 모두 이쪽을 바라보며 손을 흔들고 있었다. 두 사람이 급히 눈물을 닦고 다가가자 피코가 말했다.

"뭐야? 아까부터 불렀는데."

"모, 못 들었어."

"둘이 무슨 할 얘기가 그렇게 많아?"

피코의 말에 들개족 남자들이 웃음을 터뜨리며 놀려댔다.

"하하, 왜 아니겠어? 이제 떨어지면 외로워서 어떻게 지내나? 응, 나리?"

"그러게 말이야. 쭉 붙어 다녔잖아, 두 사람?"

"하하하, 너무 놀리지 마. 밥이 콧구멍으로 넘어가겠다."

"하하하!"

사람들의 놀림에 자리코와 나리는 얼굴이 새빨개져서는 각자 떨어져서 따로따로 앉았다. 자리코는 피코의 옆으로 갔고 나리는 꼬치의 옆이었다.

그렇게 아침 식사도 끝이 났다. 나리와 자리코는 왜 그리도 시간이 빨리 가는지 섭섭하기만 했다.

모든 준비가 된 꼬치 일행과 피코, 보보, 그리고 자리코가 강 쪽의 동굴로 걸음을 옮기기 시작했다. 꼬치 일행은 모두 세 사람이었다. 그리고 몇 명의 들개족 남자들과 나리가 강으로 나 있는 입구까지 배웅을 하기로 했다.

"자, 이제 출발하자."

"빠뜨린 것 없지?"

"뭐 필요한 거나 있어야지요. 입만 쓰러 가는데."

"하긴, 싸우러 가는 게 아니니. 하하하."

걸어가는 내내 나리와 자리코는 시무룩한 얼굴로 가끔씩 서로의 얼굴을 힐끔거리며 바라보기만 했다.

일 킬로미터 남짓한 동굴이 왜 그렇게 빨리 끝나는 건지 몰랐다. 전에는 한참을 걸어도 끝없이 보이던 그 동굴이 금세 끝나고 반대쪽 입구의 환한 불빛이 눈에 들어오기 시작했던 것이다.

동굴 입구에서 꼬치가 말했다.

"자, 이제 모두 돌아가게. 내 금방 다녀올 테니 잘 지키고 있어야 해."

"예, 염려 말고 몸이나 조심하십시오."

“그래, 믿겠네.”

여섯 사람이 환한 아침 해를 머리 위로 받으며 밖으로 첫발을 내디뎠다. 그런데 자리코가 자꾸만 뒤를 돌아보느라 뒤처졌다.

피코가 물었다.

“왜 그래? 뭐 잊고 왔어?”

“아, 아니.”

꼬치는 그녀의 마음을 안다는 듯 측은한 표정으로 바라보기만 할 뿐 아무 말 하지 않았다.

동굴 입구에는 모두가 돌아갔는데도 아직 나리가 혼자 남아서 서성거리며 이쪽을 바라보고 있었다.

자리코는 아쉬움이 남아서 자꾸만 나리를 돌아보며 차마 발걸음이 떨어지지 않았던 것이다.

보보가 물었다.

“자리코, 왜 그래? 퍼쿵 형과 아이들이 보고 싶지 않아?”

“보고 싶어.”

“그런데 왜 그렇게 표정이 좋지 않아?”

“아냐… 아무것도.”

피코가 빙그레 웃으며 말했다.

“아! 나리 때문에 그러는구나? 참 고마운 사람이야. 널 구해주다니… 정말 생각도 못했어. 그렇지?”

보보도 대답했다.

“그래, 나리 형 아니었으면 정말 어쩔 뻔했어? 그러고 보니 이렇게 헤어지는 게 아쉬울 법도 하네. 하하. 하지만 다음에 언젠가 또 만날 수 있을 거야. 걱정하지 마.”

자리코가 서글프게 미소 지으며 대답했다.

"응."

그때 가만히 바라보던 꼬치가 걸음을 멈추며 말했다.

"잠깐!"

모두 의아해하며 꼬치를 바라봤다.

"무슨 일이에요, 족장님?"

"뭐 잊은 것 있어요?"

꼬치가 자리코를 바라보며 일행에게 말했다.

"응, 내 지금 생각이 났는데 자리코를 이대로 데리고 가면 안 될 것 같아."

피코가 물었다.

"왜? 당연히 데리고 가야지. 우리 가족인데. 게다가 여기서 계속 폐 끼칠 수는 없잖아?"

보보도 당연하다는 표정으로 바라봤다. 그러자 꼬치가 걱정스런 표정을 지으며 말했다.

"그건 아는데… 지금 인간족들이 우리 들개족에 대해서 그렇게 확실한 믿음을 가지고 있는 건 아니잖아?"

"그건 이쪽도 마찬가지 아냐?"

"그래, 그게 문제라는 거야. 죽었다던 자리코가 느닷없이 우리와 함께 나타나면 그 사람들이 뭐라고 생각하겠어? 일이 잘되어 협정을 맺으면 또 모르지만 만일 잘못될 경우도 생각해야지."

보보도 이마를 치며 말했다.

"아, 그렇군요. 그럴 수도 있겠어요!"

피코가 물었다.

"그게 어쨌다는 거야?"

보보가 알기 쉽게 설명을 했다.

"만약에 말야. 협정이 잘 이루어지지 않고 깨진다면 인간족들이 자리코를 뭐라고 생각하겠어? 들개족의 첩자라고밖에 더 생각하겠느냐고. 일전에도 봐. 나를 치료해 주었다는 이유만으로 성에서 첩자라고 몰아서 쫓아냈잖아? 병원도 다 때려부수고, 샤링 아저씨의 여관도 다 태워서 죽게 만들었잖아?"

피코가 그제야 고개를 끄덕였다.

"하긴 그렇군. 그럼 어떡하지? 일단 그들과 만나는 동안만 어디 숲 속에라도 숨겨놓을까?"

꼬치가 손을 내저으며 펄쩍 뛰었다.

"어휴~ 그건 안 돼! 전에도 혼자 숲에 두었다가 죽을 뻔한 애를 어딜 또 숲에다 숨겨놓아? 말도 안 돼! 다시는 그런 위험한 짓은 생각도 하지 마!"

피코와 보보가 동시에 고개를 끄덕였다.

"하긴… 그럼 어떻게 하지?"

꼬치가 빙그레 웃음을 지었다.

"내게 좋은 생각이 있어. 일단 자리코는 우리 동굴에 두고 가자. 인간족 앞에서는 절대 얘기도 꺼내지 말고. 그리고 나중에 퍼쿵과 아이들을 모두 데리고 다시 동굴로 오면 되잖아? 그게 자리코에게 더 안전하지 않을까?"

보보가 환하게 웃었다.

"맞아요! 그게 좋겠어요. 어차피 곧 돌아올 거니까. 며칠 늦게 만난다고 달라질 건 없죠. 후후… 비밀을 지키려면 입이 근질근질하겠는데요? 후후후~"

보보는 다른 일행 앞에서 자리코 얘기를 못한다는 것에 벌써 입이 근질거리는 모양이었다.

피코가 고개를 끄덕이더니 자리코에게 진지하게 물었다.

"자리코, 며칠 더 기다릴 수 있겠어? 물론 지금 당장 모두와 만나고 싶긴 하겠지만 말야."

자리코가 떨리는 목소리로 대답했다.

"으, 응… 할 수 있어… 기다릴 수 있어."

"그럼, 지금 못 데리고 가서 미안한데 이러는 게 너에게 더 좋을 거야. 분명히. 참, 인간족 성에서 네 오빠를 만났었다."

"오, 오빠? 자라목 오빠?"

금세 자리코의 눈에 눈물이 홍건하게 고였다.

"응. 며칠 전에… 네가 죽었다는 말을 전해줬어. 얼마나 울었는지 몰라."

그 말을 하면서 피코의 목소리가 조금 떨렸다. 그때 생각을 하니 다시 목이 메었기 때문이다. 그리고 다시 말했다.

"여기서 기다리고 있으면 나중에 꼭 네 오빠를 만나러 인간족의 성으로 데리고 가줄게. 지금 그들의 눈에 띄어서 오해를 사면 영원히 못 돌아갈 수도 있어. 그러니 조금만 참아줘."

"아, 알겠어."

자리코는 자라목 얘기를 듣고 눈물을 주르륵 흘렸다. 그러나 곧 눈물을 닦아내더니 밝은 표정을 지으며 말했다.

"나 기다릴 수 있어. 아무 걱정하지 마. 그럼 나 동굴로 돌아간다!"

그녀의 밝은 얼굴에 오히려 피코가 약간 당황하며 말했다.

"그, 그래… 마침 저기 나리가 아직 남아 있으니 어서 가봐."

"그럼 아저씨들, 잘 다녀오세요. 피코, 보보, 안녕!"

자리코는 짧은 인사를 남기고 돌아서서 아직도 이쪽을 바라보며 서성이고 있는 나리에게 달려갔다. 그런데 그녀의 발걸음이 너무나 가벼워 보였다. 마치 신이라도 난 것처럼.

더구나 자리코가 달려오는 것을 본 나리도 엄청난 속도로 달려나오고 있는 게 아닌가! 그리고 중간에서 만난 두 사람은 누가 먼저랄 것도 없이 서로를 부둥켜안았다. 이쪽에서 피코와 보보, 그리고 들개족들이 바라보고 있다는 것은 안중에도 없다는 듯 두 사람은 꼭 껴안은 채 한참을 서 있었다.

그런 그들의 모습을 멍하니 바라보던 피코와 보보가 어이없어하며 중얼거렸다.

"뭐, 뭐야? 마치 이렇게 되길 바랐던 것 같지 않냐?"

"그러게 말이야. 자리코는 퍼쿵 형과 아이들이 보고 싶지도 않은가?"

멍하니 두 사람에게서 눈을 떼지 못하는 피코와 보보에게 꼬치가 한마디 했다.

"왜 보고 싶지 않겠냐? 하지만 나리와 헤어지는 게 더 섭섭해서 그러지."

피코가 충격을 받은 표정으로 꼬치에게 물었다.

"엥? 그렇다면… 저 두 사람 그새 무슨 일이 있었던 거야?"

보보도 중얼거렸다.

"그, 그런가 본데?"

꼬치가 크게 웃어대며 돌아서더니 걸음을 옮겼다.

"하하하, 무슨 일이 있긴 뭐가 있어? 어서 가기나 하자. 하하하!"

먼저 가는 꼬치를 따라서 걷다가 보보가 흘낏 뒤를 돌아보았다. 보보의 눈에 나리와 자리코가 서로의 허리를 꼭 안은 채 다정하게 동굴로 걸어 들어가는 모습이 들어왔다.

보보가 병쪄서 생각했다.

'그, 그랬구나… 자리코와 나리 형은… 그렇게 된 것이었구나. 이것 참…….'

보보는 사람 일은 알 수 없다는 생각이 들었다. 처음 만나서 자신에게 첫사랑임을 고백하던 자리코가, 자신에게 실연이라면 실연을 당하고 늘 진정한 사랑을 꿈꾸며 살아오던 그녀가… 들개족 혼혈아인 나리 형과 사랑에 빠지다니.

'정말 알 수 없는 일이야… 하긴 뭐, 내가 사랑하는 피코도 들개족 혼혈이라고 하니까… 하지만 왠지 섭섭한데?'

거기까지 생각한 보보가 제 머리를 쥐어박으며 생각을 고쳤다.

'에잇, 나쁜 놈 같으니라고. 섭섭하긴 뭐가 섭섭하냐? 에이, 나쁜 보보! 모든 여자가 너만 좋아해야 한다고 생각하는 거냐? 후후… 나 왕자병인가?'

자신이 거절한 여자가 이제 다른 사랑을 만났다고 섭섭해하는 자신이 왠지 못난 욕심쟁이 같았다.

그리고 보보가 다시 돌아봤을 때는 이미 자리코도 나리도 보이지 않았다.

길은 무척 험했다. 어제 퍼쿵과 짠 얘기대로라면 퍼쿵은 서쪽으로 뱃길로 반나절 정도 떨어진 곳에 정박해 있을 터였다. 그리고 강이 서

쪽으로 흐르고 있었기 때문에 그곳은 걸어서라면 거의 하루가 넘게 걸
릴 거리였다. 게다가 꼬치의 동굴 위치를 알려주지 않기 위해서 이쪽
일행은 그보다 조금 더 아래로 내려갔다가 반대 편에서 배를 향해 나
타나기로 되어 있었다.

　이미 해는 중천을 지나 서쪽으로 넘어가 있었다. 거리도 멀었지만
길도 무척 험했다. 게다가 이들의 걸음은 무척이나 빨랐다. 숲이고 계
곡이고 별로 장애가 되지 않는 것 같았다. 그러나 들개족들과는 달리
체력이 약한 보보는 벌써 지치기 시작했다. 이대로 험한 산길을 따라
서 여지껏 온 만큼은 더 걸어가야 하는데 보보는 이미 숨이 턱에 차서
헐떡거리고 있었다.

　피코가 말했다.

　"안 되겠다. 내게 업혀."

　"괘, 괜찮은데, 나는."

　꼬치도 말했다.

　"별로 괜찮지 않아 보이는데 뭘! 내가 업을 테니 나에게 업혀라."

　"아, 아니에요. 더 걸을 수 있어요."

　그러자 피코가 말했다.

　"됐어, 보보. 아예 지쳐서 탈진한 사람을 업고 가는 것보다 조금이라
도 힘이 남아 있는 사람 업고 가는 게 덜 힘들어. 어서 업혀."

　보보는 얼굴을 붉히며 손을 저었다.

　"괜찮다니까 그러네."

　피코가 다짜고짜 보보를 휙 들쳐 업고 말했다.

　"거참, 말 안 듣네. 작년 여름 생각 안 나냐? 화산 개미 떼에게 쫓겨
가던 일 말야. 그때 너 완전히 기절해서 기억도 안 나지? 너 데리고 도

망가느라 내가 얼마나 고생했는지 알아?"

"그, 그랬었나?"

"그래, 임마. 기절해서 개미가 물어뜯는데도 모르더라니까. 그러니
잔말 말고 업혀서 가!"

보보가 기가 죽어서 대답했다.

"아, 알았어……."

꼬치가 웃었다.

"하하, 그런 일도 있었냐? 너희들 별일을 다 겪었구나."

피코가 피식 웃었다.

"풋, 말도 마. 그때 개미 떼에 쫓기다가 얘 들쳐 업고 폭포에서 뛰어
내렸는데 밤새도록 싸우느라 힘은 다 빠졌지, 얘는 기절한 채 물을 잔
뜩 먹어서 배가 올챙이처럼 되어가지고 막 숨이 넘어가려고 하지, 하여
튼 나 혼자 죽을 고생은 다 했어. 얘 아직도 숨 쉬고 있는 건 다 내 덕
이라고."

"그럼 보보에게는 피코가 생명의 은인이구나?"

피코가 자랑스럽게 말했다.

"그럼~ 나 아니었으면 얘는 벌써 죽었어."

보보도 중얼거렸다.

"그 일은… 정말 고맙게 생각해, 피코."

그러자 꼬치가 너스레를 떨며 옆의 들개족들에게 말했다.

"이거 경우가 좀 비슷한 것 같지 않나?"

"예? 뭐가요?"

꼬치가 빙그레 웃었다.

"자리코와 나리의 경우와 얘네들의 경우 말야. 자리코에게는 나리가

생명의 은인이고… 보보에게는 피코가 생명의 은인이란 말씀이야.”

무슨 얘기인지 감을 잡은 들개족 두 사람이 웃음을 터뜨렸다.

“푸하하! 그렇군요.”

“비슷한 게 아니라 아예 똑같군요. 인간족 여자를 들개족 혼혈 남자가 구해주고 사랑에 빠지는 것과 인간족 남자를 들개족 혼혈 여자가 구해주고 사랑에 빠지는 것… 이거 완전히 코스인데요? 하하하!”

“하하, 내 말이 바로 그 말이야. 어쩐지 애들도 좀 수상해 보이지 않아?”

“푸하! 안 그래도 지난겨울부터 어째 좀 유난히 둘이 붙어 다닌다 생각했었죠. 분명히 얘네들도 무슨 일이 있을 겁니다.”

“하하하! 솔직히 자백하라고! 이봐, 피코, 보보! 자백하지? 응?”

그들의 말에 피코와 보보는 얼굴이 새빨개져서 어쩔 줄을 몰랐다. 너무 놀라고 긴장해서 몸이 떨리기까지 했다.

피코가 발끈해서 소리쳤다.

“무, 무슨 소리 하는 거야? 다들 그만두지 못해?”

“어이어이! 화를 내면 어떡해? 그러면 더 의심을 하게 되잖아? 하하하~”

“뭔가 떳떳하지 못해서 화를 내는 게 아닐까요? 크크크.”

“맞아요. 감추고 싶은 것을 들켰다던가 하는, 말이죠.”

보보는 아예 눈을 감고 아무 말 못했고 피코 역시 더 이상 말은 못하고 고개를 푹 숙인 채 신음 소리를 냈다.

“으…….”

피코가 얼굴이 새빨개져서는 꼬치에게 다가와 보보를 내밀었다.

“오빠가 업고 가!”

그러자 꼬치가 손을 내저으며 거절했다.

"싫어. 네가 업고 가. 난 보보와 사랑에 빠지고 싶지 않아."

"푸하하!"

"껄껄껄."

들개족들은 박장대소하며 앞서 걸어갔고 멍하니 서 있는 피코에게 보보가 말했다.

"피, 피코… 나 내려줘. 그냥 걸어갈래."

그러자 피코가 반쯤 내려온 보보를 다시 추켜올리며 말했다.

"됐어, 그냥 있어."

"하, 하지만… 다들 놀리잖아."

피코가 다시 걷기 시작하며 조그맣게 속삭였다.

"뭐… 틀린 말도 아닌데 뭘."

"그, 그렇긴 하지."

보보도 얼굴을 붉히며 피코의 목을 두른 팔에 힘을 주어 매달렸다.

사실 두 사람은 요즘 들어 틈틈이 밀회를 즐기던 중이었다. 늘 가족들과 같이 있어서 몰래 빠져나오기가 힘들긴 했지만 기회가 있을 때마다 아주 잠깐씩이라도 서로의 사랑을 확인하곤 했었다. 그렇게 자주 둘이서만 은밀한 시간을 보내고 있었기 때문에 행동하는 것이 은연중에 표가 나는 일이 간혹 있었다.

물론 두 사람은 최대한 조심한다고 하는 것이긴 하지만 서로에게 익숙해지는 행동이 몸에 점점 배어가는 것은 어쩔 수가 없었다.

그렇게 길을 걸어가다 보니 어느덧 해가 지고 어두워지기 시작했다. 한낮의 찌는 듯하던 더위는 물러가고 강으로부터 습기를 가득 머금은 세찬 바람이 불어왔다. 보보는 피코의 등에 업혀서 가다가 내려서 걷다가를 반복하며 겨우 따라가고 있었다.

산등성이를 따라 걷다가 한 지점에 이르자 꼬치가 말했다.

"여기 어디쯤인 것 같군. 인간족의 냄새가 나는 것 같아."

"그렇군요. 낯선 냄새가 납니다."

"비가 쏟아지려는 모양입니다. 서둘러야겠어요."

"그렇군."

다른 들개족들과 피코도 코를 벌름거리며 저 아래 강으로부터 불어오는 냄새를 맡았다.

보보도 덩달아 코를 킁킁거려 보았지만 아무 냄새도 나지 않았다. 맡아지는 것은 제 몸에서 나는 땀 냄새뿐이었다.

피코가 말했다.

"저 아래에 배가 정박해 있을 거야. 우리는 조금 더 서쪽으로 내려갔다가 강으로 내려가서 반대 편으로 접근할 거야."

꼬치가 알겠다는 표정을 지었다.

"그것도 미리 계획한 거군. 우리 동굴의 위치를 알려주지 않으려고."

피코가 고개를 끄덕였다.

"응. 솔직히 말해서 나도 인간족을 그다지 믿지는 않거든. 퍼쿵과 치요가 하도 고집을 부려서 두 종족을 만나게 해주려는 거지."

"왜 고집을 부렸는데?"

"어느 한 종족이라도 멸망하게 놔두면 안 된다는 거지 뭐. 그리고 보면 퍼쿵이랑 치요는 참 착하기도 해."

그러자 꼬치가 미소를 지으며 말했다.

"그건 퍼쿵과 치요의 생각이 옳아. 피코 너도 인간족의 피를 받았잖

아. 네가 싫어한다고 해서 죽게 내버려 두면 안 되는 거야. 네 엄마와 아빠를 생각해 봐라. 그분들이 무슨 생각을 하면서 사셨는지 말야. 그러면 퍼쿵의 생각도 이해할 수 있을 거야."

피코가 머리를 긁으며 웃었다.

"헤헤, 실은 나도 알고 있어. 다만 지난번에 인간족이 우리에게 나쁜 짓을 한 게 있어서 좀 감정이 있는 거지 뭐. 그런 건 신경 쓰지 마."

말을 마친 사람들은 서둘러 발걸음을 옮겨 서쪽으로 이동했다. 그리고 어느 정도 지나 인간족의 냄새를 지나쳤을 때 언덕 아래로 내려가기 시작했다.

강에 가까이 가자 시원한 강바람이 확 불어오며 땀을 식혀주었다.

보보가 말했다.

"아, 시원해! 이제 좀 살 것 같아. 세수 좀 해야지."

그러자 다른 사람들도 걸음을 멈추고 강물에 손을 담가 얼굴에 흐른 땀을 씻었다.

"자, 이제 긴장을 해야지. 곧 인간족과 만나게 될 테니."

"과연 저들이 무슨 말을 할까요?"

"글쎄… 얘기가 잘되었으면 좋겠구먼."

피코가 말했다.

"너무 걱정하지 않아도 될 거야. 일단 아쉬운 것은 저쪽이니까. 저쪽에서 먼저 협정을 제안하고 이쪽에서 받아들여 준 형식이니까 만일 좋지 않게 나온다면 배짱을 좀 부리라고. 어차피 인간족은 지금 발등에 불이 떨어졌어."

"물론이지. 우리도 사정은 마찬가지지만 괜히 얕잡아 보일 필요는 없으니까."

강가를 따라서 반 시간 정도 걸으니 과연 커다란 배 한 척이 정박해 있는 것이 보였다. 배는 굵고 긴 밧줄로 묶인 채 좀 깊은 곳에 떠 있었고 강가에는 작은 나룻배가 한 척 따로 올려져 있었다. 강이 얕아서 큰 배는 접근할 수 없었던 모양이다. 그리고 강가에 모닥불이 커다랗게 피워져 있었고 그 주위에 한 떼의 인간족들이 모여 있는 모습이 보였다.

한 들개족이 중얼거렸다.

"후아, 많이도 왔군."

"글쎄 말이야. 무슨 할 말이 많아서 저렇게 떼로 몰려왔나?"

"퍼쿵은 어디 있지? 배에 있나?"

퍼쿵과 아이들의 모습은 보이지 않았다. 그러자 피코가 보보를 내려 놓고 꼬치에게 말했다.

"모두 여기서 기다려. 내가 먼저 가서 상황을 파악할 테니 부르면 그때 나오라고."

"그래."

피코가 모닥불로 걸어가며 소리쳤다.

"이봐! 잘들 지냈어?"

옹기종기 모여 앉아 얘기를 하거나 졸고 있던 인간족들이 깜짝 놀라며 일어섰다.

소리를 치고 난 다음에서야 보초를 서던 병사가 누군가 다가오는 것을 알아채고 창을 내밀며 경계를 했다. 활을 겨누는 병사도 있었다.

"누, 누구냐? 움직이지 마라! 움직이면 쏜다!"

"누군지 밝혀라!"

피코가 피식 웃으며 말했다.

"겁내지 말라고. 나 피코야. 내 동료들은 어디에 있어?"

그제야 피코를 알아본 경계병이 말했다.

"피, 피코로군. 그래 볼일은 다 보았나?"

"그래. 그런데 너희들 경계를 좀 잘 서야지 그렇게 해서 되겠어? 내가 공격할 맘이 있었으면 벌써 다 죽였겠다. 쿡쿡."

피코의 놀림 섞인 핀잔에 병사들이 역시 놀란 얼굴로 뒤에 서 있는 지휘관의 눈치를 보며 더듬거렸다.

"아, 알고 있었어. 가까이 올 때까지 기다린 거야."

"그랬어? 뭐 그렇다니까 그런 줄 알게. 그런데 퍼쿵은 어디 갔지?"

"근처에 있을 텐데… 따로 잠을 자겠다고."

그때 인간족의 사절 책임자가 다가오며 제법 위엄을 차린 목소리로 말했다.

"어딜 다녀오나?"

그러자 피코가 인상을 팍 구기면서 내뱉었다.

"왜요? 아저씨가 그건 알아서 뭐 하게요?"

문관 세 명과 무관 네 명, 그리고 사병 열다섯, 그렇게 총 스물두 명으로 이루어진 이 사절단의 책임자는 사십 대 후반의 늙은 무관으로서 협상 책임자와 경비 책임자를 겸임하고 있었다.

사절 책임자인 그 장군은 피코의 퉁명스러운 대답에 당황하며 애써 아무렇지도 않은 목소리로 얼버무렸다.

"아, 아니… 다른 뜻이 아니라 언제쯤 들개족을 만날 수 있나 해서… 벌써 하루 이상을 무작정 기다렸지 않은가?"

피코는 더욱 배짱을 퉁기며 으름장을 놓았다.

"아, 싫으면 가고~ 누가 억지로 만나라고 했어요?"

"무, 무슨 그런 말을……."

피코의 무례하기 짝이 없는 말에 인간족들이 모두 황당해했지만 왕과 쿠르, 그리고 부르크의 간곡하고도 엄한 당부 때문에 어쩌지 못하고 입맛만 쩝쩝 다셨다.

그때 바로 뒤에서 갑자기 나타난 퍼쿵이 피코의 어깨를 짚었다.

"그만 해, 피코. 그렇게 말하면 어떡해?"

"어? 언제 왔어?"

피코가 생각했다.

'낌새도 없이 나타난 걸 보니 근처에 방어진을 만들어놓고 그 안에 숨어 있었군.'

방어진이 아니고는 피코가 퍼쿵과 아이들의 냄새를 못 맡을 리 없었기 때문에 바로 짐작할 수 있었다.

"애들은?"

"자고 있어."

퍼쿵이 물었다.

"저기 저대로 세워둘 참이야? 어서 이리로 모셔와."

"응. 안 그래도 퍼쿵을 찾으면 그럴 생각이었어."

피코가 뒤로 돌아서 조금 떨어진 숲으로 들어갔다. 그리고 다시 나타났을 때는 보보와 세 명의 들개족이 함께 모습을 드러냈다.

"헛!"

인간족들이 순간 긴장하며 세 명의 들개족을 주시했다.

퍼쿵이 웃으며 말했다.

"겁먹을 필요 없습니다. 지난번 전쟁을 한 그 들개족이 아닙니다."

인간족 장군이 무안한 표정을 지으며 대답했다.

"아, 그, 그런가?"

"인사하십시오. 적이 아니니까 경계할 필요는 없습니다."

퍼쿵의 안내에 따라 양측이 마주 섰다. 경계병들은 각자의 위치로 돌아가고 일곱 명의 인간족 대표와 세 명의 들개족 대표만 남았다.

꼬치가 손을 내밀었다.

"안녕하시오? 나는 꼬치라고 하오."

"아, 만나서 반갑소. 난 킹카라고 합니다."

인간족 대표의 이름은 킹카였다. 퍼쿵 일행은 카르티 장군이 대표로 와주길 바랬지만 부르크가 선발한 것은 킹카 장군이었다. 그는 부르크의 추종자 중에서 개중에는 머리가 제일 나은 장수였다.

부르크의 말에 의하면 인간족 성을 둘러싼 상황이 너무 위태로워서 카르티 같은 맹장은 잠시라도 자리를 비워서는 안 된다는 것이었다. 그리고 왕에게 따로 한 말에는 아직 들개족과 퍼쿵 일행을 완전히 믿을 수 없기 때문에 카르티같이 중요한 인물을 위험에 내몰 수는 없다고 했다.

하지만 그의 속셈은 따로 있었다. 카르티는 일단 평화적인 성향이 너무 강했고 자신과 정책을 펴는 방향도 너무 반대였기 때문에 그에게 들개족과의 협상을 맡길 수 없었던 것이다.

게다가 또 한 가지 부르크의 걱정은 퍼쿵 일행이 카르티를 다른 곳으로 빼돌린 다음 터치의 공격이 시작되면 나 몰라라 하지 않을까 하는 것이었다. 이제 카르티는 아버지가 죽고 전혀 연고가 없었기 때문에 충분히 그럴 수도 있다는 생각이었다.

이런 두 가지 생각 때문에 카르티를 사절단 대표로 요구하는 퍼쿵 일행의 의견을 거절하고 다른 사람을 보내게 된 것이다. 말하자면 카르티는 일종의 볼모로 잡아둔 셈이었다.

물론 부르크로서는 이 협상 자리에 자신이 직접 오는 것이 제 뜻을 관철시키는 데 가장 유리했지만 지난번 암살 미수로 퍼쿵 일행에게 큰 원한을 사고 있는 그는 일말의 경계심과 불신에 의해서 이 자리에서 뒤로 물러났다. 아직 퍼쿵 일행을 완전히 신뢰하지 못하기 때문이었다.

그래서 고심한 끝에 킹카 장군을 선발하게 된 것이다. 이 사람은 그래도 제법 머리가 돌아가면서도 신중한 구석이 있는 군인이었다.

다른 장군들 중에서 따라가겠다고 지원한 사람이 없는 것은 아니었지만 머리 나쁘고 성질 급한 멧돼지들을 보냈다가 일을 그르칠 수도 있었기 때문에 이 사절단은 킹카 장군을 대표로 놓고 문관과 무관 중 학식을 가장 많이 겸비하고 있으면서 자신에게 충직한 젊은 사람들로 각각 세 명씩 선발되었다.

악수를 나눈 양측 대표 총 열 사람은 퍼쿵의 안내에 따라 미리 숲 속에 지어놓은 허름한 움막으로 안내가 되었다. 뒤따라오려는 인간족 병사들은 퍼쿵이 킹카 장군의 양해를 얻어서 강가에 남겨놓았다.

킹카와 무관들을 제외한 나머지 세 명의 문관 대표들은 경계병도 없이 따로 떨어지게 되자 상당히 불안한 기색을 보이며 퍼쿵에게 항의를 했다. 그러자 퍼쿵이 말했다.

"세 분은 뭐가 그렇게 불만이 많습니까? 들개족은 호위병도 없이 회의 당사자 단 세 사람만 왔습니다. 그런데 일곱 명이나 되면서 그렇게 무서워하면 좀 우습다는 생각이 안 드십니까?"

"하, 하지만."

퍼쿵이 어이없다는 표정으로 말했다.

"저를 믿지 못하시는 겁니까? 제가 여러분을 함정으로 인도하는 것 같습니까?"

"아니, 그런 뜻이 아니라……."

"그럼 들개족 대표들을 믿지 못하시는 겁니까?"

그러자 킹카 장군이 엄한 목소리로 문관들을 꾸짖었다.

"자네들, 예의를 지키지 못하겠나? 이게 무슨 꼴이야? 두 배도 더 되는 수의 사람들이. 상대에 대한 실례야. 그렇게 겁나거든 모두 배로 돌아가 있게. 나 혼자 협상을 할 테니!"

그 말에 문관들은 얼굴이 새빨개져서 입을 닫았고 젊은 무관들도 덩달아 창피해서 얼굴을 붉히며 문관들을 경멸하듯 바라보았다.

킹카가 꼬치에게 정중하게 사과했다.

"이거 죄송하게 됐습니다. 저 사람들은 문관들이라 좀 겁이 많아서… 이해해 주십시오."

꼬치가 부드럽게 웃으며 대답했다.

"하하하, 괜찮습니다. 그 정도는 이해하고 있습니다. 신경 쓰지 마십시오."

퍼쿵이 문을 열었고 대표들이 작고 어두운 움막으로 들어섰다. 그리고 문을 닫았다. 엉성하게 지어진 움막이라 나뭇가지와 잎으로 만들어진 벽과 천장 사이로 밖이 다 보였고 어두컴컴하게 구름이 모여들고 있는 하늘도 보였다.

퍼쿵이 문을 닫자 어디서 나타났는지 치요가 다가오더니 움막 밖에서 돌멩이 몇 개를 놓으며 왔다 갔다 했다. 그리고 순간 무언가 시원하면서도 상쾌한 바람이 움막 안을 잠시 맴돌고 사라졌다.

킹카가 나뭇잎을 얼기설기 엮어놓은 벽 사이로 치요를 보고 물었다.

"저 아이는 뭐 하는 거야?"

그러자 퍼쿵이 움막 가운데 준비되어 있는 마른나무 더미에 불을 피우며 대수롭지 않게 말했다.

"글쎄요. 뭐 잃어버리기라도 했나 보죠. 어린아이에게 신경 쓰지 마시고 회의나 시작하죠."

"그럴까?"

잠시 후 불이 타오르자 좁은 움막 안이 환하게 밝아지며 서로의 얼굴을 볼 수 있었다.

사실 그 움막은 퍼쿵이 대충 지어놓은 후 밖의 울타리에 치요가 약한 방어진을 구성해 놓은 것이었다. 몇 개의 돌과 문양만 더 추가하고 주문을 외면 진의 효력이 생성되도록 미리 준비해 놓았던 것을 사람들이 모두 들어가자 치요가 완성시킨 것이다.

회담을 누가 들어서도 안 되고 방해해서도 안 되기 때문에 만든 것인데 퍼쿵 일행을 제외하고는 그것에 대해서 전혀 모르기 때문에 그저 치요가 밖에서 돌멩이를 들고 왔다 갔다 하며 노는 것으로밖에 보이지 않았던 것이다.

물론 밖의 경계병들은 절대로 움막을 볼 수도 찾을 수도 없었다. 이대로 대표들만 회의를 마치고 나면 다시 나올 때 퍼쿵이 진을 구성한 돌덩이 한 개를 걷어차기만 하면 진이 파괴되니까 남들은 절대로 알 수 없었다.

모든 사람이 미리 바닥에 놓아둔 커다란 돌덩이를 의자 삼아 둘러앉았다.

간단하게 다시 인사를 나눈 후 얘기가 시작되었는데 처음에는 바로 터치에 관한 얘기가 나오지 않고 서로 경계를 하느라 잠시 시간을 보냈다.

킹카가 먼저 머리 좋은 인간족답게 꼬치의 부족에 대한 탐색을 시작
했다.

"부족이 이 근처에 거주하나 보죠?"

그러나 꼬치 역시 유난히 머리가 좋은 커우의 직계 후손이었고 공부
도 많이 한 데다가 거대한 커우 부족의 중책을 맡았던 장군 출신이었
다. 따라서 머리 좋은 인간족에 비해서 결코 지능이 떨어지지 않았다.

꼬치는 인간족이 교활해서 완전히 믿지 못한다던 보보의 말을 떠올
리고 자신의 동굴을 정반대 방향으로 얘기했다.

"아닙니다. 좀 더 서쪽으로 가야 합니다. 보통 여기서 하루 정도는
걸릴 겁니다. 댁네 인간족의 성은 어디에 있습니까?"

"예. 그렇군요. 저희는 동쪽으로 걸어서 이삼 일 정도는 가야 합니
다."

"멀지 않군요."

예상대로 이번에는 킹카가 넌지시 퍼쿵과의 관계를 탐색했다.

"예. 한 가지… 궁금한 것이 있는데… 퍼쿵 일행과는 어떻게 아는
사이십니까?"

꼬치가 부드러운 얼굴로 말했다.

"글쎄요. 잘은 모르고, 이삼 년 전부터인가? 그저 가끔씩 사냥한 짐
승의 가죽을 우리 마을에 가지고 와서 다른 물건과 바꾸어 가곤 했죠.
그래서 안면만 좀 있습니다."

꼬치는 아침에 피코 보보와 상의한 대로 대답했다. 회담에 별로 도
움이 되지 않을 것이라서 그들과 혈연이라느니 함께 자랐다느니 하는
얘기는 아예 피하기로 미리 짰던 것이다.

킹카가 고개를 끄덕였다.

"그랬군요. 실은 우리 성에도 물건을 팔거나 바꾸러 들어오면서 알게 되었습니다."

꼬치가 시치미를 뚝 떼며 말했다.

"그럼 퍼쿵은 인간족이 아니란 말입니까? 저는 그들 일행이 인간족인 줄 알고 있었는데요? 그쪽에서는 언제부터 퍼쿵을 알게 되셨는지요?"

"자세히 알게 된 건 작년 가을부터지만 이들이 우리 성에 오기 시작한 것은 십 년이 넘은 걸로 압니다."

"그러면… 우리보다는 더 친한 사이겠군요."

꼬치의 연극에 킹카가 넘어가기 시작했다.

"하하, 그럴 수도 있겠죠. 우리는 함께 우여곡절을 많이 겪었죠. 오해도 있었고요. 다 지난 얘기입니다만."

킹카의 생각으로는 퍼쿵과 더 절친한 사이라는 것을 내세움으로써 이번 협상에 있어서 뭔가 우위에 서고 싶은 의도가 있는 것 같았다.

킹카가 잠시 의심스러운 표정을 짓더니 물었다.

"그런데… 인간족인 줄 알면서도 퍼쿵 일행을 경계하지 않으셨습니까?"

꼬치가 태연히 대답했다.

"인간족이든 들개족이든, 아니면 다른 종족이든 무슨 상관입니까? 우리에게 해를 끼치지만 않으면 경계하거나 싸울 이유가 없습니다. 저희는 원래 싸우는 걸 좋아하지 않거든요."

"호오… 그래요?"

킹카를 비롯한 인간족 사절단은 사뭇 놀라는 것 같았다. 그럴 수밖에 없는 게 들개족이면 다 호전적이고 인간족에 대해서 적대 감정을 가지고 있으리라 생각하고 있었기 때문이다.

퍼쿵이 말을 잘랐다.

"이제 그런 쓸데없는 얘기는 그만 하시고 본론으로 들어가죠. 터치에 관한 얘기를 합시다."

"어험! 그, 그럴까?"

킹카가 잘 속아 넘어가자 꼬치도 속으로 회심의 미소를 지으며 말했다.

"그럽시다. 피코에게 듣기로는 터치에 관한 일로 우리와 무슨 하실 얘기가 있다고 하던데."

킹카와 인간족들도 자세를 고쳐 앉으며 진지하게 회의를 시작했다.

"그렇습니다. 하지만 본론으로 들어가기 전에 먼저 여러분이 커우의 들개족과 어떤 관계인지가 궁금합니다. 그 점에 대해서 이미 퍼쿵으로부터 대략 듣기는 했습니다만 본인에게서 직접 들을 수 있을는지요?"

"그거야 어렵지 않지요. 우선 알고 계셔야 할 것이 있는데 커우는 이미 오래전에 죽었습니다. 그리고 그 뒤를 이은 푸치가 왕이 되어 있습니다."

킹카가 꼬치의 지적에 고개를 끄덕였다.

"아, 그렇습니까? 아직 그들에 대한 자세한 정보가 없어서."

꼬치가 말을 이었다.

"그뿐 아닙니다. 현재 왕인 푸치도 이제는 없습니다. 얼마 전 터치가 반란을 일으켜 왕위를 빼앗았거든요."

그 말에는 퍼쿵도 깜짝 놀랐다.

"터, 터치가 반란을 일으켰다고?"

"응, 열흘도 안 되었지."

킹카가 물었다.

"그럼 현재 정권이 바뀐 거군요? 그럼 정책도 바뀌지 않을까요?"

꼬치가 고개를 저었다.

"그렇지 않습니다. 원래 지난 이십 년 가까이 전쟁을 주도한 인물이 터치거든요. 지금까지 계속되어 오던 확장 정책은 앞으로 더 심화되어질 겁니다."

킹카가 수심 가득한 표정으로 물었다.

"그럼 터치라는 자와 꼬치님은 어떤 관계십니까?"

"직접적인 관계는 없습니다. 부족이 다르니까요. 터치라는 놈은 서쪽의 바닷가에 본거지를 두고 큰 세력을 이룬 채 계속 확장을 펴던 커우의 들개족의 현재 우두머리죠. 그리고 저희는 그 주위에 널리 퍼져 있는 다른 많은 들개족 중 하나입니다. 기본적인 관계는 그리 우호적이지 않다고 할 수 있죠. 터치는 다른 들개족에 대해서도 계속 무력을 행사하며 확장 일로를 걷고 있으니까요."

킹카가 꼬치의 표정에서 진실성 여부를 면밀히 살피며 고개를 끄덕였다.

"그렇다면 수많은 들개족이 터치를 반대하고 있다는 것이 사실이군요?"

"그렇습니다. 이 근처뿐 아니라 훨씬 넓은 지역에 걸쳐서 약 백여 개의 크고 작은 들개 부족이 살고 있는데 대부분이 터치의 압제에 시달리고 있습니다."

"그, 그렇게나 많습니까?"

"예. 들개족을 모두 합친다면 총수는 거의 몇만이나 되는 걸로 알고 있습니다.”

킹카를 비롯한 인간족 사절의 표정에 놀라움이 역력히 나타나고 있었다. 그들로서는 잠재적으로 들개족에 대한 공포가 뿌리 깊게 깔려 있었기 때문에 들개족의 수가 그렇게 많다는 것에 놀라지 않을 수가 없었다.

꼬치가 말을 이었다.

“하지만 그리 겁먹을 필요는 없습니다. 대부분의 들개족은 서로 거의 교류하지 않고 각자의 터전에서 조용히 사는 부족들이니까요.”

“그럼 터치는… 왜?”

“터치는 유난히 머리가 좋고 야망이 가득한 인물이죠. 그래서 다른 들개족에 대해서도 큰 위협이 되고 있습니다.”

킹카는 심각한 얼굴로 가만히 꼬치의 얘기를 듣고 있었다. 그러다가 꼬치의 다음 말을 듣고는 좀 더 놀라는 표정이 되었다.

“저도 예전에는 터치와 가까운 지역에 살던 부족이었습니다. 그러다가 그의 정책에 반대해서 멀리 이주해 나왔죠.”

“그렇습니까? 그럼 터치에 대해서는 꽤 잘 알고 계시겠군요.”

“물론이죠. 항상 직접적인 통제를 받아왔으니까요. 전쟁이 있을 때마다 부족의 젊은이를 징집해 가거나 식량, 가죽 등의 물자를 징발해 갔죠.”

킹카가 안됐다는 듯 말했다.

“저런… 그럼 부족의 피해가 이만저만이 아니었겠습니다.”

“그렇죠. 하지만 어디 인간족의 피해만 하겠습니까? 터치가 가장 큰 적으로 생각하는 종족인데.”

“그걸 알고 계셨군요?”

"물론이죠. 이런 말씀 드리기 뭐하지만 예전에 인간족의 성을 빼앗을 때도 우리 부족에서 군사와 물자를 징발해 갔었습니다. 물론 억지로 빼앗아 갔습니다만."

인간족 대표들이 침통한 표정을 지었다.

"음… 그때 생각은 하기도 끔찍합니다. 많은 사람이 죽고 다쳤죠. 살아남은 사람이 몇 안 되었으니까."

꼬치가 물었다.

"그래서 그 일 때문에 저희를 만나고자 하신 것 아닙니까?"

"그렇습니다. 사실을 말하면 지금도 터치의 군대가 우리 성을 감시하고 있죠. 곧 전쟁이 있을 것 같은데 애석하게도 우리 인간족은 지금 그다지 막아낼 힘이 없습니다."

"솔직히 말씀드려서 그건 저희 부족도 마찬가지입니다. 지금은 터치의 군대가 찾지 못하는 곳에 숨어서 살고 있지만 언제 들키게 될지 알 수 없죠. 만일 인간족의 성이 함락되면 이 근처 일대는 모두 터치의 세력권이 되겠죠. 그럼 우린 다시 도망을 가야 합니다."

킹카가 결심한 듯 비장하게 말했다.

"단도직입적으로 말씀드리겠습니다. 우리와 손을 잡고 터치를 몰아내는 데 도움을 주실 수 있겠습니까?"

꼬치가 담담한 표정으로 대답했다.

"글쎄요. 일단은 공통의 목적을 가지고 있는 것 같으니 생각할 여지는 있겠죠. 하지만 그전에 한 가지 약속을 해야 할 겁니다."

"물론이죠. 그래서 우리가 이렇게 찾아오지 않았습니까? 무슨 약속인지 먼저 말씀해 보시죠."

꼬치가 전제 조건을 제시했다.

“인간족과 들개족 간에 서로 절대로 침략을 하지 않는다는 약속을 하고 그것을 지켜야 합니다.”

“그렇겠죠. 그 정도는 알고 있습니다.”

“만일 터치의 군대를 격파한 후에 인간족과 들개족 간에 다시 싸움이 벌어지면 절대 안 된다는 겁니다.”

킹카가 고개를 끄덕였다.

“알고 있습니다. 아니, 우리가 먼저 바라는 것입니다.”

꼬치가 말을 이었다.

“우리를 비롯해 대부분의 들개족은 자기 영역을 가지고 그 안에서만 생활을 합니다. 그 안에서 사냥을 하며 먹고 살죠. 그러니 먼저 침략을 하지 않으면 싸움이 날 일은 없을 겁니다.”

“그건 우리도 마찬가지입니다.”

“그래요? 다행이군요. 소문에 듣자 하니 주변 종족과 무역을 하신다면서요?”

“아, 그렇습니다. 그걸 어떻게?”

“어느 여행자가 말해 주더군요. 실은 일이 잘되면 우리 부족과도 무역을 텄으면 하고 바라고 있습니다.”

“아, 그거야 어렵지 않지요. 전쟁의 위협만 없다면 무역은 언제든지 환영입니다. 저희 왕의 기본 정책이기도 합니다.”

“그렇습니까? 잘됐군요. 당신네와의 무역이 기대가 됩니다. 하하, 이거 터치를 제거하기도 전에 벌써 딴생각이 드는군요 하하하!”

꼬치와 들개족들이 유쾌하게 웃어댔다. 그러자 긴장이 다소 풀린 인간족들도 입가에 웃음을 머금었다.

그런 식으로 얘기는 잘 진행이 되었다. 서로 상대에 대해서 재고 어

쩌고 하기에는 상황이 너무 급한지라 우선 협정을 맺는 쪽으로 분위기
가 기울고 있었다.

꼬치가 말했다.

"그보다 단지 저희 부족과 인간족이 힘을 합하는 것 가지고는 터치
의 군대를 깰 수 없다는 것은 알고 계시죠?"

"물론입니다. 터치는 그렇게 간단한 상대가 아닌 걸로 알고 있습니
다."

"그렇습니다. 우리 두 부족으로는 도저히 상대가 안 됩니다. 다른
들개족도 더 많이 끌어들여서 터치보다 더 세력이 커져야 합니다."

"그럼 어떻게 하죠? 우리는 다른 들개족은 전혀 모르는데."

"그건 우리가 알아서 하겠습니다. 우리에게는 어느 정도 서로 연락
할 방법이 있으니까."

"아, 그렇게 해주시겠습니까?"

"물론이죠. 일단 터치의 군대를 깨뜨리려면 다른 방법이 없으니까
요."

"그 다음은 어떻게 해야 합니까?"

"일단 우리끼리 약속을 해놓고 다른 부족의 대표들과도 협상의 자리
를 마련해야지요. 들개족들은 워낙 외부와 잘 교류를 하지 않는지라
이번 계획에 끌어들이기가 쉽지 않을 겁니다. 하지만 대부분 터치로부
터 독립하기를 바라고 있으니까 잘만 하면 협력을 이끌어낼 수 있습니
다."

"제발 그렇게 되길 바랍니다."

"그렇게 해야죠. 어차피 지금 인간족이 멸망하면 이 근처 일대의 다
른 모든 종족이 터치의 무력 하에 자유를 잃을 겁니다. 혹시 터치가 인

간족 여자들을 납치해 얼마나 못된 짓을 하는지 알고 계십니까?”

“그, 글쎄요… 대략 소문은 듣고 있습니다만…….”

“무슨 소문을 들으셨는지 모르지만 아주 끔찍합니다. 인간족 포로 중 남자들은 다 죽이고 여자들은 데려다가 노예로 부려먹으면서 밤에는 정액받이로 사용하고 있습니다. 그래서 혼혈아도 많이 태어났습니다.”

꼬치가 말을 하다 말고 옆에 앉아 있는 두 사람을 가리켰다.

“실은 여기 같이 온 두 사람도 어머니는 인간족이랍니다. 터치의 부족 사람들인데 핍박이 심해서 저와 함께 탈출을 했지요.”

꼬치가 일부러 혼혈아로 선발해 데려왔던 것이다.

인간족 대표들이 놀라면서 그들의 모습을 자세히 들여다보았다. 너무 어두워서 여태까지는 그들의 모습을 자세히 보지 못하고 있었다.

인간족 대표들이 참담한 표정을 지었다.

“과, 과연 꼬치님과는 조금 모습이 다르군요.”

“아… 가슴 아픈… 일입니다.”

“그럼요. 앞으로 다시 인간족이 터치에게 패하면 똑같은 일이 반복될 겁니다. 그런 불행은 막아야죠.”

킹카가 분개해서 부르르 떨며 말했다.

“힘을 합해서 터치를 몰아내십시다.”

그러나 꼬치가 약간 주저하는 표정을 지으며 말했다.

“물론 그렇게 하면 좋죠. 하지만 소문에 의하면 인간족이 약속을 때때로 지키지 않는다는 말이 있어서… 다른 들개족들이 잘 협조를 해줄지는 장담을 못하겠습니다.”

킹카가 당황하는 표정으로 꼬치의 손을 덥석 잡았다.

"그, 그럴 리가 있겠습니까? 우리는 지금 멸망을 눈앞에 두고 있습니다. 어떻게 도와주신 분들과의 약속을 어기겠습니까? 부탁입니다. 우리를 도와주십시오. 절대 배신하지 않겠습니다."

"믿어도 되겠습니까?"

"물론입니다. 만일 배신을 한다면 이 목숨을 내놓겠소. 내 명예를 걸고, 아니, 인간족의 명예를 걸고 약속드리겠습니다."

꼬치가 가만히 눈을 감고 생각했다.

'그래… 어차피 터치는 제거해야 해. 그러기 위해서는 들개족 전체가 힘을 합해야 한다. 그리고 배타적인 다른 들개족들을 끌어들이려면 뭔가 그럴듯한 이슈가 필요하지. 그러기에는 인간족과의 연합이 딱 좋은 조건이야. 이들이 나중에 배신할지 아닐지는 두고 봐야 하지만 일단은 터치부터 제거하고 보자. 만일 잘되면 인간족과 계속 평화를 유지하면서 함께 살 수도 있을 테니까.'

꼬치가 가만히 눈을 뜨더니 옆의 두 들개족에게 물었다.

"어떻게 생각하나?"

"글쎄요… 현재로써는 우선 터치를 제거하는 것이 우선이니까… 저는 찬성입니다."

"자네는?"

"저도 다른 방법은 없는 것 같군요. 일단 다른 들개족들과 자리를 함께 마련하는 일부터 착수를 하죠."

"좋아, 나도 찬성이야."

꼬치가 킹카에게 고개를 돌리며 말했다.

"좋습니다. 한번 해봅시다. 힘을 합해서 터치를 제거하도록 합시다."

꼬치가 손을 내밀자 킹카가 그 손을 덥석 잡으며 악수를 했고 다른 인간족 대표들도 기뻐하며 자리에서 일어섰다.

양측의 대표들은 서로 악수를 나누며 결의를 다졌다.

퍼쿵이 말했다.

"잘되었군요. 다 된 겁니까?"

그러자 꼬치가 고개를 저었다.

"아니, 이제부터 회의 시작이야. 이제 겨우 손을 잡기로 결정을 본 것뿐이니까. 앞으로의 계획에 대해서 구체적이고 세밀하게 논의를 해야지."

킹카도 말했다.

"그렇다네. 본론은 이제부터지. 하하, 꼬치님은 회담을 많이 해본 분 같습니다."

"아니, 그렇지도 않습니다. 그저 그럴 것 같다는 얘기죠."

퍼쿵이 일어섰다.

"그럼 저는 잠시 나갔다 올 테니 얘기들 나누십시오. 이제 저는 필요가 없을 테니까요."

킹카가 말했다.

"아니, 자네가 나가면 어떻게 하나? 끝까지 도와줘야지."

그러자 퍼쿵이 고개를 저었다.

"벌써 잊으셨습니까? 저는 다만 양쪽을 소개해 드리는 데까지만 도와드릴 뿐입니다. 그 다음부터는 서로 잘 협의하셔서 결정을 보십시오. 서로 간에 피해를 주는 일이 없도록 말입니다."

"하, 하지만……."

"거듭 말씀드리지만, 저는 들개족이나 인간족이 아무도 다치지 않고 협력하면서 평화롭게 살길 바랄 뿐입니다. 어느 한쪽을 편들거나 치우칠 생각도 없을 뿐 아니라 전쟁에 직접 관여할 마음도 전혀 없습니다. 애초에 말씀을 드리지 않았습니까? 그럼 이만."

꾸벅 인사를 한 퍼쿵이 문을 열고 나가 버리자 킹카가 당황하는 표정을 지었다.

꼬치가 킹카에게 말했다.

"퍼쿵의 말이 맞습니다. 이제 남은 것은 우리가 해결해야죠. 어차피 퍼쿵 일행은 몇 사람 되지도 않는데 크게 힘이 되지는 않을 겁니다."

킹카가 고개를 저었다.

"정말 퍼쿵과 아이들에 대해서 잘 모르시는군요. 저들은 보통 아이들이 아닙니다. 지난번에… 아!"

거기까지 말한 킹카가 급히 입을 닫았다. 지난 전쟁의 내용에 대해서 절대 비밀에 부치라는 부르크의 엄명이 생각났기 때문이다. 그때 사용했던 폭탄이라는 신무기가 다른 종족에게 새어 나가는 것을 막기 위한 특별 지시로써 폭약이나 그에 관련된 다른 모든 일에 대해서는 일체 함구령이 내려졌던 것이다.

꼬치가 물었다.

"퍼쿵과 아이들이 뭐 어떻다는 말입니까?"

킹카가 애써 태연한 표정을 지으며 말을 슬머시 돌렸다.

"아… 그, 그들은 엄청나게 힘이 셉니다. 게다가 여행을 많이 해서 모르는 종족이 없다고 하더군요. 그래서 퍼쿵 일행이 도와주면 다른 종족들을 끌어들이는 데 큰 도움이 될 것 같아서……."

"그렇습니까? 하지만 본인이 이 전쟁에 끼기 싫어하는 데야 어쩌겠습니까? 직접 관련된 것도 아니고 저들은 그저 떠돌이일 뿐인데요."

“그렇군요. 하긴.”

킹카는 꼬치가 눈치를 못 챘다고 생각하고 한숨을 돌렸다.

그러나 꼬치는 좀 의아한 생각을 하고 있었다.

‘무슨 말을 하려다 만 것일까? 뭔가 숨기는 게 있는 것 같은데… 퍼쿵 일행이 보통 아이들이 아니라니… 나도 퍼쿵과 피코의 검술이 대단하다는 것은 알고 있지만… 흠……’

퍼쿵은 그렇게 움막 안에 열 사람을 남겨둔 채 밖으로 나와서 그대로 옆의 숲으로 들어갔다.

그가 들어간 곳에는 작은 공터가 있었는데 그곳으로 걸어가던 퍼쿵의 모습이 갑자기 쑝 하고 사라졌다. 방어진으로 들어갔던 것이다.

그 안에는 역시 작은 움막이 쳐져 있었고 그 안에 지친 보보와 유코, 우레가 잠들어 있었다. 그리고 그 옆에 피코와 치요가 얘기를 나누며 앉아 있었다.

피코가 물었다.

“회담은 다 끝났어?”

“아니, 이제 시작이래.”

“뭐야, 밤샐 작정이야?”

“밤이라도 새야지 뭐.”

치요가 물었다.

“방어진은 어떻게 했어?”

“응, 안에 마실 물이랑 먹을 것도 준비해 놓았으니까 좀 시간이 걸려도 나오지는 않을 거야. 얘기는 잘되고 있는 것 같아.”

“잘돼야지.”

피코가 슬쩍 눈치를 보며 물었다.

“이제 우린 어떻게 할 거야?”

“얘기가 잘되면 우린 우리대로 떠나야지. 직접 관여하지 않기로 했잖아?”

피코가 좀 상기된 표정으로 말했다.

“저… 꼬치 오빠네 동굴에 들렀다 가지 않을래?”

“거긴 왜?”

“응, 그냥.”

“굳이 들를 필요는 없잖아? 꼬치 형도 봤는데.”

“거, 거기 나리가 와 있어.”

“나리가? 그러고 보니 나리도 한번 봐야겠군.”

피코는 자리코 얘기를 하지 않기로 했기 때문에 말은 못하고 입이 근질거려서 죽을 지경이었다. 그녀에 대해서 말을 하지 않고 일행을 동굴까지 데려가려니 무슨 말을 해야 할지 말주변없는 피코로서는 좀 힘들었다.

“나, 나리가 모두 데리고 오랬어. 보고 싶다고.”

“그래? 나리가 우릴 그렇게 보고 싶대?”

“응, 정이 많이 들었나 봐. 헤헤… 뭐 어때? 특별히 할 일도 없는데 들러서 만나고 가자.”

치요가 고개를 끄덕였다.

“그래, 그렇게 하지 뭐. 어때 퍼쿵?”

“좋아, 하지만 오래 머물지는 않을 거야. 곧 터치 문제로 시끄러워질 테니까 그전에 우린 떠나야지.”

피코가 웃었다.

“그래, 오래 머물 필요는 없어. 그냥 들르기만 하면 되니까. 킥킥
킥.”

피코의 의미 모를 웃음에 의아한 표정을 짓던 치요가 퍼쿵에게 말했
다.

“이 일대는 이제 완전히 전쟁의 소용돌이에 휩싸일지도 모르겠군.”

퍼쿵도 걱정스런 표정이었다.

“그럴 수도 있지. 아닐 수도 있고… 전쟁이 일어나지 않아야 할 텐
데… 전쟁은 너무나 비참해.”

“그럼 이제 어디로 가야 하지? 싸움이 일어나면 바로 여기가 전쟁터
가 될 거야.”

“글쎄… 동쪽 신의 산으로 다시 돌아갈까?”

“거긴 화산 개미가 살고 있잖아?”

“그렇구나. 이제 갈 곳도 없네.”

피코가 대수롭지 않게 말했다.

“무슨 걱정이야? 땅이 여기뿐이야? 마족의 마을을 지나서 더 북쪽도
있고 여차하면 바다를 건너보는 것도 괜찮지 뭐. 어디든 땅은 있을 테
니까.”

“그럴까?”

치요가 고개를 저었다.

“나는 왠지 이곳을 떠나 아주 멀리 간다는 게 싫어. 어디든 마찬가
지일 거야. 그리고 여기 남은 사람들을 나 몰라라 하고 도망가기도 그
렇고.”

퍼쿵이 고개를 끄덕이며 말했다.

“그래… 천천히 생각해 보자, 그 문제는.”

밤이 깊어갔다. 자고 있는 세 아이에게 담요를 덮어주며 피코도 누웠다.

"나도 좀 눈을 붙여야겠다. 하루 종일 걸어왔더니… 아함~"

퍼쿵이 피코에게 자신의 망토를 벗어 덮어주며 말했다.

"그래, 좀 자라. 수고 많았다."

"응… 오빠도 수고 많았어. 안녕~"

피코가 오랜만에 오빠라고 부르자 퍼쿵이 애잔한 미소를 지으며 눈을 감고 잠을 청하는 피코의 머리칼을 부드럽게 쓸어 넘겨주었다.

'그러고 보니 요즘 들어서 우리 피코가 많이 예뻐졌구나. 이제 결혼을 시켜야 할 텐데… 더 늦기 전에… 휴~'

퍼쿵의 한숨과 치요의 깊은 눈동자 속에서 네 아이가 코를 골며 잠들어 있었고 밤은 점점 더 깊어만 갔다.

우르릉~ 우릉―

갑자기 멀리서 낮은 천둥 소리가 들려왔다. 그리고 미처 어딘지 찾아보기도 전에 어두운 밤하늘에서 굵은 빗줄기가 쏟아져 내리기 시작했다.

후드득 후드득.

퍼쿵과 치요는 천막 지붕을 때리는 굵은 빗소리를 들으며 밖을 내다보았다.

움막 안의 회의는 비와 상관없이 언제 끝날 줄 모르고 계속되고 있었고 강가에 모닥불을 피워놓고 있던 병사들은 급히 나무 밑으로 바위 밑으로 비를 피해서 달아나느라 어수선했다.

'곧 또 여름이 오겠지……'

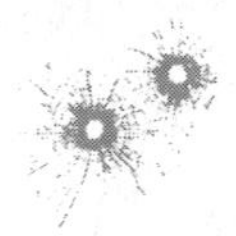

제5장 신(神)의 산(山)

　한 무리의 인간족 병사들이 험한 산길을 따라 한 줄로 올라가고 있었다. 그런데 그들의 모습은 어딘지 모르게 무척 힘겨워 보였다. 각자가 등에 메고 있는 묵직한 자루와 창, 칼이 벅차 보일 정도로 모두 지쳐 있었다.

　허리에 잠길 정도의 계곡 물이 나오자 제일 앞서 가던 젊은 장교가 말했다.

　"모두 정지! 이곳에서 잠시 쉬어간다."

　인솔자의 말이 떨어지기가 무섭게 뒤따르던 병사들이 힘없이 털썩 주저앉았다.

　인솔자로 보이는 장교의 모습도 형편없기는 마찬가지였지만 그는 그래도 부하 병사들의 어깨를 두드리며 격려하고 있었다.

　"조금만 힘을 내자. 곧 목적지에 도착할 거야. 이제 얼마 남지 않았어."

그러나 대답을 하는 병사는 하나도 없었다. 대답할 기운도 없었던 것이다.

장교가 말했다.

"자, 이렇게 앉아 있지 말고 각자 위치를 잡고 경계를 해라. 넋 놓고 앉아 있다가는 또 어떤 짐승이 덤벼들지 몰라."

이번 말에는 병사들이 반응을 했다. 움찔하며 일어서는 병사들의 눈에 두려움이 엿보이고 있었다.

그러고 보니 모든 사람들의 옷이 뭔가로 잡아 뜯어놓은 것처럼 군데군데 찢어져 있었고 그 주위에 피딱지가 앉아 있었다. 개중에 심한 사람은 상처가 덧나 곪기 시작하는 사람도 있었다.

병사들이 자리 잡고 사방을 경계하는 가운데 장교가 배낭에서 포도주가 든 자루를 꺼내 모두에게 돌렸다.

"이것을 돌려 마시게. 조금 기운이 날 거야. 마지막 남은 거니까 조금씩 나누어 마셔. 그리고 여기 마침 물이 있으니 모두 물을 각자의 수통에 채우도록 해. 그리고 간단히 식사를 한 다음 출발한다."

술을 돌려 마신 병사들의 얼굴에 약간의 생기가 돌아왔다. 그리고 각자의 배낭에서 말린 비상 식량을 조금씩 꺼내 식사를 하기 시작했다.

한 병사가 한 잔의 포도주를 인솔 장교에게 내밀며 물었다.

"대장님, 얼마나 더 가야 합니까?"

"글쎄… 나도 정확히는 몰라. 이곳 원주민의 얘기에 의하면 정확히 동남쪽으로 가다가 나오는 높은 산의 벼랑이라고 했다. 저기 저 산인 것 같은데."

장교가 가리키는 손가락 끝에는 높은 산 중턱에 깎아지른 병풍처럼 생긴 벼랑이 걸려 있는 게 어렴풋이 보였다. 지금 막 오르기 시작한 산봉우리를 넘어서 훨씬 더 가야 했지만 그래도 눈으로 볼 수 있다는 것이 이들의 지친 몸과 마음을 달래주고 있었다.

사병들이 일제히 그 벼랑을 바라봤다. 너무 멀어서 자세히 보이지는 않았지만 그곳에 신의 동굴이 있다는 것이다.

이 원정대는 총 스무 명의 지원자로 구성되어 열흘 전에 인간족의 성을 떠났었다. 그동안 이곳 이외에 여러 곳을 다니며 고대 도시를 찾았지만 그 흔적이나 소문도 접할 수 없었다.

그건 지난 십여 년 동안 백 회가 넘게 파견되었던 다른 모든 원정대가 마찬가지였다. 그렇게 흔적도 전혀 없는 고대 도시라는 전설을 찾아내기 위해서 무작정 발 닿는 대로 돌아다니다가 몇 달 후 거지 꼴이 되어서 되돌아오는 것이 인간족 원정대의 실상이었다. 그저 들개족의 위협으로부터 종족의 멸망을 막기 위한 최후의 몸부림이라고 할 수 있었다.

이 원정대도 마찬가지였다. 똑같은 일이 반복되리라는 것을 알면서도 털끝만큼의 가능성이라도 잡아보려는 생각으로 내내 이 일대를 헤매고 다녔다.

그렇게 고대 도시를 찾아 이 주변을 헤매고 다니던 중, 바로 사흘 전 근처에서 화전을 일구며 사는 소수 종족을 만나게 되었고 이곳 토박이인 그들로부터 신의 동굴에 대한 얘기를 듣게 되었던 것이다.

그것은 성을 떠난 지 이레째 되던 날이었다. 부락이라고 할 것도 없이 겨우 네 사람이 다였는데 이십 명의 병사가 무장한 채 다가오는 것을 보곤 벌벌 떠는 그들을 겨우 안심시키고 얻어낸 것이 바로 신의 동굴에 대한 얘기였다.

"…여기서 동북 쪽으로 사나흘 걸어가다 보면 인간은 절대 살 수 없는 산이 나옵니다. 거기가 바로 신의 산 정상이지요. 그 중턱 벼랑 위에 아무도 접근해서는 안 되는 신전이 있다고 전해져 오고 있어요. 하지만 가지 않는 게 좋을 겁니다. 절대 돌아올 수 없어요."

…그랬다.

신의 산은 지금은 죽고 없는 시조의 엄명에 의해서 절대로 접근이 금지된 곳이었다. 죽기 전에 시조가 말하기를 신의 산에 접근하면 반드시 종족의 멸망을 보게 되리라고 예언을 했었다. 그래서 왕은 물론 용의주도한 부르크조차 신의 산에는 들어가지 말라고 명령을 하는 처지였다.

그런데 이 원정대의 인솔자인 '자라목'은 모든 경고와 예언, 그리고 왕의 명령마저 무시한 채 출발하자마자 이쪽으로 방향을 잡았고 이레 만에 신의 산 입구에 발을 들여놓았다.

'그곳에 있어… 고대 도시는 신의 산에 있는 거야. 분명히!'

그랬다. 자라목은 이제 삶에 미련이 없었다.

그렇다고 자신과 부하들을, 그리고 종족을 멸망으로 몰고 가려는 생각은 절대로 아니었다. 오히려 그는 자신이 희생하는 한이 있더라도 고대 도시를 찾아서 종족의 멸망을 막겠다는 일념으로 활활 타오르고 있었다.

'…틀림없어! 신의 산이 가서는 안 되는 곳인 이유는 거기가 바로 고대 도시이기 때문일 거야. 그렇지 않고서야……'

열흘 전 퍼쿵 일행으로부터 하나뿐인 여동생이, 그녀를 키우느라고 자신의 온 청춘을 다 받쳤던 자리코가 죽었다는 말을 들었다. 자라목은 카르티가 준 휴가에도 불구하고 응가가가를 찾아가지 않았다.

대신 그 길로 찾아간 곳은 왕궁이었다. 고대 도시 원정대를 주관하는 부서를 그 밤에 바로 찾아가서 지원을 해버린 것이다. 인생의 은인인 카르티와 상의하지도 않고 그렇게 한 것은 카르티가 말릴 줄 뻔히 알고 있었기 때문이다.

카르티는 자라목을 무척 아꼈다. 처음 그를 보았을 때부터 거두어주었을 뿐 아니라 그의 능력과 성실성을 높이 평가하여 젊은 나이에도 불구하고 초급 장교지만 분대장까지 진급을 시켜주었다. 그뿐 아니라 그가 어린 여동생을 키우고 있다는 것을 알고 항상 자리코의 배를 곯리지 않도록 뒤에 숨어서 물심양면으로 도와준 사람이었다.

그래서 자라목도 카르티를 친형 이상으로 따르고 사랑했다. 하지만 자리코를 잃었을 때 자라목은 모든 것을 버렸다. 더 이상 목숨 걸고 지켜줘야 할 대상이 없어져 버린 탓이었다.

'그래… 이제 내가 할 일은 종족의 멸망을 막기 위해 고대 도시를 찾아내는 거야. 들개족으로부터 종족을 지켜주는 것이 내 마지막 사명이야. 떠나자!'

그렇게 자라목은 원정대의 책임자를 맡아서 바로 다음날 아침 성을 떠났다. 카르티에게는 편지와 함께 사직서를 남겨두어 부하에게 전해주도록 시켰다.

어쨌든 열흘째가 되는 지금 자라목의 원정대는 신의 산 정상을 얼마 남기지 않고 휴식을 취하고 있는 것이다.

대부분의 원정대가 그렇겠지만 이 일행도 고생이 이만저만이 아니었다. 쉴 틈 없는 행군에다가 잠도, 먹을 것도 부족했다. 게다가 간밤

에는 정체를 알 수 없는 낯선 맹수 떼에게 공격을 받아서 밤새 싸우다
가 폭탄을 몇 개 터뜨리고서야 겨우 도망칠 수 있었다. 그래서 지금 스
무 명의 원정대 전체가 상처투성이에 매우 지쳐 있었다. 그나마 사망
자가 없다는 것이 큰 다행이었다.

식사를 하던 한 사병이 물었다.

"도대체 간밤에 습격한 짐승들은 뭡니까?"

자라목이 대답했다.

"글쎄… 나도 처음 보는 거라서… 아무튼 조심해야 되겠어. 이 근처
에는 이상한 동물들이 많은 것 같아."

이들의 얘기에 다른 병사들이 끼어들었다.

"정말 끔찍했어요. 큰 놈이 하나 덤벼든다면 모두 힘을 합쳐 잡아먹
기라도 하겠는데 이건 꼭 고양이만큼도 안 되는 것이 수십 마리씩 한
꺼번에 달려들어 물어대니… 다시 나타나면 우린 다 죽고 말 겁니다."

"혹시 신의 저주가 내리는 게 아닐까요?"

"그, 그럴지도 몰라. 신의 산에 접근해서는 안 된다고 했는데."

자라목이 겁에 질려 중구난방 떠드는 부하들의 얘기를 끊었다.

"그런 소리 하지 말게. 그건 그저 짐승들일 뿐이야. 그 정도에 겁에
질리다니 자네들 어떻게 된 거 아닌가?"

"하지만 시조께서 그곳에는 절대 접근하지 말라고."

"그래요. 그곳에 접근하면 종족이 멸망할 거라고 예언하셨잖아요?"

자라목이 엄한 표정으로 꾸짖었다.

"지금 우리 종족이 어떤 지경에 처해 있는지 몰라서 하는 소린가?
어차피 우리는 지금 들개족에게 둘러싸여 언제 멸망당할지 모르는 처
지야. 우리가 그냥 돌아가도 들개족과 전쟁이 일어나면 모두 죽게 될

거야. 이래 죽나 저래 죽나 마찬가지인데 노력도 하지 않고 그냥 앉아서 죽음을 기다릴 건가?"

"그, 그런 뜻은 아닙니다."

"그럼 뭐야? 가족들을 버리고 나만 살겠다고 도망이라도 가고 싶은 건가? 엉?"

그제야 병사들이 입을 다물고 고개를 숙였다.

"나도 자네들이 이곳에서 죽기를 바라지는 않아. 하지만 만일 우리가 고대 도시를 찾다가 죽게 되더라도 그건 가치가 있는 일이야. 우리는 최소의 희망이라도 잡아야 해. 여기 모인 모든 사람들은 지원해서 온 게 아닌가? 누가 등 떠밀어서 억지로 원정대에 합류한 사람 있나?"

"없습니다."

"그럼 마지막까지 최선을 다하게. 우리가 성공하면 인간족은 사는 거야."

"알겠습니다."

"죄송합니다. 다신 그런 말 않겠습니다."

"됐어. 나도 답답해서 한 말이니 서운하게는 생각하지 말게."

병사들이 애써 힘을 내기 시작했다.

"염려 마십시오, 대장님. 최선을 다하겠습니다."

"그래요. 목숨을 바쳐 종족을 구하도록 하겠습니다."

"고맙네. 모두 힘을 내세."

식사를 마친 원정대는 분발하여 다시 길을 걷기 시작했다. 산은 점점 가팔라졌고 나무들은 울창한 낙엽 활엽수에서 점차 키가 작은 교목으로 바뀌어가고 있었다.

가끔 곳곳의 땅에 유황 냄새를 풍기는 깊고 좁은 틈새가 벌어져 있을 뿐 신의 산은 일반 산과 다를 바 없었다.

하늘은 비가 오려는지 약간 흐려지면서 엷은 구름이 깔려 있었다. 그래서 아직 한낮일 텐데 태양의 모습은 가려져 있었다.

한 병사가 말했다.

"왜 이렇게 날씨가 덥지?"

다른 병사가 대답했다.

"원래 비 오기 전에는 좀 더운 법이야."

"하지만 아직 여름이 오려면 멀었는데 너무 뜨겁지 않아?"

"높은 산에 올라 있으니 해가 가까워서 그렇겠지."

"무슨 말이야? 높을수록 시원해지는 게 맞지. 게다가 구름이 끼어서 해가 없잖아?"

앞장서던 자라목이 말했다.

"아닌 게 아니라 좀 덥군. 이상하게 뜨거워."

맨 뒤에서 오던 병사가 소리쳤다.

"대장님, 저길 보십시오!"

"응?"

모든 사람이 맨 뒤의 병사가 가리키는 곳을 바라봤다. 그가 가리키는 곳은 남쪽으로 아주 멀리 있는 가물가물한 산이었다. 너무 멀어서 정작 산의 모습은 잘 보이지 않았는데 대신 그쪽에서 하늘을 향해 뭔가 꾸물꾸물 구름처럼 피어오르는 모습이 눈에 들어왔다.

"저건?"

"음?"

인간족으로서는 한 번도 본 적이 없는 광경이었다. 산에서 하늘로 거대한 구름이 피어오르는 모습은.

"저게 뭡니까?"

"글쎄? 구름은 아닌 것 같은데."

"말로만 듣던 불을 뿜는 산 아닙니까?"

"불을 뿜는 산?"

"예. 오래전에 성에 들렀던 떠돌이에게서 들은 적이 있어요. 산에서 불을 뿜어대는 일이 있다고 말입니다."

자라목이 물었다.

"자세히 설명해 보게."

"그 사람은 산에서 진귀한 약초를 캐다가 팔던 사람이었는데 전에 어느 산에서 불을 뿜어내는 것을 본 적이 있다고 했었어요. 온 세상이 불바다가 되었다고 했죠. 근처에 있는 모든 것이 다 타버리고 다 죽었대요."

"그런 대단한 산이 있었나?"

"저게 그 산이 아닐까 싶은데요?"

"그럴지도 모르겠군. 그래서 이렇게 뜨거운가? 산에서 하늘로 불을 뿜어대니."

"하지만 이렇게 먼데요?"

다른 병사가 떨리는 음성으로 말했다.

"그래도 저기서 올라간 연기 구름이 여기 우리 머리 위까지 이어지고 있잖아?"

병사들이 또 동요하기 시작했다.

"어, 어째 으스스한데?"

"이거 신의 산은 만만치 않은 것 같아."

"이봐, 괜한 말 하지 말라고. 안 그래도 무서운데."

자라목도 약간 두려운 생각이 들기 시작했다. 그러나 부하들 앞에서 내색할 수는 없었다.

그가 태연한 얼굴로 말했다.

"다들 쓸데없는 걱정은 접고 어서 올라가자. 이대로라면 중턱도 못 가서 밤이 될 거야. 야영할 장소라도 찾으려면 어서 서두르자고. 오늘 밤 안으로 이 봉우리라도 넘고 쉬어야지. 이제 멀지 않았는데 힘들 내."

"예."

쉬지 않고 부지런히 걸었으나 산속의 해는 너무나 짧았고 원정대는 너무나 지쳐 있었다. 결국 그 산봉우리를 넘지 못하고 어둠을 맞게 되었다.

자라목은 완전히 어둠이 세상을 뒤덮기 전에 서둘러 시냇물을 찾았다. 날씨가 너무 더워서 이미 수통의 물이 바닥났기 때문에 병사들을 쉬게 하려면 물을 찾아야 했다.

횃불을 만들어 들고 바닥을 살피던 자라목이 말했다.

"다들 따라와. 여기 물길의 흔적이 있어."

"그렇긴 한데 왜 바짝 말랐을까요? 올해가 그리 가물지도 않았는데."

"알 수 없지. 하여튼 이걸 따라가면 조금이라도 물을 찾을 수 있을 거야."

스무 명의 인간족 병사들은 각자 횃불을 만들어 들고서 지친 몸을 옮겼고, 그렇게 한 시간가량 더 헤매고 다닌 다음 주위가 완전히 캄캄해지고 나서야 물을 찾을 수 있었다.

"다행이야, 물을 찾아서. 어서 짐을 풀고 야영 준비를 해."

“예.”

“자네는 몇 사람 더 데리고 장작을 준비해. 또 맹수의 습격이 있을지 모르니 불을 피워야 해. 밤새도록 땔 수 있을 만큼 많이 준비하게.”

“예.”

병사들이 서둘러 움직이기 시작했고 자라목은 하늘을 바라봤다. 방위를 살펴야 하는데 구름이 끼어서 별이 보이지 않았다.

‘휴… 정말 힘들군. 별도 없으니… 하지만 오늘 밤은 비라도 좀 왔으면 좋겠다. 너무 더워서 탈진할 지경이야.’

자라목은 자루를 벗어놓고 칼만을 허리에 찬 채 웃옷을 벗었다. 그리고 시냇물로 다가가 손과 얼굴을 씻었다.

‘이거… 물도 뜨뜻미지근~한 게 영 시원하지가 않군. 도대체 이 지역은 왜 이리 더운 거지? 시냇물이 말라 버린 이유가 바로 지열 때문인 것 같은데… 역시 불을 뿜는 산 때문인가?’

다행히 이곳에 고여 있는 물은 양이 상당히 많았다. 가는 물줄기가 흘러가다가 움푹 패인 곳에 잔뜩 고여서 깊이도 무릎 정도는 되었고 병사들이 다 마시고 씻을 수 있을 정도로 충분했다.

야영 준비가 끝나고 모닥불이 몇 곳에 환하게 피워지자 자라목은 모든 병사들에게 식사를 시키고 몇 명씩 돌아가며 목욕을 하도록 했다. 지치고 상처 입은 몸에는 목욕이 상당히 도움이 되었기 때문에 병사들은 조금씩 원기를 찾고 편안히 잠자리에 들 수 있었다.

모두 목욕을 마치자 취침을 하는 동안 한 시간에 세 명씩 돌아가며 보초를 서도록 지시하고 자라목도 잠시 몸을 바닥에 뉘었다.

기분 나쁘게 후끈한 열기 속에서도 오래 쌓인 피로에 슬그머니 잠이 몰려왔다.

'깊이 잠들지 말아야지… 조금만 눈을 붙였다가… 조금만…….'

그러나 자라목 역시 온몸이 체력의 한계를 넘어선 지 오래였다. 서서히 잠겨드는 의식을 끌어올리지 못하고 그는 잠의 늪으로 깊이 깊이 빠져들고 있었다.

…….

세상이 온통 암흑에 쌓여 있었다. 주위를 둘러봐도 아무것도 보이지 않았다.

자라목은 눈에 뭐가 끼인 게 아닌가 해서 두 손으로 마구 눈 주위를 비볐다. 그래도 보이는 것은 아무것도 없었다. 심지어 눈을 비비고 있는 제 손마저도 보이지 않았다.

"뭐, 뭐야? 이게 어떻게 된 거야? 모두 어디에 있어? 이봐! 대답해! 모두 무사한 거야?"

소리를 질러보았지만 대답하는 사람이 없었다.

자라목은 급히 왼쪽 허리를 더듬어봤다. 익숙한 물건들이 왼손에 만져졌고 오른손으로 그중 짧은 것을 뽑아 들었다. 오랫동안 사용해 오던 손때 묻은 검이었다.

그에게는 두 자루의 장검이 있었는데 하나는 길고 다른 하나는 좀 짧고 가벼웠다.

왜 짧은 것을 꺼내 들었는지 모르겠다. 오랫동안 숙소에 보관해 두고 꺼내지 않다가 이번 원정길에 오르면서 먼지를 털고 가져온 물건이었다. 마지막 길이 될지도 모른다는 생각이 들어서 두고 떠날 수가 없었다.

소년 시절에 사용하던 검이기 때문에 크기가 작고 가벼워서 이제는 장검으로 사용하기가 영 민망한 검이었다. 게다가 소중한 의미가 담겨진 물건이라서 이제는 함부로 사용하지 않고 보물처럼 간직하는 검이었다.

자라목이 검을 빼어 들다 말고 그것을 유심히 살펴보며 생각에 잠겼다.

'무슨 추억이 간직되어 있더라?'

그러다가 그는 실소를 터뜨리며 또다시 생각했다.

'…생각에 잠겨? 풋! 알 수 없는 일이군. 지금 어떤 위험이 나를 둘러싸고 있는지도 모르는데 뭐 하고 있는 거야? 게다가 아무것도 보이지 않는데 검의 모습만 눈에 들어오다니… 이해할 수 없는 일이군.'

어쨌든 자라목은 스스로 말도 안 된다고 생각하면서도 다시 옛날 추억의 검을 이리저리 돌려보며 추억을 떠올리려 애를 쓰고 있었다.

'아! 생각났다… 이건 내가 처음 입대했을 때 카르티 장군님이 선물해 주신 거야. 자리코가 손잡이에 예쁘게 장식을 달아주었지… 자리코가.'

그의 눈앞에 어린 자리코가 군복을 입고 돌아온 오빠에게 멋있다고 박수를 치며 좋아하는 모습이 보였다. 그리고 그의 새 검을 가져다가 손잡이에 직접 수를 놓아 만든 가죽 장식을 달아주고 있었다.

"오빠! 멋있어. 꼭 어른이 된 것 같아."

"그래? 정말 멋있어 보이니?"

"응, 우리 오빠가 세상에서 제일 멋져."

"이제 이 오빠가 널 지켜줄 거야. 우리 자리코 다시는 울지 않도록."

"아하하, 정말?"

"그럼!"

"아하하… 하하… 하하하… 오빠… 자리목 오빠… 하하하……."

어린 자리코는 박수를 치며 계속 웃어댔다. 조그만 입을 조그만 손으로 가리고 계속 웃었다.

“자리코, 그렇게 좋아?”

“응… 하하하. 아하하.”

그런데 검이 자리코의 손을 떠나서 춤을 추기 시작했다.

“위험해, 자리코! 어서 물러서. 그러다 베이겠다!”

“아하하… 하하하.”

“위험하다니까! 피해! 다친다!”

“아하하!”

자리코는 바보처럼 춤추는 검을 바라보며 계속 웃어댔다. 그러다가 검이 그녀의 몸을 스치자 한줄기 피를 뿌리더니 꽃잎이 떨어지듯이 주 저앉았다.

“자리코!”

자라목은 동생의 이름을 외치며 달려나갔다. 그런데 발이… 발이…

‘…왜 앞으로 나가지지 않는 거지? 자리코가 다쳤는데… 저렇게 놔 두면 죽을 텐데… 자리코! 비켜! 거기서 물러나!

이제 목소리도 나오지 않았다. 검은 아직도 춤추고 있었고 자리코는 쓰러진 채 계속 웃어대고 있었다. 피를 흘리면서…

“아하하… 하하하.”

‘자리코… 헉!’

이제 춤추던 검은 자라목의 몸을 베어내고 있었다. 피가 몸 여기저 기서 터져 나오기 시작했다.

‘자리코…….’

“아하하… 하하하… 하하…….”

……

"대장님! 일어나세요!"

"으…… 으으."

자라목은 눈을 뜨려고 했지만 가위에 눌려서 몸이 움직여지지 않았다.

"아아악~!"

"피해! 거기도 있어!"

"아악!"

갑자기 귀청을 찢을 듯 들려오는 비명에 자라목이 눈을 번쩍 떴다. 그의 귓가에 계속 들려오던 자리코의 웃음소리는 어느새 비명 소리로 바뀌어 있었고 그것은 자리코가 아닌 부하들의 입에서 터져 나오고 있었다.

"헉!"

"대장님! 정신 차리세요!"

"무, 무슨 일이야!"

자라목이 벌떡 몸을 일으키다 말고 외마디 비명을 질렀다.

"억!"

그의 몸 여기저기에서 심한 통증이 전해져 오고 있었다. 그때 뒤에서 부하들의 목소리가 들렸다.

"어서 모두 이쪽으로!"

"대장님, 어서 물로 들어가세요!"

"어서요!"

심한 통증으로 경련을 일으키며 돌아보니 부하들이 피 범벅이 된 채 역시 피 범벅이 된 다른 부하들을 질질 끌고 무릎 깊이의 시냇물로 달려가고 있었다.

그리고 자신도 두 명의 부하에 의해서 질질 끌려가는 중이었다.

“뭐야? 어떻게 된 거야?”

“몰라요, 일단 피하고 봐야 해요! 괴물이에요!”

“아악!”

그의 앞에서 끌고 가던 두 사람 중 하나가 비명을 지르며 푹 고꾸라졌다.

자라목은 순간 벌떡 몸을 일으켰다. 그리고 자신을 끌고 가다가 쓰러진 병사의 옷자락을 잡아채어 끌고 다른 병사들이 들어가 있는 시냇물로 달렸다. 왜 시냇물로 가는지도 모른 채 그저 정신없이 달릴 뿐이었다.

겨우 물에 들어가 보니 대여섯 명의 부하들이 마구 몸부림을 쳐대며 서 있는 형체가 겨우 보였고, 또 대여섯 명은 서지도 못한 채 시냇물 바닥에 주저앉아 있었다.

자라목이 너무나 놀라서 부들부들 떨며 칼을 뽑아내려고 허리춤을 만지는 순간 뭔가가 손가락을 끊어버릴 듯 물고 늘어지는 것을 느꼈다.

“엇?”

너무 어두워서 잘 보이지는 않았지만 분명 뭔가 단단한 것이 손가락에 매달려 있는 것을 알 수 있었다.

“에잇!”

자라목은 있는 힘을 다해서 손을 뿌리쳤고 매달려 있던 그 무엇은 자라목의 핏덩이를 길게 끌며 멀리 날아갔다.

그뿐 아니었다. 정신을 가다듬어 보니 등이며 어깨며 허벅지에도 무엇인가 꾸물거리며 매달려 있었다.

사정은 부하들도 마찬가지였다. 모두 넋이 빠진 듯 제 몸에 매달려 있는 알 수 없는 괴물들을 떼어내느라 정신이 없었다.

겨우 모든 괴물을 다 떼어낸 후 서로의 몸에 붙은 것을 떼어주고 나니 조금 통증은 덜해졌으나 온몸을 휘감는 공포는 사라지지 않았다. 엉엉 울고 있는 부하도 있고 신음하며 바닥에 쓰러져 있는 부하도 있었다.

구름이 가득 끼어 달도 별도 없는 산속의 밤은 그야말로 지옥 같은 공포로 쌓인 채 살아남은 병사들을 끝없는 나락으로 떨어뜨리고 있었다.

자라목도 공포스럽기는 마찬가지였다.

'뭐… 뭐야, 도대체 그 작고 단단한 것들은? 어제의 그 짐승들이 아니야. 이건 도대체……?

다행히도 괴물들은 시냇물로는 따라오지 않았다. 어떻게 그걸 알았는지 모르지만 어쨌든 시냇물에 들어와 있는 병사들은 아직 살아 있는 것이다.

자라목이 망연자실해서 아직도 모닥불이 활활 타오르고 있는 야영지를 바라봤다. 대여섯 개의 모닥불로 인해서 주변을 대충 식별할 수 있었는데 무엇인가 검고 반짝이는 공 같은 것들이 땅을 온통 뒤덮고 움직거리고 있었다.

"저게… 대체 뭐야?"

"몰라요, 갑자기 통증이 있어서 깨어보니까 저것들이 온몸에 달라붙어 있었어요."

"경계병들은?"

"그들은 아예 쓰러져 있거나 미친 듯이 날뛰고 있었어요."

"어쩔 수 없었을 거예요. 순식간에 사방에서 나타나 땅을 온통 뒤덮었으니."

"이 시큼한 냄새는 뭐지?"

"독이… 아닐까요?"

"음… 저기 남은 사람들을… 어떻게… 저대로 두면 죽을 거야!"

자라목이 검을 뽑아 들고 다시 걸어나가려 하자 남은 부하들이 일제히 그를 잡으며 말렸다.

"늦었어요. 이미 다 죽었어요."

"저기로 나갈 생각은 하지 마십시오. 자살 행위입니다."

자라목이 잡고 늘어지는 부하들에게 다급히 물었다.

"폭탄, 누구 폭탄 가지고 있는 사람 없나?"

"없어요! 저기 자루에 다 들어 있어요. 그거 꺼내고 불 붙이고 할 틈도 없었어요."

"안 돼! 저대로 둘 수는 없어! 폭탄을 가지러 가야 해!"

"나가면 죽어요! 저들은 이미 다 죽었어요. 지금 가도 소용없다니까요!"

"대장님! 진정하세요. 여기 남은 사람이 다입니다."

"제발 그만두세요. 정신 차리세요!"

필사적으로 매달리는 부하들의 성화에 자라목이 고개를 떨구었다. 사실은 그도 알고 있었다. 저 밖에 쓰러진 채 검은 괴물들에게 덮여 있는 부하들은 이미 시체라는 것을 말이다. 하지만 눈앞에서 부하들이 괴물들에게 뜯어 먹히고 있는 것을 차마 바라볼 수가 없었던 것이다.

"크흐흐흑."

자라목이 주저앉더니 오열하기 시작했다. 부들부들 떨며 주체할 수 없이 울음을 터뜨렸다. 그러자 뒤에 섰던 부하들도 고개를 숙인 채 훌쩍거리며 울기 시작했다.

얼마나 울었을까, 물에 들어앉아 있던 사람들이 어느 정도 마음을 가다듬고 고개를 들었다. 동녘이 훤히 밝아오고 있었다. 차가운 시냇물 한가운데서 밤을 꼬박 샌 병사들은 추위와 공포로 부들부들 떨며 아직도 땅을 뒤덮은 채 물속의 먹잇감을 노려보고 있는 괴물을 살폈다.

괴물들은 날이 새기 시작하자 초조해지기라도 한 듯 신경질적으로 탁탁 소리를 내며 튀어 올랐다.

그러나 정말 다행스럽게 물에는 조금도 접근하지 않았다.

하늘이 퍼렇게 밝아오자 괴물들의 모습을 똑똑히 볼 수 있었는데 놀랍게도 그것은 거대한 개미였다.

자라목이 침통한 목소리로 말했다.

"저 괴물들은… 개미로군."

"개미라고요?"

"무슨 개미가 저렇게… 크죠?"

"하지만 모양은 개미와 똑같아. 떼를 지어 다니는 것도."

"그런 것 같아요. 저렇게 큰 개미가 있었다니."

"적을, 심지어 불마저 전혀 두려워하지 않는 것도 개미의 특징 중 하나지."

날이 점점 밝아오자 개미들이 동요하는 것처럼 꿈틀거렸다. 그러더니 전체가 물이 흐르듯 움직이기 시작했다. 정말 물이 빠지듯이 한쪽 구석으로부터 어디론가 빠져나가기 시작한 개미 떼는 순식간에 단 한 마리도 남지 않고 사라져 버렸다.

그리고 개미들이 사라진 공터에는 여섯 개의 다 타버린 장작 더미와 여덟 구의 하얀 백골만 남아 있었다. 심지어 그들이 메고 온 자루까지 가죽으로 된 것은 개미들이 다 먹어버리고 남아 있는 것은 강철로 된 무기들과 삼십여 개의 여기저기 널려진 폭탄들뿐이었다.

"흑! 흐흑!"

살이 한 점도 없이 발라진 동료들의 뼈를 보며 살아남은 병사들은 눈물을 흘렸다.

자라목과 병사들은 바닥에 주저앉거나 쓰러져 있는 동료를 부축해서 물 밖으로 걸어나왔다. 물은 그들 자신과 동료들이 흘린 피로 새빨갛게 변해 있었다.

자라목이 물었다.

"몇 사람 남았나?"

"열두 명입니다."

그러자 다른 병사가 말했다.

"아닙니다. 여덟 명입니다."

"뭐?"

앞서 말한 병사가 놀라 돌아보니 그들의 손에 부축되어 물에서 꺼내진 사람 여섯 중 네 명이 이미 죽어 있었다. 자라목은 죽은 네 명의 병사들과 여덟 구의 백골을 모아 나란히 바닥에 뉘었다.

모두가 부상당하고 지쳐 서 있기도 힘이 들었지만 힘을 합쳐 작은 구덩이를 파고 모든 동료의 시체를 묻었다.

그들의 무덤 앞에서 명복을 빈 다음 자라목이 말했다.

"다들 잘 들어라. 나는 더 이상 너희들에게 죽음을 강요할 수 없을 것 같다. 이제 포기하고 싶은 자는 주저없이 나서라. 돌아가게 해주겠다. 어차피 저기 두 명은 일어설 수 없으니 더 이상 데리고 가기는 불가능하다."

그러자 침울하게 바라보던 부하 한 사람이 물었다.

"대장님은 어찌시렵니까?"

"나는 이대로 신의 산으로 가겠다."

자라목의 말에 부하들이 화가 난 듯 소리쳤다.

"대장님, 제발 참으십시오!"

"그건 자살 행위입니다."

"그래요, 이제 그만두십시오. 신의 산에 접근하는 것은 안 됩니다. 저주가 내린 것이 분명해요."

"가지 마세요. 우린 할 만큼 했어요, 대장님!"

그러나 자라목은 고개를 저었다.

"너희들은 환자를 데리고 모두 돌아가라. 나는 신의 산으로 가겠다. 고대 도시를 찾아서 돌아가겠다."

"열두 명이 죽었어요! 그런데 어떻게 혼자서 가시려고 그러십니까? 불가능해요. 죽고 말 겁니다!"

"살아서 돌아가지 못하면 고대 도시를 눈으로 확인이라도 하고 죽겠다. 그러니 더 이상 아무 말 말고 돌아가라. 너희는 할 만큼 했다. 수고 많았다."

자라목은 굳은 표정으로 말을 마친 다음 자신의 두 자루 검을 허리에 차고 돌아섰다.

그러자 한 사람이 말했다.

"저도 가겠습니다."

또 한 사람도 나섰다.

"저도 함께 가겠습니다."

나머지 사람들이 포기하는 얼굴로 고개를 저었다.

자라목이 말했다.

"억지로 나와 같이 갈 필요는 없어. 진심이다. 그러니 아무 걱정하지 말고 환자를 데리고 돌아가라. 단!"

사람들이 자라목을 바라봤다.

"무사히 성으로 돌아가거든 우리가 했던 이 원정길을 자세히 보고해 주기 바란다. 이건 그동안 내가 작성해 놓은 지도다. 신의 산은 이 봉우리를 넘어서 다음 봉우리라고 추정이 된다. 역시 지도에 표시를 해놓았다. 이걸 전해주고 우리가 만난 괴물들에 대해서도 자세히 알려줘라. 그들이 나타나는 지역과 시간, 그리고 피하는 방법도 우리가 겪었던 대로 자세히 말이다. 그래야 다음 원정대가 무사히 이 지역을 통과할 수 있을 것이다. 앞으로의 나의 행적은 백 미터마다 눈에 띄는 큰 나무에 칼자국을 내어놓겠다. 그걸 보고 내 행적을 추적하면 될 거다. 이렇게!"

자라목이 바로 옆에 있는 큰 나무에 있는 힘껏 검을 내려쳐 깊은 상처를 내며 부하들에게 보여줬다.

"그럼 모두들 무사히 돌아가길 바란다. 그리고… 끝까지 너희를 돌봐주지 못해서 미안하다."

자라목이 남아 있는 폭탄들을 반으로 나누어 돌아가는 일행에게 주고 나머지 십여 개를 챙긴 후 뒤도 돌아보지 않고 신의 산을 향해 걸어가기 시작했다.

그의 뒤로 두 사람의 병사가 따라 걸었다. 그러자 나머지 다섯 사람은 처량한 표정으로 세 사람의 뒷모습을 바라보다가 힘없이 돌아섰다.

"어쩔 수 없어. 대장님은 돌아오지 못할 거야. 우리가 이 지도와 정보를 가지고 돌아가는 게 오히려 종족의 미래에 도움이 될 거야."

그렇게 말한 다섯 사람은 자라목이 준 지도를 품 안에 잘 챙겨 넣은 다음 서로를 부축하며 온 길을 되돌아 내려가기 시작했다.

제6장 과거로의 입구(入口)

　자라목과 나머지 두 사람은 너덜너덜 찢어진 옷에 피투성이가 되어서는 아무것도 없는 맨몸에다가 칼 몇 자루와 대여섯 개씩의 폭탄만 덜렁덜렁 매단 채 열심히 길을 걸었다.

　자라목이 말했다.

"자네들, 날 따라오는 거 후회하지 않겠나?"

"후회 같은 건 없습니다."

"어차피 원정대를 떠날 때부터 죽음은 각오한 것이었습니다."

　자라목이 다시 물었다.

"내가 한 결정이 옳다고 보나?"

"다른 사람들을 돌려보낸 것은 잘했다고 생각합니다."

"어째서?"

"우리가 이대로 죽고 나면 신의 산은 다시 전설 속에 묻혀 버릴 테니까요. 그들이 돌아가서 지도와 얘기를 전해준다면 우리가 죽더라도 남는 것이 있겠죠."

"맞는 말입니다. 대장님 말씀대로 다음 원정대는 적어도 덜 위험하게 신의 산에 접근할 수 있을 겁니다."

자리목이 미소를 지었다.

"내 마음을 알아줘서 고맙다."

"어서 서둘러야죠. 다시 밤이 되는 것이 좀 두렵군요."

"그래, 맹수나 괴물들은 밤에만 나타나니까 그럴 만도 하지. 실은 나도 두렵네."

"대장님도요? 대장님은 두려움을 모르는 사람인 줄 알았습니다."

"하하하, 그럴 리가 있나? 나도 인간이야."

서둘러 산봉우리를 넘은 일행은 이제 내리막길을 달리듯 내려가는 중이었다. 우거진 수풀 사이로 멀리 신의 산이라는 거대한 봉우리가 보였다. 그건 봉우리라고 하기에는 너무 크고 거대해서 아예 산맥이라고 부르는 편이 더 어울렸다. 하늘을 덮고 있는 구름이 산허리를 잘라 꼭대기는 아예 보이지도 않았다.

날이 꽤 서늘했다. 간밤에 원정대를 거의 죽음으로 몰고 갔던 봉우리를 넘은 지 얼마 되지도 않았는데 확연히 시원해진 것을 느낄 수 있었다.

"좀 서늘해진 것 같지 않나?"

"그렇군요. 어제는 한여름처럼 푹푹 쪄대더니 어째 이렇게 날씨 차이가 나죠?"

"글쎄… 높은 산이라서 그런가? 아니지… 어제는 더 높은 곳에 있었는데."

자라목이 어제 낮에 보았던 불을 뿜는 산이 보이나 눈 위에 손바닥을 올리고 살폈다. 혹시 불이 꺼졌나 해서였다. 그런데 그 산은 여전히 하얀 연기 구름을 뭉게뭉게 피워 올리고 있었다.

"이상하군. 아직도 저 산은 불을 뿜어 올리고 있는데 왜 지금은 덥지 않은 걸까?"

"코를 찌르던 유황 냄새도 거의 나지 않습니다."

"그리고 보니 냄새가 사라졌구먼."

세 사람은 갑자기 바뀐 날씨에 상쾌함을 느끼면서도 불안함을 감추지 못하고 있었다. 신의 산이라는 게 또 어디서 느닷없이 어떤 괴물을 토해낼지 알 수 없었기 때문이다.

그러나 이들은 잘 모르고 있었다.

지금 불을 토해내고 있는 남쪽 화산에서 시작된 균열이 전날 통과한 봉우리를 따라 북으로 길게 통과했고 그 때문에 그 일대만 유황 냄새와 뜨거운 지열이 뿜어져 나왔다는 사실을 이들로서는 알 턱이 없었다.

또한 동료들을 거의 다 죽인 화산 개미가 뜨거운 지열이 있는 곳에서만 서식한다는 것 역시 알 턱이 없었다.

그랬다. 전날 그 봉우리에 오르자 그렇게 뜨거웠고 물이 바짝 말라 있었던 것은 다 그런 까닭이었다.

그리고 화산 개미는 밤에만 활동하기 때문에 그때 조금만 더 서둘러서 날이 저물기 전에 봉우리를 넘기만 했더라도 그런 희생은 없었을 것이다.

그런 사실을 전혀 몰랐기 때문에 원정대는 육 할의 목숨을 잃은 채 세 명은 신의 산으로 나머지 다섯은 오던 길로 되돌아가고 있는 것이다.

그런데 이들이 진짜로 모르고 있는 것이 또 하나 있었다.

그건 바로 이들이 성을 출발하던 순간부터 들개족의 원정대 열두 명이 이들을 미행하고 있었다는 사실이다.

게다가 이미 들개족 원정대가 이들보다 한 발 앞서서 무사히 화산 개미의 봉우리를 통과한 후 신의 산을 기어오르고 있다는 것은 더 더욱 상상도 하지 못하고 있었다.

뒤따르던 들개족 원정대가 인간족을 앞서 나가기 시작한 것은 하루 전부터였다.

자라목의 일행이 화전민들을 만나 신의 산에 대한 정보를 얻은 직후 이들을 미행하던 들개족 역시 화전민을 위협하여 인간족 원정대의 행로와 신의 산에 대한 정보를 입수했다. 그리고 고대 도시를 먼저 차지하기 위하여 진로를 조금 우회하여 신의 산을 향해 급히 전진했다.

인간족이 직진으로 진행한 것보다 조금 거리가 멀어지긴 했지만 들개족들은 타고난 체력으로 훨씬 빨리 숲을 가로질러 화산 개미의 봉우리를 탔고 날이 저물기 전에 반대 편으로 넘어와서 밤을 보냈다. 덕분에 화산 개미라는 괴물들을 만나는 재앙을 겪지 않을 수 있었다.

그리고 날이 새자마자 뗏목을 만들었고, 일행 중 두 명이 지도를 작성해서 강을 따라 터치의 성으로 출발했다. 고대 도시로 추정되는 장소를 찾았으니 인간족이 점령하기 전에 더 많은 후속 부대를 데리고 와서 완전히 점령하기 위해서였다. 그런 다음 나머지 열 명은 다시 행군을 시작해 이미 신의 산 중턱을 오르고 있었던 것이다.

그것도 모른 채 자라목 일행이 부상한 몸을 이끌고 신의 산 기슭에 가까스로 도달한 때는 다시 해가 중천에 솟았을 시간이었다.

자라목이 걸음을 멈추며 말했다.

"바람이 아주 시원하군. 습기를 머금고 있는 것으로 보아 강이라도 있는 것 같은데?"

"그러게 말입니다. 이 바람은 분명 강바람입니다."

조금 더 걸어가고 숲이 끝나자 정말로 폭이 좁긴 하지만 맑은 물이 철철 넘쳐흐르는 강이 나타났다. 이 강은 인간족의 성 앞을 흐르는 강으로 연결된 지류 중 하나의 상류였다.

"물이 좋군요. 어제 지났던 죽음의 봉우리와는 너무나 다릅니다."

"좋아. 그럼 여기서 쉬면서 식사를 하고 가지. 일단 강을 건너려면 작은 다리라도 만들어야겠어."

세 사람이 강물에 세수를 하며 주위를 둘러보았다. 그러나 식사를 하자는 말과는 달리 이들에게 남아 있는 음식은 하나도 없었다. 전날 개미 떼에게 다 빼앗겼기 때문이다.

전날 밤을 꼬박 새웠고 부상당한 데다가 아침부터 지금까지 아무것도 먹지 못한 채 걸어온 세 사람은 탈진해 쓰러질 지경이었지만 신의 산이 빤히 보이는 강물에 앉아 있으니 기분이 좋아서 견딜 만했다.

자라목이 몸을 일으켰다.

"뭐 먹을 거라도 좀 구해봐야겠어. 뭐라도 요기를 해야지 이러다간 신의 산에 오르지도 못하고 굶어 죽겠군."

"대장님은 좀 쉬십시오. 우리가 먹을 것을 마련해 보겠습니다."

"아니, 지금 우리가 지위 고하를 따질 처지인가? 함께 먹을 것을 구하세."

세 사람은 각자 흩어져서 연한 나무껍질과 뿌리, 새로 돋아나는 나물, 독이 없는 벌레, 또는 물속의 조개, 달팽이 따위를 보이는 대로 주위 모았다.

한참 후 다시 모인 사람들의 손에는 별의별 이상한 것들이 다 들려져 있었다. 보기에는 좀 이상했지만 전부 구워 먹으면 세 사람의 한 끼 요기를 할 만큼은 모아졌다.

부싯돌이고 뭐고 아무것도 없었지만 그들은 마른 나뭇가지를 이용해서 별로 어렵지 않게 불을 피웠고 그 위에 주워 온 여러 가지 먹거리들을 얹어서 굽기 시작했다.

들개족 원정대 열 명은 서둘러 신의 산을 올랐다. 벼랑 어딘가에 있을 신의 동굴을 인간족의 원정대가 도착하기 전에 먼저 차지하기 위해서, 오랜 여행으로 꽤 지쳤을 법한데도 엄청난 속도로 줄기차게 산을 오르고 있었다.

한 병사가 말했다.

"이제 중간쯤 올라온 것 같지?"

"힘을 내자고. 곧 정상이 나올 거야."

"정상이 아니라 벼랑 중간에 동굴이 있다고 했어."

"아래에서 기어오르는 것보다 위에서 줄을 걸고 내려오는 게 더 낫지 않을까?"

"바보야! 우선 동굴의 위치부터 확인을 해야지. 무턱대고 올라가기만 하면 뭐 해?"

이런저런 의견이 분분했지만 그래도 그들의 걸음은 인간족보다 두 배는 빨랐다.

"인간족 녀석들 우리가 먼저 도착해 있는 걸 보면 기절초풍하겠지?"

"헤헤헤, 아마 그럴걸?"

"뗏목을 타고 돌아간 녀석들은 잘 가고 있을까?"

"아마 그럴걸?"

"하지만 도중에 폭포가 있는 것 같았는데."

"걱정하지 마. 녀석들이 알아서 할 거야. 바보도 아닌데 폭포에서 그냥 떨어질 리는 없잖아?"

"저길 봐!"

갑자기 선두에 선 들개족 병사가 소리쳤고 모두 입을 다물고 그가 가리키는 곳을 바라봤다.

"무슨 일이야?"

"저거 말야. 혹시 동굴 아냐?"

"어디?"

"음… 맞는 것 같은데?"

그들이 바라보는 곳은 멀리 깎아지른 절벽의 한 중간에 보이는 검은 점이었다. 들개족은 후각 청각이 아주 뛰어난 데 비해서 시각이 좀 떨어지는 근시였다. 그래서 멀리 있는 것은 잘 분간을 하지 못했다.

"잘 보이지는 않지만 새까만 점으로 보이는 것을 보니 구멍이 틀림없을 거야."

"이야호! 드디어 찾은 거야?"

"아직 확실하지는 않아."

"생각할 것도 없어. 그 화전민이 한 얘기와 똑같잖아? 벼랑 중간에 뚫려 있는 동굴이라고 말야."

그러자 일행 중 유일한 혼혈아가 말했다.

"조심해야 해. 아무도 접근해서는 안 된다고 했어. 그리고 저기에 갔다가 살아서 돌아온 사람도 없다고 했잖아?"

"뭐야, 너 겁나는 거냐? 헤헤, 이래서 혼혈은 안 된다니까."

옆에 서 있던 한 토종 들개족이 비웃듯 말하자 혼혈아가 발끈 화를 냈다.

"무슨 말이야? 조심해서 나쁠 거 뭐 있어?"

"헤헤… 누가 뭐라고 했냐?"

"지금 나보고 겁쟁이라고 했잖아?"

"그럼 아니냐?"

"이 멍청한 놈이!"

토종 들개족이 혼혈 들개족을 위협하듯이 노려봤다. 그러자 혼혈 들개족도 지지 않고 마주 노려보기 시작했고 순식간에 분위기가 험악해졌다.

"덤빌 테면 덤벼보시지, 겁쟁이 혼혈아!"

"뭐라고! 멍청아!"

금세 싸움이 일어날 것 같았는데도 일행 중 단 한 병사만이 싸우는 두 동료를 걱정스럽게 바라봤다. 그리고 다른 토종 사병들은 별일 아니라는 듯 신경도 쓰지 않고 멀리 동굴만 살피고 있었다.

원래 이 일행은 대장까지 포함해서 토종이 아홉 명에 혼혈이 세 명이었다. 그런데 그중 물을 잘 타는 혼혈 둘은 새벽에 뗏목으로 출발했고 지금은 혼혈이 하나밖에 남지 않았다.

터치의 부족에서 혼혈아들은 아버지가 없는 경우가 대부분이고 수적으로도 매우 열세라서 늘 무시와 천대를 받고는 했다. 그러나 성격이 침착하고 머리가 좋아서 부족의 발전에 지대한 공을 세우는 경우가 많았다. 그런 연유로 지금은 어느 정도의 세력을 형성할 수 있었고 토종들도 그들의 능력을 잘 알기 때문에 은근히 무시를 하면서도 함부로 내치지는 못했다.

터치도 그런 혼혈들의 능력을 너무나 잘 알고 있었다. 그렇기 때문에 속으로는 그들을 경멸하면서도 부족의 혼혈아 거의 전부를 자신의 부대에 넣어 요소요소에 배치해 놓았다. 이를테면 현재 터치의 부대에서 기술과 작전 고문에 대한 부서는 거의 혼혈아가 반 이상을 차지하고 있었다.

물론 혼혈아들에게 아주 높은 계급은 주지 않았다. 그러나 혼혈아를 차별하지 못하도록 공식적으로 규칙을 만들어놓았고 또 그들이 공을 세우면 후한 상도 내리고 좋은 대우를 해주었다. 바로 터치의 혼혈아 통합 정책이었다. 속마음이야 어떻든 혼혈들이 돌아서면 터치에게는 손해인 것이다.

혼혈들이 터치에게 충성하는 이유가 바로 그것이었다. 터치의 군대에서는 공만 착실하게 쌓으면 부와 안락한 생활을 보장받을 수 있었으니 어릴 적부터 천대와 멸시를 받아오던 혼혈아들로서는 절대로 놓칠 수 없는 기회였다.

어쨌든 그런 식으로 혼혈과 토종 사이에는 보이지 않는 알력이 있었다. 지금 싸우고 있는 이 둘도 그런 앙숙 관계였는데 이상하게 매일 싸우면서도 항상 붙어 다녔다. 마치 싸우는 것에 재미라도 붙인 것같이.

원래 싸움이란 것도 오래 하다 보면 정이 붙게 되어 있는 모양인지 혼혈아가 원정대에 합류하자 방금 싸운 토종 녀석도 얼른 지원해서 합류한 것이다. 이들은 서로를 '겁쟁이', 그리고 '멍청이'라고 부르고 있었다.

그래서 다른 병사들은 이들의 싸움에 아무도 신경을 쓰지 않는 것이었다. 늘 일어나던 일이기 때문이다.

그때 유일하게 혼자 걱정스럽게 바라보던 병사가 끼어들면서 이 둘을 말렸다.

"야, 너희들 싸우지 마~ 왜 너희는 눈만 뜨면 서로 못 잡아먹어서 안달이냐?"

멍청이라 불리는 토종 병사가 말리는 토종 병사에게 으르렁거렸다.

"넌 끼어들지 마! 넌 혼혈보다 더 못한 놈이야!"

그 말에 말리던 병사가 우물쭈물 말을 얼버무렸다.

"아, 아니… 난 단지 너희가 싸우지 말라고……."

"바보 같은 자식! 혼혈보다 더 겁쟁이인 주제에, 왜 너 같은 놈을 원정대에 끼워 보냈는지 모르겠다. 오늘 아침 뗏목이 출발할 때 함께 돌려보냈어야 하는 건데… 대장은 도대체 무슨 생각에 저런 녀석을 데리고 다니는 거야?"

말리던 병사는 머쓱해서 입을 다물어 버렸다. 아닌 게 아니라 그는 아침에 뗏목을 띄울 때 지원을 했었다. 정보를 가지고 성으로 돌아가겠다고 말이다. 그런 것을 대장이 묵살해 버리고 혼혈 둘을 보냈던 것이다.

핀잔을 잔뜩 먹은 그가 머쓱해하자 혼혈아가 멍청이에게 쏘아붙였다.

"쟤한테 뭐라고 하지 마! 너보다 훨씬 나으니까."

"뭐라고? 저 바보가 뭐가 나보다 낫다는 거야!"

"흥, 쟤는 겁쟁이도, 바보도 아니야. 너보다 훨씬 용감하고 똑똑하단 말이다. 너보다 사냥도 훨씬 잘하고!"

"너 지금 나에게 시비를 거는 거냐?"

"한번 붙어볼까?"

그때였다.

"당장 그만두지 못해!"

원정대의 대장인 듯한 장교가 다가오더니 버럭 소리를 질렀다.

"지금 뭣들 하는 짓이야? 고대 도시를 눈앞에 두고서 같은 편끼리 싸움질이나 하고 있다니!"

팽팽하게 마주 섰던 두 사람이 서로를 노려보다가 고개를 돌리고 돌아섰다. 그리고 멀찌감치 떨어져서 아무 말 없이 다시 산을 오르기 시작했다.

들개족들은 얼마 지나지 않아 벼랑의 동굴과 거의 같은 높이의 평평한 지역에 발을 디뎠다. 그곳은 꽤 울창한 나무들로 숲을 이루고 있었는데 옆으로 끝이 보이지 않을 정도로 이어진 벼랑을 바라볼 수 있었다. 그리고 벼랑의 동굴도 몇백 미터나 떨어진 곳에 위치해 있었다.

장교가 말했다.

"잘 봐, 저기까지 발 하나 정도 디딜 공간이 이어져 있어. 벽에 바짝 붙어서 가면 충분히 갈 수 있어. 우선 마른나무를 모아서 횃불을 많이 만들어. 가능한 한 많이 만들어야 해. 동굴 안에서 얼마나 시간이 걸릴지 알 수 없으니까."

장교의 말에 따라서 모두 흩어져 마른 나뭇가지들을 모으고 그걸 단단히 묶어서 횃대를 이십여 개나 만들었다.

혼혈을 비웃던 토종 병사가 입가에 웃음을 머금었다.

"이제 시작이군. 헤헤. 뭐가 들었을지 기대가 되는걸?"

그러자 다른 병사들도 무기와 장비, 그리고 만들어진 횃대들을 등에 붙들어 메며 말했다.

"그래, 고대 도시가 있을지 보물이 들었을지… 아니면 무슨 괴물이 들었을지 한번 가보자고."

장교가 물었다.

"좋아. 모두들 준비되었나?"

"예."

"떨어지면 시체도 못 찾을 테니 조심들하라고."

"걱정 마십쇼. 헤헤헤."

토종이 아까 시비가 붙었던 혼혈아에게 말했다.

"어이! 겁쟁이, 겁나냐? 떨지 말라고. 떨다가 발을 헛디디면 끝장이니까."

"너나 잘해, 멍청아!"

혼혈아가 상대할 가치도 없다는 듯 내뱉고는 먼저 벼랑에 달라붙었고 그 뒤를 바로 멍청이라 불리는 토종이 따라붙었다.

장교는 곧 뒤따라올 인간족을 대비해서 다섯 명의 병사를 남겨두었다. 남겨진 사람들 중에는 조금 전 싸움을 말리다가 바보 소리를 들었던 병사도 남아 있었다.

"너희들은 여기서 지키고 있다가 인간족들이 접근하면 바로 알려. 직접 오지 말고 손을 흔들어 신호를 보내라고. 우리가 저기 갇히면 끝장이니까 잘해. 너희 손에서 처리할 수 있으면 하고 안 될 것 같으면 숨어서 지켜."

그리고 벼랑에 붙어서 조심조심 동굴로 다가가기 시작했다.

"예. 조심하십시오, 대장님."

"하하, 그깟 약해 빠진 인간족 몇 명쯤이야 걱정하지 않으셔도 됩니다."

그러자 장교가 돌아보며 덧붙였다.

"방심하지 말란 말이야. 그들은 스무 명이나 돼. 게다가 무서운 신무기를 가지고 있어. 그걸 조심하라고."

"예, 예."

들개족들은 위태로운 벼랑을 조심조심 이동해서 한 시간 만에 동굴에 도달했다. 장교까지 총 다섯 명이었다.

동굴 입구는 한 사람이 겨우 통과하기도 어려울 정도로 좁았다. 그러나 계속 이슬아슬한 벼랑에 달라붙어 있을 수는 없는 일이라 제일 앞선 사람부터 몸을 옆으로 하고 자세를 구부려 가며 겨우겨우 몸을 구겨 넣기 시작했다.

맨 뒤에 있던 장교가 물었다.

"어때? 들어갈 수 있겠어?"

"들어가 봐야죠, 어떻게든."

"안이 깊은가?"

"글쎄요. 좁긴 엄청 좁은데 깊이는 제법 되는 것 같아요."

"먼저 위험한지부터 살펴봐."

"일단 모두 발이나 올려놓고요. 계속 절벽에 매달려 있을 수는 없잖아요?"

"그래도 잘 살펴봐!"

"지금은 아무 기미도 느껴지지 않아요. 빈 굴인 것 같아요."

"좋아. 그럼 진입해!"

장교가 고개를 뒤로 쑥 빼고 굴의 입구를 바라보며 생각했다.

'모양을 보니 자연굴이 아닌 것은 분명하군. 입구가 많이 허물어지긴 했지만 원래는 정확히 사각으로 다듬어져 있었던 게 틀림없어.'

굴의 입구는 거의 정확한 직사각형이었는데 어린아이가 아니라면 쉽게 드나들 수 없을 것 같은 크기였다.

‘하긴… 인간족의 고대 도시라고 했으니까. 인간족은 몸이 우리보다 작은 편이니까 저기에 들어가기 쉬울 수도 있지.’

어쨌든 다섯 들개족이 모두 몸을 잔뜩 움츠린 채 겨우 몸을 집어넣는 데 성공했다.

맨 앞의 혼혈 들개족이 말했다.

“안으로 이어져 있는데 좀 들어가 볼까요?”

“그래. 조심해, 뭐가 있을지 모르니까.”

혼혈 들개족이 품에서 부싯돌을 꺼냈다. 그리고 미리 만들어 등에 칼과 함께 메고 있던 기름 먹인 횃대를 하나 뽑아 들더니 불을 붙였다.

금방 횃불이 피어오르며 좁은 굴이 환하게 밝아졌다. 그러나 너무 좁아서 뒷사람은 앞 사람에 가려서 잘 볼 수가 없었다. 연기가 심해서 다른 사람들은 횃불을 붙일 수가 없었기 때문에 어둠 속에 그냥 줄지어 서 있었다.

장교가 연기에 코를 막으며 물었다.

“어때? 뭐가 있나?”

“아무것도 없어요. 그냥 막혀 있는데요?”

“막혔어?”

“예. 깊이가 얼마 되지 않아요. 어? 대장!”

“왜?”

“웬 해골이 있어요!”

“해골?”

“예. 두 개입니다.”

“어디 자세히 살펴봐.”

뒷사람들은 저마다 궁금해서 맨 앞의 혼혈아에게 마구 질문을 해댔다.

"뭐냐? 사람 뼈냐? 짐승 뼈 아냐?"

"사람인 것 같아."

"어느 종족 같아?"

"우리 종족은 아닌 것 같은데."

"야, 좀 비켜봐! 나도 좀 보자."

멍청이라는 토종이 재촉하자 혼혈아가 톡 쏘았다.

"정말 멍청이가 멍청한 소리만 골라서 하고 있네. 이렇게 좁은 데서 어떻게 비키라는 말이냐?"

"멍청이는 너다. 네가 저 안으로 더 들어가면 되잖아?"

"가만있어 봐. 좀 더 살펴보고!"

"들어가서 살펴보면 되잖아!"

들개족들은 좁은 동굴 안에 일렬로 늘어서서는 무서운 줄도 모르고 신들이 나 있었다.

·결국 네 명이 해골을 한 번씩 쳐다보며 지나가고 마지막으로 대장까지 안으로 들어가 해골을 들었다. 대장이 재촉하는 바람에 해골을 자세히 보지도 못하고 지나쳐 버린 사병들이 중구난방으로 물어댔다.

"대장님, 그게 도대체 어느 종족의 뼈입니까?"

"상태가 아주 깨끗한 것 같아요."

"모양이 흐트러지지 않은 것을 보니 짐승에게 죽은 것 같지는 않은데… 그냥 굶어 죽었던지 얼어 죽은 게 아닐까요?"

대장은 바깥에서 새 들어오는 빛에 해골을 이리저리 비추어가며 한참을 살펴보다가 대답했다.

"인간족의 뼈이긴 한데… 상당히 작군. 어린애 같아."

"어린애요?"

“그래. 머리뼈 중 턱 부분을 보면 인간족인 것 같아. 그런데 인간족들도 보통 이렇게 왜소하지는 않거든.”

“그럼 혹시 다른 종족이 아닐까요?”

“모르지. 하지만 내가 보기에는 인간족 중에서 아직 어른이 덜 된 사람의 뼈 같아. 아니면 여자든지.”

“인간족이 왜 여기서 죽어 있는 걸까요? 혹시 벌써 인간족이 이곳을 다녀간 것일까요?”

“그렇지는 않을 거야. 얼마 전에 화전민을 만난 인간족 원정대만 해도 신의 산에 대해서 위치도 전혀 모르고 있었잖아? 그런데 벌써 다녀 갔을 리가 없지.”

“다른 인간족이 또 있을지도 모르잖아요?”

다른 들개족 사병이 맞장구를 쳤다.

“맞아. 우리 들개 부족도 엄청 많은 것처럼.”

“그 인간족은 더 작은 몸집일지도 모르지.”

그때였다.

“대장님! 여기 뭔가 있어요!”

제일 안쪽에 들어가 있던 혼혈 들개족의 목소리였다.

일렬로 선 채 뒤로 돌아서 떠들어대던 사병 세 명이 가까스로 다시 몸을 돌렸다. 너무 좁아서 어기적거리며 몸을 돌리는 모습이 마치 일부러 웃기려고 그러는 것처럼 보였다.

대장이 긴장하며 물었다.

“뭐야? 뭘 발견했냐?”

“여기 막다른 벽에 틈새가 있는 것 같아요. 안에서 찬 기운이 새어 나옵니다.”

토종 들개족 사병들이 또 신이 나서 떠들기 시작했다.

"뭐야? 그쪽으로 더 이어져 있냐?"

"그걸 왜 이제 발견했어? 어서 틈새를 벌려봐!"

"찬바람이 새어 나와? 거참, 신기하다."

갑자기 대장이 버럭 화를 냈다.

"조용히 좀 해! 떠들지 말란 말이야!"

"예……."

"……."

그러는 새 이미 혼혈 들개족이 칼을 뽑아서 틈새에 집어넣고 조심스럽게 틈을 벌려보고 있었다.

끼이이~

"열립니다!"

이번에는 모두 입을 다물고 정말 긴장하는 것 같았다.

대장이 화를 삭이며 말했다.

"조심해. 문 열기 전에 먼저 뭐가 있는지 살펴봐!"

"예."

혼혈 들개족은 조금 열린 문틈으로 얼굴을 갖다 대더니 킁킁거리며 한참 동안이나 냄새를 맡았다. 그리고 귀를 갖다 대고 소리도 들어보았다.

다른 들개족들도 코를 벌름거리며 냄새를 맡았고 동굴 안은 잠시 쥐 죽은 듯 고요했다.

혼혈 들개족이 조그맣게 말했다.

"아무것도 없는 것 같아요. 그리고 굉장히 찬 기운이 느껴집니다."

대장이 칼을 뽑더니 말했다.

"좋아, 그럼 셋을 세면 문을 열고 들어간다. 뒤에 있는 사람들은 칼을 빼 들고 앞서 간 동료를 엄호해."

"예."

"하나, 둘, 셋!"

앞선 혼혈아가 오른손으론 횃불을 들고 왼손으로 문을 벌컥 열면서 뛰어들어 가자 그 뒤를 이어서 나머지 들개족들이 좁은 틈새를 필사적으로 움직여 뒤따라 들어갔다. 그리고 마지막으로 대장까지 들어가서 혼혈아 주위를 빙 둘러섰다.

"……?"

안은 입구보다 한참 넓었고 매우 조용했다. 둥근 원 형태의 방으로 되어 있었는데 원의 반쪽 면에 무엇인가 기대어 있는 것이 보였다. 그밖에 움직이는 것은 아무것도 없었다.

"저게 뭐지?"

"글쎄요?"

뭔가 하얗고 길쭉한 상자가 두 개 나란히 서 있었고 그 옆으로 비슷한 형태이긴 한데 상당히 낡고 이끼가 끼어 잔뜩 덮여 있는 상자가 또 두 개 있었다. 그리고 그 옆으로는 마지막으로 또 두 개의, 예전에는 상자였던 것 같지만 이제는 다 헐어 뭉그러진 형체가 주저앉아 있었다.

"뭔가 담겨져 있던 흔적이 있는데요?"

대장이 횃불을 비추어 관의 내부를 자세히 살폈다.

"뭔가가 아니라 사람의 흔적이야. 보라고. 여기 발자국이 있고 여기는 엉덩이가 닿았던 자국, 그리고 여긴 어깨와 머리가 놓였던 거야."

"그런 것 같군요. 두 사람… 키가 아주 작습니다."

"역시 어린애 같지?"

“그렇다면 저기 입구에 놓여진 해골이 이 사람들의 것인가요?”

“알 수 없지. 그런데 이 옆의 상자들은 왜 이렇게 낡았을까?”

“누군가 일정한 시간이 지날 때마다 새로 상자를 넣어놓는 것이 아닐까요? 그래서 먼저 넣어놓은 상자의 순서로 삭아버린 것이 아닌가 싶군요.”

한 병사가 상자를 손으로 만져 보며 말했다.

“하지만 이 상자는 뭘로 만들어진 거죠? 철 상자인 줄 알았는데 만져 보니 철이 아닌 것 같아요.”

“어디…….”

모든 들개족이 손으로 멀쩡한 상자를 만져 보았다.

“글쎄… 철이 아니라고?”

대장이 말했다.

“철이 맞는 것 같은데? 옆에 있는 것들을 봐. 녹이 슬어서 내려앉았잖아?”

“아니, 녹이 슨 것이 아니에요. 녹은 빨간색인데 이건 색이 없잖아요? 그냥 거무죽죽해요.”

한 사병이 대장에게 물었다.

“여긴 왜 이렇게 서늘한 거죠?”

“땅속이라 그럴 테지 뭐.”

대장의 대답에 혼혈 들개족이 고개를 저으며 말했다.

“아뇨, 얼마 들어오지도 않았는데 이렇게 온도 차이가 날 수는 없어요. 아마 여기서 더 들어가는 깊은 굴이 있을 거예요. 이 한기는 그 깊은 곳에서부터 나오는 것이 분명합니다.”

혼혈아의 말에 대장이 고개를 끄덕이며 말했다.

"음… 그럴듯하군. 역시 너는 머리가 훨씬 낫단 말야. 그럼 어디서 바람이 부나 잘 살펴봐. 찬 기운이 있다면 어딘가 틈이 있겠지."

"여깁니다! 이쪽에 구멍이 있어요!"

"구멍?"

들개족들이 조심조심 다가가 보니 바닥에 늘어선 상자들 옆으로 네모난 구멍이 두 개 뚫려 있었다.

"이게 뭘까?"

"어디로 이어져 있는 걸까?"

대장이 그 구멍의 바로 위에 횃불을 가져다 댔다. 그리고 불의 움직임을 살펴보았다.

"아무 움직임이 없는데요?"

"그래… 이곳에서 바람이 나오지는 않아. 하지만."

혼혈에게 횃불을 넘겨준 대장이 조심스럽게 팔을 아래로 늘어뜨렸다. 그리고 말했다.

"이곳에서 한기가 새어 나오는 것이 분명해. 분명 온도에 차이가 있어."

"깊이가 얼마나 될까요?"

"보이지를 않으니 알 수가 있나."

혼혈아가 돌멩이 하나를 주워 오더니 말했다.

"한번 돌을 던져 보죠. 바닥에 닿는 소리로 대충 알 수 있을 겁니다."

대장이 토종들을 보고 말했다.

"그래, 그러면 되겠다. 너희들 모두 조용히 해!"

혼혈 들개족이 돌을 살며시 놓자 돌멩이는 순식간에 시야에서 사라지며 어둠 속으로 빨려 들어갔고 다섯 사람은 귀를 쫑긋 세우고 그 소

리를 들으려 했다. 그런데 갑자기 한순간 공기가 휙 빨려 들어가는 느
낌이 들었다.

"어? 웬 바람이 불지?"

한참이 지난 후에 한 사람이 말했다.

"바람 소리 못 들었어?"

"글쎄… 아무 소리도 안 들렸는데?"

"돌 떨어지는 소리는 들렸어?"

"아니."

"아직도 바닥에 닿지 않았나?"

"그럴 리가? 그럼 대체 얼마나 깊다는 거야?"

"야, 다시 한 번 해봐."

혼혈아는 다시 돌멩이를 쥐더니 모두를 한번 둘러보고 살며시 놓았다.

이번에는 모두가 좀 더 신중하게 귀를 기울였다. 잠시 후 다시 바람
이 휙 빨려 들어갔고 그 소리에 섞여 뭔가 휙— 하는 작은 소리가 났
다. 그런데 너무 작아서 두 사람은 듣고 세 사람은 듣지 못했다.

"방금 들었지?"

"뭘 말야?"

"뭔가 휙— 하는 바람 소리가 났잖아?"

"무슨 소리가 났다는 거야?"

"대장도 못 들으셨어요?"

"들었어."

"거봐!"

잠시 생각하던 대장이 다른 하나의 구멍을 가리켰다.

"이쪽 구멍에 해봐."

"그러죠."

그러나 결과는 마찬가지였다. 돌이 바닥에 닿는 소리는 들리지 않았다. 그리고 이번에는 좀 전과 다른 두 사람이 휙― 하는 소리를 들었다.

들개족 다섯 사람은 고민에 빠졌다. 바닥에 돌 떨어지는 소리는 나지 않고 엉뚱하게 다른 소리만, 그것도 돌아가며 두 사람씩만 들었다니.

대장이 잠시 고민하다가 입을 열었다.

"이상한데? 분명히 뭔가 바람 소리 같은 게 들렸는데."

"맞아요. 뭔가 휙― 하는 소리가 났어요. 바람도 약간 불었고요. 그렇죠?"

대장이 한 사병에게 말했다.

"안 되겠다. 여기 아무래도 수상해. 너는 밖의 입구에 가서 망을 좀 봐라. 숲에 있는 녀석들하고 서로 연락하고 있다가 무슨 일 있으면 바로 들어와서 알려. 그리고 우리는 좀 더 조사를 해보자."

한 병사가 좁은 입구를 통해서 꾸물꾸물 밖으로 나갔고 나머지 장교와 세 사병이 머리를 맞댔다.

"일단 아래로 내려가 보는 게 어떨까?"

"괜찮을까요? 얼마나 깊은지도 알 수 없는데."

"그렇다고 여기서 이렇게 그냥 있을 수는 없잖아?"

"맞아, 여기까지 왔다가 그냥 돌아갈 수도 없고."

대장이 말했다.

"우선 횃불을 몇 개 더 붙이자. 그리고 잘 타는 놈으로 하나 아래로 던져 봐. 그럼 깊이를 알 수 있을 거야."

"그러죠."

네 명의 사람들이 각자 하나씩 횃불을 붙여 들었다. 모두가 횃불을 붙이니 연기가 금세 좁은 방을 메우지 않을까 생각했는데 이상하게도 연기는 차지 않았다.

"이상하군요. 이 좁은 공간에 횃불을 여섯 개나 붙였는데 왜 연기가 차지 않을까요?"

"글쎄? 정말이군. 그건 그렇고 어서 횃불을 던져 봐."

"예."

혼혈아가 가장 잘 타는 횃불을 구멍 아래로 던졌다. 불덩어리는 모두의 시선을 한 몸에 받으며 춤을 추듯 아래로 낙하했다. 그때 아까보다 훨씬 센 바람이 불었다.

휘이익—

"어?"

"뭐, 뭐야?"

"불이 어디로 갔지?"

"이번에도 소리가 났어요!"

"그래, 나도 들었어."

들개족 네 명이 어리둥절해서 서로의 얼굴을 마주 보았다. 아래로 떨어지던 횃불이 갑자기 사라진 것이다. 돌을 던졌을 때보다 훨씬 큰 소리를 내며 뭔가가 횃불을 빨아들이듯이 집어삼켜 버린 것이다.

혼혈아가 떨리는 목소리로 중얼거렸다.

"뭐, 뭔가가 횃불을 삼켜 버렸어."

"사, 삼켜?"

이번에는 멍청이도 혼혈아를 겁쟁이라 놀리지 않았다. 아니, 되려 묻는 그의 목소리가 더 떨리고 있었다.

뿐만 아니라 대장까지 하얗게 질린 얼굴로 혼혈의 얼굴을 바라봤다.

“무, 무슨 소리야? 삼키다니? 그럼 저 아래에 괴물이라도 있단 말이야?”

“모르겠어요. 하지만 그렇지 않고서야 횃불이 땅으로 떨어지지도 않고 도중에 사라질 수는… 없어요.”

“아무리 괴물이라고 해도 그 뜨거운 불덩어리를 어떻게 삼켜?”

하얗게 질린 채 서로의 얼굴을 바라보는 네 사람의 귀에 밖에서 망을 보고 있는 병사의 목소리가 들렸다.

“대장님! 어떻게 되었어요?”

“아직 몰라! 망이나 잘 봐. 저쪽에서 무슨 신호 없어?”

“너무 멀어서 잘 보이지도 않아요.”

“다섯 사람 보이지 않아?”

“잘 안 보인다니까요!”

대장이 소리쳤다.

“그래도 잘 보고 있어! 우리는 아래로 내려갈 거야.”

대장의 말에 사병들이 침을 꿀꺽 삼켰다.

“내, 내려간다고요?”

“대, 대장! 뭐가 있는지도 모르고요?”

“좀 더 알아보고 내려가야 하는 거 아니에요?”

“내려가 봐야 뭐가 있는지 알 게 아니냐?”

“하지만… 죽을 수도 있잖아요.”

그러자 대장이 눈살을 찌푸리며 말했다.

“무섭냐, 너희들?”

“아, 아니 무섭다는 게 아니라요.”

“그럼 나 혼자 갈 테니 밧줄이나 잘 잡고 있어.”

그러나 그렇게 말을 하는 대장의 얼굴도 하얗게 질려 있기는 마찬가지였다. 혼혈아가 비장한 표정으로 나섰다.

"아닙니다. 제가 먼저 내려가 보겠습니다. 대장님은 나중에 내려오십시오."

그러자 멍청이가 놀라며 말했다.

"야, 너 미쳤어? 뭐가 있을지 모른다구."

혼혈아가 비웃듯이 미소를 머금더니 토종에게 말했다.

"그러니까 넌 빠지라고, 멍청아. 내가 진정한 용기가 뭔지 보여줄 테니까."

토종의 얼굴이 벌게졌다. 그리고 소리쳤다.

"뭐라고? 겁쟁이 주제에! 좋아, 나도 내려가겠어!"

"흥, 뭐가 있을지도 몰라서 무섭다면서?"

"내가 언제 무섭다고 했어? 뭐가 있든지 죽여 버리면 될 거 아냐?"

잠깐의 말다툼이 있은 후 결국 두 사람이 먼저 내려가기로 결정이 났다. 병사들은 튼튼한 철문에 긴 밧줄을 두 개 묶고 한 구멍에 하나씩 내려뜨렸다.

"조심해라. 무슨 일 있으면 소리쳐. 바로 끌어 올릴 테니."

"예, 저희가 먼저 내려가서 살펴보고 안전하면 소리치겠습니다."

혼혈과 토종 두 사람은 서로 힐끔 노려보더니 경쟁하듯이 밧줄을 하나씩 잡았다. 허리에 불을 붙이지 않은 횃대를 하나씩 붙들어 맨 두 사람이 각자 한 구멍씩 몸을 밀어 넣고 서서히 아래로 내려가기 시작했다.

대장과 나머지 한 병사는 또 하나씩의 밧줄 끝에 불이 붙은 횃불을 매달아 내려가는 두 사람의 머리 위에서 속도에 맞추어 서서히 내려뜨렸다. 얼마 동안 두 사람과 횃불들은 구멍 주위를 환하게 비추며 서서히 작아져 갔고 장교와 남은 병사는 잠시도 눈을 떼지 못하고 아래의 두 동료를 바라봤다.

갑자기 내려다보던 사람들의 머리와 옷자락이 마구 날릴 정도의 거센 바람이 구멍 속으로 빨려 들어갔다.

휘리릭—

그리고 비명이 들려왔다.

"아아악~"

대장과 병사, 그리고 아래로 내려가던 혼혈아가 놀라서 눈이 휘둥그레졌다.

"뭐, 뭐야?"

"대장님! 무슨 일이에요?"

"없어졌다!"

조금 먼저 내려가던 토종 들개족과 횃불이 비명과 함께 돌연 사라져 버린 것이다. 그리고 잠시 동안 적막이 흘렀다.

혼혈아가 밧줄에 매달린 채 소리쳤다.

"무슨 일이에요? 그 멍청한 녀석이 어떻게 된 건가요? 떨어졌어요?"

"아냐, 사라져 버렸어!"

"사라져요?"

"그래, 안 되겠다. 일단 올라와!"

그러나 혼혈아는 고개를 저었다.

"무슨 말씀이세요? 멍청이가 사라졌는데 구하러 가야죠!"

"너와 들어간 구멍이 다르잖아?"

"아무래도 두 개가 이어져 있는 것 같아요. 비명이 아래쪽에서 들렸단 말이에요."

“아래쪽에서?”

혼혈아가 급히 줄을 타고 아래로 내려가며 말했다.

“예, 바로 아래에서 비명이 들렸어요. 그러니… 어? 어엇!”

혼혈아의 놀라는 목소리에 뽀 대장이 소리쳤다.

“뭐, 뭐야? 왜 그래?”

“아아앗!”

그러나 혼혈아도 외마디 비명과 함께 사라져 버렸다.

“……?!”

“대, 대장! 어떻게 된 거죠? 녀석도 사라져 버렸어요.”

“이, 이럴 수가……!”

대장이 급히 두 개의 밧줄을 당기며 병사에게 말했다.

“너도 어서 당겨. 아직 매달려 있을지도 모르잖아?”

“예!”

두 사람은 열심히 줄을 당겼다.

“잘 내려가다가 왜 떨어진 걸까요?”

“몰라… 아무튼 살아 있기나 하면 좋을 텐데.”

줄에는 아무 무게도 실려 있지 않았다. 그리고 완전히 밧줄을 끄집
어냈을 때 그들의 손에 매달린 두 개씩의 밧줄은 타다 남은 채 연기를
내고 있는 횃대 이외에는 아무것도 없었다.

“이런… 없어졌어.”

밖에서 망을 보던 병사가 안쪽을 향해 소리를 질렀다.

“무슨 일이에요?”

하얗게 질린 대장이 밖을 향해 대답했다.

“큰일이야. 아래로 내려가던 애들이 없어졌어.”

밖에서 망을 보던 병사가 대장의 말을 듣자마자 멀리 숲을 향해 고함을 쳤다.

"어이! 어이! 여봐! 어이!"

대장이 깜짝 놀라며 입구를 바라봤다.

"엉? 저 녀석은 또 왜 저래? 밖에도 무슨 일이 있나?"

대장이 입구 쪽으로 나가서 좁은 복도에 대고 소리쳤다.

"무슨 일이야? 왜 소리를 질러?"

그러나 밖의 사병은 대장의 물음에는 대답도 없이 다시 소리쳤다.

"야! 모두 이리 와! 사고가 났어!"

대장이 고함쳤다.

"야! 누가 애들 부르라고 했어?"

밖에서 망을 보던 병사가 좁은 통로를 급히 기어들어 오며 말했다.

"하지만 사고가 났다면서요? 그래서 불렀는데요."

"네가 대장이야? 왜 네 멋대로 애들을 불러? 그리고 저 애들이 다 들어오면 나중에 인간족은 어떻게 처리하려고 그래?"

병사가 머리를 긁적였다.

"일단 여기부터 수습을 해야 할 것 같아서… 도로 가라고 할까요?"

"어휴, 내가 이 돌머리들을 데리고. 됐어. 그만둬! 그보다 아무래도 안 되겠다. 우선 내가 저 아래로 내려갈 테니 좀 도와줘. 이대로 둘 수는 없어."

같이 있던 병사가 대장을 잡고 늘어졌다.

"안 됩니다. 대장도 위험해요."

새로 들어온 병사도 말했다.

"그, 그래요. 너무 위험해요!"

그러나 대장은 엄한 목소리로 말했다.

"너희 둘이 먼저 내려갈 수도 있었어. 만일 너희가 위험에 빠졌는데 아무도 구하러 오지 않고 그냥 철수해 버리면 기분이 어떻겠냐? 잔말 말고 여기서 기다려. 그리고 나까지 사라지면 그대로 빠져나가서 밖의 사람들과 함께 돌아가."

"뭐라고요? 말도 안 돼요! 우리끼리 어떻게 철수를 해요?!"

"그래야 다음에 더 많은 사람을 데리고 올 거 아니냐? 후속 부대의 길잡이가 되어줄 사람은 너희들뿐이야. 어째 하나만 알고 둘은 모르냐? 너흰 그래서 맨날 쫄병 신세 못 면하는 거야, 바보들아."

"하지만……."

밖에서 들어온 병사가 말했다.

"그럼 제가 내려가겠습니다. 대장이 여기 계시다가 철수하든지 하십시오."

"저도 내려가겠습니다. 돌아가는 길은 대장님이 더 잘 아시잖아요?"

이미 허리에 밧줄을 단단히 묶은 대장이 말했다.

"됐어. 이미 준비 다 됐어. 너희는 여기서 기다려."

"제가 간다니까요?"

"까불지 말고 있다가 내가 소리 지르면 줄이나 당겨. 이건 명령이다. 벌써 부하 둘을 잃었는데 너희까지 죽게 놔두고 싶지 않아. 허리에 밧줄을 맸으니까 아까 그놈들처럼 아예 없어져 버리지는 않을 거야. 최소한 시체라도 딸려 올라오겠지."

"하지만……."

"너흰 결혼했잖아? 처자식도 기다리고 있고. 난 독신이라 죽어도 너희보다 슬퍼할 사람이 적다구."

"그런 게 어디 있어요?"

"말도 안 돼요!"

두 사병이 필사적으로 붙들고 늘어지자 대장이 버럭 짜증을 냈다.

"이놈들이, 정말 이거 안 놓을래? 정말 말 더럽게 안 듣네! 명령 불복종이냐? 즉결 처분할 거야?!"

"안 돼요! 밧줄 이리 내세요!"

"저희가 내려간다니까요!"

"이 바보들아! 내가 꼭 그 말을 해야 되겠냐? 너희는 머리가 나빠서 두 놈을 보내봐야 소용이 없을 것 같아서 그런단 말이다! 어휴, 내가 미쳐! 원정대라고 떠나는데 꼭 바보 같은 놈들만 부하로 딸려주니… 그나마 혼혈애들 아니고는 제대로 말귀를 알아듣는 놈들이 없어요. 머리가 나쁘면 말이라도 잘 들어야 하는데 이건… 어이구! 내가 미친다 미쳐! 어서 놓지 못해?"

"……."

병사들은 한참 욕을 먹고 나서야 슬그머니 대장을 놓으며 대답했다.

"알겠습니다. 그럼… 조심하십시오."

"그래. 밧줄 잘 잡고 있어."

"예."

대장은 허리의 밧줄과 칼을 다시 한 번 확인하더니 아래로 내려가기 시작했다. 한 병사가 다시 꺼진 횃대에 불을 붙여 그 위로 늘어뜨렸고 걱정스러운 눈빛으로 점점 어둠 속으로 사라지는 대장을 바라보았다.

그 모든 것이 동굴에 들어온 지 한 시간이 채 못 되어 일어난 일이었다.

한편, 숲에 남겨진 다섯 명의 들개족 병사들은 하품을 해대며 따분하게 앉아 있었다.

"하아~ 졸린걸. 도대체 대장은 뭘 하고 있는 거야?"

"그렇게 따분하면 한숨 자지 그래? 지금처럼 자기 좋은 시간도 없잖아? 잔소리꾼도 없고."

"무슨 소리야? 인간족 원정대 녀석들도 곧 도착할 텐데 어떻게 잠을 자?"

"돌아가면서 자면 되지. 게다가 인간족 녀석들은 걸음이 느려서 좀 더 있어야 할걸?"

"올 때 다 되었어. 긴장 풀지 말라고."

병사들은 하품도 하고 잡담도 하면서 오랜만에 느긋한 휴식을 취하고 있었다.

"정말 저기가 고대 도시 맞을까?"

"맞겠지. 벌써 보기에 예사롭지 않잖아?"

"후후, 네가 어떻게 아냐? 무슨 점쟁이냐?"

"갑자기 시간이 나니까 잠도 안 온다. 이렇게 심심할 줄 알았으면 저기나 따라 들어갈 걸 그랬다."

"그래, 대장은 참 따지는 것도 많아. 그깟 인간족이야 동굴에 다가올 때까지 기다렸다가 해치우면 그만인데 뭘 그렇게 경계를 해야 한다는 건지 원."

그러자 다른 병사가 고개를 저었다.

"그런 소리 하지 말라고. 그래도 우리 대장만큼 부하들 자상하게 챙기는 사람은 없어. 알잖아? 힘든 일은 자기가 다 도맡아서 하는 거."

"하긴… 다른 장교들 같았으면 벌써 여럿 잡고도 남았지."

"그래. 그렇긴 해. 그래서 사병들에게는 우리 대장이 인기가 있지.

많이 배운 사람은 뭐가 달라도 좀 다르다니까."

"우리 대장 별명이 '오지랖' 이잖아?"

"하하하, 정말 이거저거 상관하지 않는 게 없지. 그 사람… 하하하."

한 병사가 아까 싸움을 말리던 병사를 가리키며 말했다.

"오지랖이라면 저 녀석도 빠지지 않지. 안 그래?"

그 병사가 겸연쩍게 머리를 긁었고 다른 병사들이 박수를 치며 웃었다.

"하하, 맞아. 쟤는 대장보다 더할 거야 아마."

"맞아. 왜 남들 싸우는 데 자꾸 끼어드냐? 바보처럼. 하하하."

바보라고 불린 병사가 우물쭈물 말했다.

"그야… 싸우는 건 좋지 않은 거잖아."

"그러니까 네가 바보 소리를 듣는 거야. 그 녀석들이 싸우는 게 어디 하루 이틀 일이냐? 맨날 보면서도 몰라? 그건 싸우는 게 아니라 노는 거야. 그놈들은 그러면서 논다고. 알아?"

"그런 게 어딨어? 그건 싸우는 거지. 지난번에도 서로 코피가 터져서 난리던데."

"너 정말 바보냐? 그 녀석들은 벌써 몇 년째 붙어 다니는 단짝이라는 거 몰라? 이젠 아무도 그 애들 싸우는 거 말리지 않아. 너밖에는."

그 말에 바보라 불리는 병사가 입을 다물고 고개를 돌렸다. 그의 이름은 루루였다.

루루는 이런 일이 정말 싫었다. 어려서부터 싸움을 싫어하던 그는 그저 집에서 조용히 살고 싶었다. 그래서 터치의 부대에 들어간 후로 계속 잡일이나 하면서 지내왔다. 이미 몇 년이나 그래 왔듯이 매일 사냥이나 하고 요리나 하고 청소나 하면서 아내와 조용히 살고 싶었다.

그런데 얼마 전 터치 장군이 성을 발칵 뒤집고 부대를 새로 편제한다 어쩐다 한바탕 난리를 부리더니 잡일이나 하던 그를 전투 정찰 부대 소속의 이 원정대로 배정해 버렸던 것이다.

그랬다. 얼마 전 루루가 나리와 마지막으로 만났던 그날 밤 터치는 왕을 체포하고 정권을 잡았다.

낮에 나리와 작별하고 돌아온 루루는 다음날 아침까지 휴식이 주어졌기 때문에 아무 생각 없이 저녁을 먹고 잠자리에 들었다. 더구나 마음에 걸리던 인간족 여자까지 무사히 구출해서 함께 내보낸 터라 그의 마음은 편안하기 그지없었다.

그랬던 것인데 그만 그날 밤으로 비상이 걸리고 온 성이 발칵 뒤집혔던 것이다.

루루가 생각에 잠겼다.

'나리는 잘 지내고 있을까? 녀석… 지금도 자유롭게 떠돌아다니고 있겠지. 아참! 그 아가씨도 함께 다닐까? 이름이 뭐랬더라? '자리코'라고 했던가? 잘 돌아갔을까? 그날 밤에 성이 발칵 뒤집혔는데 나리는 그것도 모르고 있겠지? 하루만 늦었어도 그 아가씨는 절대 빠져나가지 못했을 거야. 정말 서두르길 잘했어.'

그 밤 비상이 걸리자 루루는 자다가 바로 불려 나가 그 다음날로 새로 전투 정찰 부대로 발령이 났고 다시 며칠 내로 인간족 원정대와 함께 성을 떠나게 되었다.

떠나던 날 아침 아내와 짧은 이별을 한 루루는 가슴이 답답하기만 했다. 아내는 남편을 보내면서 우느라 말도 제대로 하지 못했다. 그의 아내에게 있어서 루루는, 비록 밖에서는 바보라고 놀림받는 남편이었지만 집에서만은 신과 같은 존재였다. 다른 남자들처럼 아내를 구박하지도, 다른 여자를 들이지도 않았고 항상 착하고 이해심 많은 오빠나

친구 같은 남편이었던 것이다.

아내는 루루가 바보가 아니라는 것을 잘 알고 있었다. 다만 마음이 너무 착해서 다른 사람에게 맨날 당해주며 산다는 것을 진작부터 알고 있었다. 그래서 그가 출세도 진급도 않고 항상 말단으로 잡일만 하면서 살았지만 불만없이 오히려 같이 지낼 수 있다는 것만으로 행복해했었다. 그런 아내를 눈물과 함께 남겨두고 이 먼 곳에, 그것도 전투 부대에 속해서 와 있으니 그는 가슴이 답답해서 견딜 수가 없었다.

이 부대의 동료들은 대부분 지원자로 싸움에 이골이 난 사람들이었고 전쟁으로 공을 세워 출세하려는 꿈을 가지고 있었다. 루루 자신도 사냥이라면 이골이 나 있어서 맞붙는다면 결코 질 리는 없겠지만 그는 사람과는 싸우고 싶은 생각이 조금도 없었다.

그가 생각했다.

'아… 아내는 지금도 울고 있겠지? 아이는 잘 크고 있을까? 나도 나리처럼 성을 떠나서 살 걸 그랬어. 사냥을 해서 먹고 살면 절대 가족들을 굶기지 않을 자신이 있는데. 곧 전쟁을 벌일 것 같던데 어떻게든 가족을 데리고 멀리 떠나야 되겠어. 나리처럼. 만일 살아서 돌아간다면 꼭 아내와 아이를 데리고…….'

그때였다. 한 병사가 귀를 쫑긋거리며 손가락을 입에 갖다 댔다.

"쉿! 조용히 좀 해봐."

"……?"

다른 들개족 병사들도 순간 입을 다물며 주위의 소리에 귀를 기울였다. 멀리서 작은 소리가 들려오고 있었다.

"어이~ 어이~!"

다섯 병사들은 동시에 벼랑 중간에 있는 굴로 고개를 돌렸다. 그리고 가만히 살펴보니 과연 검은 점 이외에 가물가물 움직이는 뭔가가 있었다. 작고 하얀 것이 꿈틀거리며 움직이고 있다는 걸 알 수 있었다.

"동굴 쪽에서 나는 소리 아냐?"

"그래, 무슨 일이 생겼나 봐!"

꿈틀거리던 하얀 물체는 갑자기 해를 반사하며 반짝 빛을 발했다. 그러자 이쪽 다섯 병사들도 칼을 뽑아 들고 햇빛을 반사하기 위해서 이리저리 돌리며 움직였다. 다섯 개의 칼날 중 하나라도 해를 반사해서 동굴에서 볼 수 있었을 것이다.

서로를 향해서 빛을 반사하던 숲과 동굴의 병사들이 칼을 내리고 소리쳤다. 먼저 숲의 한 병사가 입에 손을 모으고 목청을 높였다.

"무슨 일이냐? 말을 해라!"

그리고 귀를 기울이자 동굴의 누군가가 지르는 소리가 아주 조그맣게 들려왔다.

"…야! 모두 이리 와! 사고가 났어!"

그 말에 다섯 병사들이 놀라서 서로의 얼굴을 바라봤다.

"뭐래?"

"사고가 났대."

"그래, 모두 오라고 하는데?"

"어떡하지?"

"뭘 어떻게 해? 얼른 가보자!"

"하지만 대장이 여기서 인간족을 지키라고 했잖아?"

"지금 대장이 저기 있는데 무슨 소리야? 아무럼 대장 허락도 없이 우리보고 오라고 소리를 질렀겠어?"

"맞아. 어서 가보자. 사고가 났다잖아?"

무기를 챙겨 들고 일어서는 다섯 사람 중 하나가 말했다.

"잠깐만, 일단 무슨 사고인지 확인부터 해보자."

그리고 다시 입에 손을 모으고 동굴을 향해 소리쳤다.

"야! 무슨 일이냐? 우리 모두 가는 거 맞냐?"

그리고 귀를 기울여 대답을 기다렸다.

"……."

그러나 더 이상 아무 대답이 없었다. 소리도 반짝임도 사라져 버렸다. 잠시 기다리던 다섯 병사들이 서둘러 벼랑으로 다가갔다.

"어서 가봐야겠어. 아무래도 위급한 일인 모양이야."

"그래야 할 것 같다. 얼마나 급하면 대답도 하지 않고 들어가 버렸을까?"

"인간족은 어떡하지?"

"동굴에 숨어 있다가 다가오는 대로 떨어뜨려 버리지 뭐. 인간족과는 별일없을 테니 걱정하지 마."

"그래, 우선 대장과 동료들을 구하는 게 먼저니까."

벼랑을 따라 이어져 있는 작은 소로에 달라붙은 다섯 들개족 병사들은 서둘러 동굴을 향해 움직이기 시작했다. 그리고 족히 몇백 미터는 되어 보이는 소로를 빠른 속도로 이동해 갔다.

대장의 일행은 동굴까지 이동하는 데 한 시간이 넘게 걸렸지만 지금의 일행은 매우 서둘고 있었기 때문에 그보다 속도가 훨씬 빨랐다. 출발한 지 얼마 되지도 않았는데 벌써 동굴까지의 위험한 길을 반이나 지나고 있었다. 그리고 그 줄의 맨 뒤에 루루 역시 달라붙어서 열심히 이동하고 있었다. 다만 위험에 빠진 동료들을 구하기 위해서.

제7장 신의 동굴

동굴 안에는 손에 땀을 쥐게 하는 긴장이 감돌았다. 두 병사는 대장이 매달린 밧줄과 횃불을 매단 밧줄을 하나씩 잡은 채 초조한 표정으로 아래를 내려다보았다.

그 순간이었다.

"대장님~"

"엇?"

혼혈아의 목소리가 들려오자 줄에 매달린 대장과 위에서 들여다보던 두 병사는 깜짝 놀라서 아래를 바라봤다.

"대장님!"

대장이 아래를 향해 소리쳤다.

"너희들 무사하냐?"

"예!"

무사하다는 대답에 세 사람의 얼굴이 확 펴졌다. 그리고 물었다.

"어떻게 된 거야?"

"갑자기 뭔가 당겨서 줄을 놓쳤어요. 그런데 여기서 둘이 만났어요. 두 구멍이 연결되어 있어요. 그리고 둘 다 무사해요."

"다행이다. 지금 나도 내려가는 중이니까 조금만 기다려라!"

그러자 아래에서 토종의 목소리가 들렸다.

"대장님, 잠깐만요! 밧줄이 너무 짧아서 여기까지 닿지 않아요. 그냥 내려오시면 다시 올라갈 수 없어요. 밧줄을 더 길게 연결해야 해요!"

"그래? 좋아, 그럼 잠깐만 기다려. 밧줄을 길게 해서 내려가마!"

두 병사가 급히 대장을 끌어 올렸고 대장은 허리에 맨 밧줄을 풀어서 다른 밧줄과 연결해 길게 만들었다. 그리고 긴 끝에 다시 허리를 묶고 한 다발의 밧줄을 더 목에 걸고 내려가기 시작했다. 가다가 모자라면 또 밧줄을 연결할 생각이었다.

대장이 생각했다.

'밧줄 하나가 이십 미터는 되는데… 엄청나게 깊은 모양이군.'

그가 한참을 내려가던 중이었다. 다시 아래에서 소리가 들렸다.

"대장님~!"

"왜?"

"조금 내려오다가 조심하셔야 합니다. 갑자기 옆에서 뭔가가 당길 거예요."

"알겠다!"

대장은 머리 위에 따라오고 있는 횃불을 손으로 잡았다. 그리고 밧줄을 풀어서 횃불을 입으로 물었다. 그리고 주위를 휘휘 돌아보았다. 아직 좁은 구멍의 벽 이외에는 아무것도 보이지 않았다. 그러나 아래쪽으로부터 무사한 두 부하의 목소리를 들으니 힘이 나는 것 같았다.

그렇게 십여 미터를 내려가던 중 갑자기 강한 바람이 자신을 향해 불어오더니 몸이 한쪽으로 강하게 딸려가는 것이 느껴졌다.

"엇?"

"대장!"

머리 위에서 부하들이 부르는 소리를 들었으나 대답할 겨를도 없었다. 벽 한쪽에 나 있는 구멍이 입에 문 횃불에 비치어 똑똑히 보였다. 그리고 그는 입의 횃불을 놓치고 말았다. 너무 빨리 몸이 회전해서 벽에 부딪치며 놓친 것이다.

"어어어~"

대장은 정신없이 미끄러지며 떨어지다가 뭔가가 몸에 닿는다고 생각한 순간 세차게 데굴데굴 구르며 잠시 정신을 잃었다.

"대장님! 정신 차리세요!"

"으음……?"

눈을 떠보니 먼저 내려간 혼혈과 토종 부하 두 명이 횃불을 들고 자신의 얼굴을 들여다보는 것이 눈에 들어왔다. 두 개의 밧줄을 연결해 몸에 묶었던 것이 이번에는 십 미터가량 남았던 모양이다. 그래서 그는 여전히 밧줄에 허리를 맨 채 바닥에 누워 있었다.

"여기가 어디지?"

"글쎄요. 저희들도 잘 모르겠어요. 하지만 이번에는 밧줄이 있으니 올라갈 수 있겠네요."

"다친 데는 없나?"

"없어요. 그냥 좀 정신이 없을 뿐이에요."

토종 들개족이 물었다.

"도대체 어떻게 된 거죠? 여기가 어딜까요?"

혼혈아가 고개를 저으며 대답했다.

"글쎄… 나도 보지를 못해서."

"누가 너한테 물었냐?"

"이 자식이! 기껏 구하러 들어온 사람에게!"

"이게 구하러 온 거냐? 같이 빠진 거지!"

두 사람이 또 티격태격하기 시작하자 대장이 말을 끊었다.

"그만 좀 해! 빠진 곳은 내가 자세히 봤다. 우리가 기어 내려간 수직
통로 옆에 또 하나의 터널이 뚫려 있었다. 우리는 거기로 빨려 들어온
거야."

"그럼?"

"잘 모르지만 뭔가 그 구멍 주위를 지나가면 강하게 빨아들이는 힘
이 작용하는 모양이다."

위에서 기다리는 병사들의 초조한 목소리가 들렸다.

"대장님~ 무사하신 겁니까?!"

"그래! 걱정하지 마라!"

"다른 애들도 있어요?!"

대장이 밧줄을 당겨 남아 있는 길이를 재더니 위에다 대고 소리쳤다.

"모두 같이 있다! 여기 깊이는 대략 삼십 미터 정도 된다! 그리고 모
두 무사하니 걱정하지 않아도 된다!"

"알겠습니다! 저희도 내려갈까요?"

"아니, 거기서 대기해! 우리는 좀 더 안을 살펴보고 올라가겠다!"

세 사람은 각자의 횃불을 하나씩 만들어 들더니 주위를 살피며 깊이
들어가기 시작했다. 안쪽은 서너 명이 나란히 걸을 수 있을 정도로 폭이

넓은 복도였다. 바닥을 제외한 벽과 천장이 동그랗게 연결되어 있었고, 이상한 무늬가 수없이 그려져 있는 맨질맨질한 벽이 인상적이었다.

"안은 굉장히 넓은데요."

"그래. 그런데 이것들은 뭐지?"

대장이 가리키는 것은 벽에 수없이 그려져 있는 크기가 사람 머리통만한 하얗고 네모난 무늬였다.

"글쎄요. 처음 보는 건데 뭘 뜻하는 그림일까요?"

혼혈아가 고개를 갸웃거리며 말했다.

"이거, 그려진 게 아니라 붙여놓은 것 같은데요? 봐요, 튀어나와 있잖아요."

"그렇군. 그럼 이건 뭘까?"

"도무지 알 수 없군요. 다 처음 보는 것들이라서……."

이번에 가리킨 것은 역시 네모난 모양이었는데 아까와는 반대로 약간 오목하고 좀 컸다. 그리고 모든 무늬들이 정확한 간격으로 나 있었다.

대장이 말했다.

"여긴 그리 춥지 않군. 아까의 한기는 느껴지지 않아."

"그렇군요. 그럼 도대체 그 한기는 어디서 나온 것일까요?"

"우리가 빨려든 이곳이 아닌 아래쪽이겠죠."

"아래쪽?"

"그래요. 우리는 수직 통로의 벽에 나 있는 구멍으로 빨려들었잖아요? 그리고 그 아래로 계속 구멍이 이어져 있었으니 거기서 한기가 올라온 게 아닐까요?"

"그럴듯하군."

세 사람은 이곳저곳을 조심스레 살펴가며 복도를 이동했다. 그러나 그리 오래 걸어가지는 못했다. 곧 막다른 벽이 나왔기 때문이다.

"막혔다!"

"어?"

잠시 머뭇거리던 세 사람이 막혀 있는 벽으로 접근했다.

"이게 어떻게 된 거지? 막다른 벽이라면 이 터널은 뭐 하러 뚫어놓은 거야?"

"그러게 말입니다."

그러나 혼혈 들개족은 생각이 달랐다.

"아닐 겁니다. 이건 막다른 골목이 아닌 것 같아요."

"어째서?"

대장의 질문에 대답하는 혼혈아의 표정은 상당히 긴장되어 보였다.

"모르긴 해도 이 동굴이 수백 년 전에 만들어진 고대 도시라면 그동안에 이곳에 침입한 것이 우리가 처음은 아닐 겁니다. 확인할 수는 없지만 아마 꽤 많을걸요? 하다못해 지나가던 사냥꾼이나 들짐승이라도 우연히 발견해 들어온 적이 있을 거예요. 그러니까 아무도 돌아오지 못하는 동굴이라고 소문이 났죠."

"그래서?"

"만일 누군가가 들어왔다면 우리처럼 그 구멍으로 들어온 사람이 있을 테고 그 다음은 이 터널로 빨려 들어왔을 겁니다."

혼혈아의 표정이 너무 심각하게 변하자, 덩달아 대장과 아무 생각 없던 토종 사병의 얼굴도 딱딱하게 굳어졌다.

토종 멍청이 사병이 떨리는 목소리를 진정시켜 가며 물었다.

"야~ 그게 무슨 소리야? 이상한 소리 좀 하지 마."

"이상한 소리가 아니야. 우리가 이곳에 빠진 후 여태까지 아무것도 보지 못했잖아? 생각해 봐. 막다른 골목이라면 이 터널 안에 그동안 들어왔던 사람이나 동물의 뼈라도 있어야 하는 거 아냐? 그런데 이 안은 그 흔한 벌레 한 마리 없이 깨끗해."

대장이 중얼거렸다.

"그렇다면?"

"예, 여긴 막다른 골목이 아니란 얘깁니다. 어딘가 출구가 있을 겁니다. 분명해요."

토종 사병이 말했다.

"하지만 오던 길로 도로 나갔을 수도 있잖아?"

"손도 닿지 않는 천장에 있는 구멍으로 밧줄도 없이 나가는 것은 불가능해. 날아다니지 않는 이상은!"

"밧줄을 가져왔나 보지 뭐."

토종 사병이 계속 엉뚱한 말로 우겨대자 혼혈아가 고개를 내저었다.

"관두자, 관둬! 너랑 얘기하는 내가 바보지."

"뭐? 왜 내가 바보냐? 그럴 수도 있잖아?"

"네가 바보라고 안 했다. 내가 바보라고 했지."

"아, 그랬나? 난 또~ 엉?"

잠시 시간이 지나서야 그 말은 결국 자기가 바보라는 뜻인 줄 깨달은 토종 사병이 다시 뭐라고 대꾸하려는 순간 대장이 소리쳤다.

"너 좀 조용히 못 있냐? 이 멍청아! 그렇지 않아도 정신 사나운데. 헛소리하려거든 매달아놓은 밧줄 있으니까 도로 올라가 있어!"

"아, 알았어요. 말 안 할게요."

머쓱해서 물러서는 토종 사병을 보고 대장이 몇 마디 덧붙였다.

"어휴~ 이래서 원정대는 머리 좋은 놈으로만 골라서 뽑아야 한다니까. 시험이라도 보고 선발해야 하는데 이건 개나 소나 무식한 것들을 다 보내놓으니… 쯧쯧.”

그 말에 토종 사병이 완전히 기가 죽어가지고 입을 다물었다.

대장이 혼혈아에게 말했다.

“그렇다면 여기 어딘가 출구가 있으리란 얘기군.”

“아마 그럴 겁니다.”

“좋아, 한번 찾아보지.”

세 사람은 각자 흩어져서 벽을 살펴보기 시작했다. 아까부터 이어져 있는 튀어나온 사각 무늬와 오목한 사각 무늬들을 하나하나 살폈다. 튀어나온 무늬는 사람 머리 크기였고 오목한 무늬는 그보다 훨씬 커서 어른 몸통 정도 크기는 되었다.

대장이 허리의 긴 칼을 뽑아 들더니 그 끝으로 무늬 하나를 살짝 건드려 보았다.

우우웅~

“엇!”

“뭐, 뭐죠?”

갑자기 들려오는 소리에 세 사람이 깜짝 놀라며 벽에서 떨어져 섰다. 그리고 소리가 있은 지 몇 초 지나지 않아 뭔가 번쩍하더니 터널 안이 환하게 밝아졌다.

“부, 불이 켜졌어요!”

“불이 아니야! 이… 이건 대체?”

어디 한곳에 불이 켜진 게 아니었다. 둥글게 연결된 벽과 천장 전체가 빛을 뿜어내고 있었다. 벽면과 천장은 흰색, 튀어나온 무늬는 푸른색, 오목한 무늬는 붉은색이었다.

토종 병사가 소리쳤다.

"무, 무슨 마술이 아닐까요? 대장, 어떻게 좀 해봐요!"

"가만히 좀 있어봐!"

칼을 뽑아 든 채 어리둥절해 서 있는 세 사람의 눈앞에서 막다른 벽이 진동하는 모습이 보였다.

그리고 세 사람이 서 있는 곳에서 가장 가까운 곳의 푸른색 무늬에 무슨 글자인지 그림인지 알 수 없는 문양이 나타나더니 계속 모양이 변하며 퍼져 나갔다. 그리고는 점점 퍼지던 문양은 모든 푸른색 무늬를 뒤덮으며 물결치듯 넘실거렸다.

토종이 다시 말했다.

"마술이 틀림없어요!"

잠시 후 넘실거리며 변해 지나가던 문양의 속도가 점차 느려지는가 싶더니 드디어 멈추어 섰다. 그리고 생전 처음 듣는 낯선 소리가 들려왔다.

…디, 띠디디디… 디디디디… 디딧 디디딧…….

어디서 들려오는지 두리번거리며 찾았지만 도저히 알 수 없었다. 그냥 벽과 천장 전체에서 울려 퍼지는 소리 같았다.

"무, 무슨 소리지?"

"처음 듣는 소리입니다."

"조심해. 위험한 짐승일지 몰라!"

파란 네모 안의 문양은 소리가 남에 따라 조금씩 변했다. 그리고 다시 멈추었다가 다른 소리가 들려오기를 되풀이했다.

그 모든 것이 낯설었고 무슨 소리인지 하나도 알아들을 수 없었던 세 사람은 두려운 눈빛으로 넘실거리는 벽면의 알 수 없는 문자들을 이리저리 둘러볼 뿐이었다.

그러자 다시 이상한 소리들이 한참을 들리다가 한참을 멈추고 또 들리다가 멈추기를 몇 번이나 반복했다.

대장이 말했다.

"이게 무슨 소릴까? 짐승의 소리는 아닌 것 같고."

"사람의 목소리도 아닌 것 같아요. 이렇게 이상한 소리는 처음입니다."

토종 병사가 말했다.

"여자 목소리 같지 않아요?"

"여자? 하지만 너무 일정하게 들려오잖아?"

"마치 인간족들 기도하는 소리 같지 않아요?"

그러자 혼혈아가 말했다.

"아, 그래. 이건 무슨 기도 소리 같아요. 아니, 우리에게 뭐라고 말하고 있는 것 같아요."

"우리에게? 뭐라고 하는 걸까?"

"다른 종족의 말인가 봅니다. 전혀 알아들을 수가 없어요."

그때였다. 멈추고 한참을 기다리던 그 음성이 다시 말하기 시작했는데 이번에는 알아들을 수 있는 인간족의 말이었다.

[…멈추십시오. 당신들은 누구십니까? 이름을 대십시오. 이곳은 매우 위험한 곳입니다. 당신들은 정상적이 아닌 경로로 이곳에 들어왔습니다. 당신들에게 그 사실을 미리 경고합니다. 이곳에 들어오려 할 경우는 세 가지의 암호가 모두 일치해야 합니다. 제 말을 알아들었으면 정면에 보이는 파란 네모 안에 두 손바닥을 갖다 대십시오. 첫 번째 암호입니다. 그런 다음 그 뒤로 두 가지 암호를 더 풀어야 방어 모드가 해제됩니다. 만일 침입할 의사가 없다면 더 이상 접근하지 말고 온 길로 돌아가십시오. 세 가지 암호를 통과하지 않고 무단으로 침입하려

하면 사살하겠습니다.]

그리고 소리가 멎었다. 대장과 두 사병은 바짝 긴장하며 서로의 얼굴을 바라봤다.

대장이 조그맣게 말했다.

"이건 인간족의 말이다. 그럼 아까 했던 말들은 어느 종족의 말이지?"

"글쎄요… 전혀 알아들을 수가 없었으니… 어쨌든 여기가 인간족의 고대 도시인 것은 확실한 듯합니다."

"그래… 그런데 암호란 뭘까?"

"어떻게 하시겠어요? 정면에 보이는 파란 네모에 손을 갖다 대라고 했습니다. 첫 번째 암호랬어요."

"음……."

토종 병사가 말했다.

"일단 갖다 대지요?"

혼혈아가 걱정스럽게 말했다.

"그러다가 암호가 틀리면?"

"……."

대장이 결심한 듯이 벽으로 다가갔다.

"일단 손바닥을 대보자. 세 가지를 통과하지 못할 경우에 사살한다고 했으니까 첫 번째는 틀려도 별 상관 없을 거야. 시험을 해봐야지."

"조심하십시오."

두 사병은 대장의 주위에서 칼을 뽑아 들고 사방을 경계하기 시작했다. 어디서 나타날지 모르는 공격으로부터 그를 엄호하기 위해서였다.

대장이 가만히 파란빛이 도는 네모 안에 두 손바닥을 갖다 댔다.

삐이이잉……!

일 초나 지났을까… 귀를 찢을 듯한 소리가 나며 파란 네모 전체가 번쩍 눈이 부실 정도로 빛났다.

깜짝 놀라서 뒤로 물러서자 그 네모 안에 대장의 손바닥 자국이 까맣게 그대로 남아 있는 것을 볼 수 있었고 다시 목소리가 들려왔다.

[…첫 번째 암호인 지문이 일치하지 않습니다. 당신은 이 터널의 주인이 아닙니다. 계속해서 두 번째 암호를 질문하겠습니다. 당신의 이름은 무엇입니까? 파란 네모에 입을 대고 이름을 말하십시오. 만일 그냥 돌아가시려면 지금 선택하십시오. 돌아갈 기회는 더 이상 주어지지 않습니다. 두 번째 암호가 틀릴 경우 공격 준비에 들어갑니다.]

대장이 긴장해서 침을 꿀꺽 삼켰다. 그 소리를 옆에 선 두 병사가 똑똑히 들을 수 있었다.

"지, 지문이 뭐지?"

"글쎄요. 처음 듣는 말인데."

다시 대장이 앞으로 다가서자 혼혈아가 말했다.

"어떻게 하시려고요? 암호는 도저히 맞출 수 없습니다."

"그래요. 그냥 돌아가요. 무슨 공격이 있을지 몰라요."

그러나 대장은 물러서지 않았다.

"너희 둘은 일단 올라가라. 올라가서 기다려."

"그럴 수는 없습니다. 죽어도 함께 죽어야죠."

"그, 그래요. 대장님을 두고 갈 수는 없어요!"

모두 바짝 겁이 났지만 대장을 두고 자기들끼리 철수할 수는 없었다. 자신들을 구한다고 목숨 걸고 들어온 대장이 아닌가!

그러는 사이 대장은 가만히 파란 네모에 입을 갖다 댔다. 그리고 천천히 한 자 한 자 이름을 말했다.

“뽀·다·구!”

…삐이이잉~

다시 한 번 귀를 찢을 듯한 고음과 함께 파란 네모가 번쩍 빛나더니 무미건조한 여자의 음성이 들려왔다.

[…두 번째 암호가 일치하지 않습니다. 당신의 음성은 이곳의 주인과 다릅니다. 공격 모드로 전환합니다. 공격 모드로 전환합니다.]

우우웅…….

그 소리에 세 사람이 깜짝 놀라며 주위를 둘러보았다. 벽과 천장의 푸른 네모가 번쩍번쩍 빛났다. 그리고 오목하게 들어간 붉은 네모들 몇 개가 가운데부터 검게 변하기 시작했다.

“뭐, 뭐지?”

“조심해!”

자세히 보니 붉은 네모들은 검게 변하는 것이 아니라 가운데부터 구멍이 뚫리며 서서히 열리는 중이었다. 터널을 가득 메운 빨간 네모 중에서 그들 주위의 십여 개가 서서히 열리고 있었다.

세 사람은 바짝 긴장해 두리번거리며 사방에서 열리는 십여 개의 구멍을 주시했다.

부우웅…….

벌이 붕붕거리는 듯한 소리가 들리기 시작하더니 사방을 가득 에워 쌌다. 마치 수백 마리의 말벌들이 동시에 날갯짓을 하는 것 같았다. 그리고 곧 소리가 점점 커지며 열린 구멍에서 뭔가 쏜살같이 튀어나왔다.

“헉!”

“조심해!”

“저, 저게 뭡니까?”

튀어나온 십여 개의 괴물들은 공중에 떠서 세 사람 주위를 빙빙 돌아다녔다. 크기가 어른 팔뚝만한 벌레인지 새인지 모르는 물체였다. 때로는 한자리에 멈추어 서서 그들을 커다란 눈으로 바라보기도 하고 다시 재빨리 자리를 벗어나 다른 곳으로 가서 다시 멈추기를 반복하고 있었다.

대장이 잠시 그들을 살펴보다가 말했다.

"자, 잠자리 같은데?"

"무슨 잠자리가… 저렇게 커요?"

"하지만 잠자리 같아. 비슷하게 생겼잖아?"

그것들은 어른 주먹만한 얼굴에 팔뚝만한 몸통, 그리고 가느다랗고 긴 꼬리를 가지고 있었다. 주먹만한 얼굴은 삼 분의 이가 눈이었고 앞으로 긴 대롱처럼 생긴 주둥이가 튀어나와 있었다. 커다란 눈에서는 번쩍번쩍 빛이 났다. 또 몸통 아래에는 이상하게 생긴 다리가 네 개 달려 있었고 등 뒤로 뭔가 날개 같은 것이 바람을 아래로 불어내며 열심히 움직이는 것 같았는데 너무 빨라서 보이지도 않았다.

세 사람은 정신없이 주위를 빙빙 도는 십여 마리의 커다란 잠자리(?)를 따라다니느라 고개를 이리저리 돌려야 했다.

그 소동 중에 이윽고 다시 여인의 목소리가 들려왔다.

[마지막 암호입니다. 두 번째 암호 해독을 포기하지 않았으므로 이제 돌아갈 기회는 없습니다. 만일 이번 암호를 맞추면 돌아갈 기회를 드리겠습니다. 그러나 이번에도 맞추지 못하면 침입자로 간주하여 공격이 시작됩니다. 제1단계 기본 공격으로 당신들을 사살해 보겠습니다.]

사방에서 팔뚝만한 잠자리들이 붕붕거리며 돌아다니는 가운데 여인의 목소리가 이어졌다.

"당신의 이름을 파란 네모판 안에 손가락으로 적으시오. 시간은 일 분

드리겠습니다. 기회는 한 번뿐입니다. 신중히 생각해서 적어주십시오.”

파란 네모판 안에서 숫자 60이 나타나더니 일 초에 하나씩 줄어들기 시작했다. 대장의 이마에 식은땀이 주르르 흘러내렸다. 그가 혼혈아를 바라보았다. 그리고 속삭였다.

“이름을 적으래.”

“이름? 무슨 이름을 적어야 하죠?”

그러자 토종 사병이 잠자리 떼를 향해 달려나가며 소리쳤다.

“쳇, 저까짓 벌레들 그냥 다 베어버리면 되지 뭐! 뭐가 그리 겁난다고 그래요?”

토종 병사가 칼과 횃불을 마구 휘두르며 접근하는 잠자리를 베려 했다. 그러나 잠자리들은 닿을 듯 말 듯하면서 교묘히 칼끝을 피해 다녔다. 그뿐 아니었다. 조금 시간이 지나자 마구 휘두르는 토종 병사의 칼을 향해서 한 잠자리가 귀청을 찢어버릴 듯이 커다란 소리를 질렀다.

타탕.

까앙!

거의 동시에 토종 병사의 칼이 날카로운 쇳소리를 내며 두 동강이 나버렸다.

엄청난 소리에 세 사람이 깜짝 놀라 펄쩍 뛰었다. 무엇보다 손에 전해진 충격으로 칼 손잡이를 놓친 토종 병사가 기겁을 하며 소리쳤다.

“헉! 카, 칼이! 대, 대장, 어서 이름을 생각해 봐요! 이것들 보통 벌레가 아니에요!”

강철로 된 두꺼운 칼이 부러지자 대장과 혼혈아도 눈이 휘둥그레졌다.

혼혈아도 입을 쩍 벌리며 말했다.

"이, 이게 무슨 소리죠? 인간족들 신무기에서 천둥 소리가 난다고 했는데, 그 소리 아니에요?"

대장이 심각하게 말했다.

"안 되겠다. 이러다가 모두 당하겠어. 내가 시간을 끌어볼 테니 그동안 너희들은 탈출해라. 그리고 다시 준비를 해서 들어와야 될 것 같아."

혼혈아가 펄쩍 뛰었다.

"그건 안 돼요! 대장님만 두고 갈 수는 없어요!"

그러나 대장의 표정은 비장했다. 그가 두 사병을 번갈아 노려보며 말했다.

"나만 두고라도, 갈 수 있을지 없을지는 해봐야 알지. 어쩌면 너희도 못 나갈 수도 있으니까. 여기 앉아서 셋이 다 죽을래, 아니면 나갔다가 나를 구하러 다시 올래?"

"그런……!"

"대, 대장님!"

초조한 세 사람의 귓전으로 여인의 무미건조한 목소리가 다시 들려왔다.

[…삼십 초 남았습니다.]

대장이 부하들에게 버럭 소리를 질렀다.

"시간이 없어! 이 바보들아! 여기 있어도 어차피 공격은 시작될 거야. 어서 나가!"

"대장님도 함께 가요!"

"그래요! 더 늦기 전에!"

그러는 동안 숫자는 점점 줄어들고 있었다. 무미건조한 여인의 음성이 다시 들려왔다.

[…이십 초 남았습니다.]

"나가! 여기서 다 죽으면 다른 녀석들이 멋도 모르고 들어올 거야. 위험을 알려야 해!"

"싫어요!"

"명령 불복종은 사형이다!"

"이래 죽으나 저래 죽으나 어차피 마찬가지인데요, 뭐!"

"이, 이런……."

"같이 가지 않으면 우리는 가지 않겠어요!"

[…십 초 남았습니다….]

부하들의 막무가내 고집에 대장이 난감한 표정을 지었다. 그러나 얼굴이 벌게져서 서 있는 두 부하들은 고집을 꺾지 않았다.

"할 수 없군. 좋아, 간다! 달려!"

결국 대장은 두 부하와 함께 들어왔던 입구로 달리기 시작했다. 파란 네모 안의 숫자는 막 팔 초를 지나고 있었다.

그들이 자리에서 두 발짝 못 갔을 때였다.

…삐삐비비비…… 삐삐비비비…….

갑자기 귀를 찢을 것 같은 고음이 터널 안을 메우더니 온 벽이 모두 번쩍번쩍 빛을 발했다. 그리고 예의 그 여인의 음성이 세 사람의 귀를 때렸다.

[…지금은 돌아가는 것이 금지되었습니다. 멈추십시오. 탈출을 기도하면 바로 사살하겠습니다.]

토종 사병이 세 번째 발을 내밀며 소리쳤다.

"너 같으면 서겠냐? 이런 괴물들에게 둘러싸여서!"

순간 귀를 찢는 굉음이 다시 들려왔다.

타타탕―!

그리고 막 네 번째 발을 내디디던 토종 사병의 입에서 울컥 피가 쏟아져 나왔다.

"커억!!"

"멍청이!"

"조심해!"

부우우웅…….

혼혈 사병과 대장이 동시에 소리쳤다. 잘 달리던 그가 왜 갑자기 피를 쏟아내며 주저앉았는지 전혀 알 수 없었던 혼혈아는 귓가를 스치는 소리에 깜짝 놀라며 고개를 돌렸다. 그의 눈 바로 앞에 거대한 잠자리 한 마리가 번쩍이는 눈을 빛내며 스쳐 지나가고 있었다. 그리고 순간적으로 지나치는 그 잠자리의 입에서 실낱같은 하얀 연기가 피어오르는 것을 볼 수 있었다.

잠자리의 보이지 않는 날갯짓에 의해 혼혈아의 머리카락이 굵은 땀방울을 뿌려대며 파라락 날렸다. 제 눈앞을 쏜살같이 빠져나가는 잠자리에 멍하니 정신 팔려 있는 혼혈아의 등을 대장이 확 떠밀었다.

"피해!"

타타타탕!

"억!"

두 사람이 양쪽으로 넘어지는 순간 혼혈아가 서 있던 바로 그 자리를 무언가 휙 스치고 지나가는 듯한 느낌이 들었다. 깜짝 놀라서 돌아보니 아무런 흔적도 없었다.

혼혈아가 급히 몸을 일으키며 대장에게 물었다.

"지, 지금 뭐가 지나갔죠?"

"모르겠다. 아무튼 저 잠자리들이 뭔가를 뱉어내고 있어. 칼을 부러 뜨린 바로 그거야. 멍청이도 그것에 당한 것 같아."

주위를 날아다니는 십여 마리의 잠자리를 바라보았다. 그놈들은 퇴로를 막으려는 듯 입구 쪽에 모여서 붕붕거리며 돌고 있었다. 그리고 그중 몇 마리의 주둥이 부분에서 가는 연기가 나오고 있는 것이 보였다.

"저건가요?"

"그래, 저 뾰족한 주둥이에서 뭔가가 쏘아져 나오는 것 같아. 그걸 조심해야 해."

혼혈아가 토종 사병의 목덜미를 잡아당기며 소리쳤다.

"멍청이, 어서 일어서!"

"……."

토종 사병은 아무 대답도 하지 않았다. 심하게 떨리던 경련도 점점 약해지고 있었다. 혼혈아가 목이 터져라 소리쳤다.

"멍청이! 일어나지 못해!"

그때였다.

부아아앙…….

혼혈아가 토종 사병을 억지로 일으켜 세우는 순간 잠자리들이 다시 움직였고 대장이 소리쳤다.

"위험해!"

타타타타탕…….

"헉!"

혼혈아의 정면으로 쏜살같이 날아오던 잠자리 두 마리가 양쪽으로 갈라지면서 다시 입으로 뭔가를 뱉어냈고 혼혈아의 팔에 매달려 축 늘어져 있던 토종 사병의 머리가 피와 뇌수를 뿌리며 터져 나갔다.

“멍청이!”

“이미 죽었어! 놔두고 달려!”

달리라는 대장의 말이 혼혈의 귀에는 들리지 않는 모양이었다. 그는 머리가 터져 나간 멍청이의 몸통을 붙들고 정말 멍청한 표정이 되어 서 있었다. 그뿐 아니라 혼혈의 가슴에서도 멍청이의 피가 아닌 자신의 피가 배어 나오고 있었다.

혼혈아와 토종 사병에게 뭔가를 뱉어내고 양쪽으로 빠져나가는 잠자리를 향해 대장이 재빨리 칼을 내리그었다.

빠각!

한 마리의 잠자리가 대장의 칼에 정통으로 맞으며 바닥으로 떨어졌다. 대장은 서서히 내려앉아 가는 혼혈아의 팔을 왼손으로 잡아챘다.

“정신 차려!”

“으…… 으으.”

“일어서!”

“대, 대장… 가, 가슴이… 커억!”

혼혈아의 입에서도 피가 울컥 쏟아져 나왔다.

“아직 죽지 않아! 어서 달려! 입구가 저기야! 밧줄이 보이잖아!”

“나, 나는… 대, 대장이나 어서……!”

혼혈아가 대장의 손을 힘겹게 뿌리쳤다. 그리고 오른손으로 칼을 뽑아 들었다. 고통으로 부들부들 떨면서도 왼손에 잡은 멍청이의 시체는 아직 놓지 않고 있었다.

“발을 옮길 수 있겠어?”

“아… 아뇨… 서, 서, 서 있기도 힘들어… 요…….”

대장이 정면을 바라봤다. 멀지 않은 곳에 밧줄이 늘어져 있는 것이 보였다. 그리고 그들과 밧줄 사이를 십여 마리의 잠자리가 벽을 만들 듯이 가로막고 공중에 멈추어 있었다.

'뭐, 뭐지? 저 괴물들은 대체?'

대장은 방금 자신이 박살 낸 잠자리를 바라봤다. 몸통 중간이 직각으로 꺾인 채 바닥에 널브러져 있었는데 피가 나는 것도 아니고 그저 연기만 피식피식 올라오고 있었다. 그리고 머리가 핑 돌 정도로 역한 냄새가 물씬 풍겼다. 잠자리의 몸통 옆으로 흘러나오는 맑은 액체에서 나는 냄새 같았다.

대장이 역한 냄새에 코를 막으며 고개를 돌렸을 때 펑! 하는 소리와 함께 바닥에 구겨져 있던 잠자리에 불이 붙었다.

"엇!"

대장이 깜짝 놀라며 옆으로 튀었고 잠자리는 검은 연기를 확 뿜어내며 활활 타올랐다.

그때 입구 쪽에서 병사들의 목소리가 조그맣게 들려왔다.

"대장님~ 무슨 일이에요? 대답해 주세요!"

"대장님~! 괜찮은 거예요? 우리가 내려갈까요?"

대장이 있는 힘을 다해서 소리쳤다.

"들어오지 마! 여기 괴물들이 있다! 어서 밖으로 나가 다른 녀석들과 함께 성으로 돌아가!"

대장으로서는 젖 먹은 힘까지 다 내어 소리를 지른 것이었으나 잠자리들이 붕붕거리는 소리 때문에 잘 전달이 되었을지도 의문이었다.

갑자기 벽을 이루고 있던 잠자리 중 네 마리가 뒤로 빠지는가 싶더니 밧줄이 있는 곳을 향해 날아가는 것이 보였다.

아마 뒤에서 들려온 병사들의 목소리에 반응하는 것 같았다.

"어? 저, 저것들이!"

대장이 놀라며 바닥에 떨어져 있던 횃불을 주위 들어 나머지 잠자리들을 향해서 던졌다.

바아앙~

잠자리들은 사방으로 흩어지며 어렵지 않게 날아오는 횃불을 피했다. 그리고 또 두 마리가 앞으로 튀어나오더니 대장을 향해서 날아왔다.

대장이 다가오는 두 잠자리를 향해서 칼을 마구 휘둘렀다. 그러는 한편 죽을힘을 다해서 소리쳤다. 잠자리들은 이리저리 빙빙 돌며 대장의 칼을 피해 다녔다.

"야! 동굴 밖으로 빠져나가! 괴물 잠자리가 너희 쪽으로 간다!"

밖에서 병사들의 목소리가 들려왔다.

"대장님! 뭐라고요?"

"조금만 기다리세요! 우리가 구해 드릴게요!"

"어서 도망가라니까!"

타타타탕…….

두 마리의 잠자리가 대장을 향해 다시 무엇인가를 뱉어내는 순간 혼혈아가 확 밀쳐 왔고 그는 옆으로 넘어졌다.

"억!"

넘어졌던 그가 머리 위로 지나가는 두 마리의 잠자리를 보면서 몸을 일으키려 했다. 그러나 대장의 몸 위에 엎어진 혼혈아는 좀처럼 일어서려 하지 않았다.

"야! 일어나, 어서! 놈들이 다시 오고 있……?"

혼혈아가 아무 반응이 없자 이상하게 여긴 대장이 옆으로 얼굴을 빼내며 혼혈아의 표정을 살폈다. 그러나 그의 눈은 이미 흰자만 남기고 뒤집혀 있었고 온몸이 붉은 피로 물들어 있었다. 의식과는 전혀 상관 없는 근육의 경련만이 간헐적으로 그의 몸을 움직이게 했다.

대장은 두 부하가 모두 죽었다는 사실을 깨달았다. 눈을 돌려 멍청이를 바라보니 머리도 없이 쓰러져 있는 그는 이미 경련마저 완전히 멈추어 있었고 혼혈아는 열심히 손발을 떨고 있는 중이었다.

"이봐, 정신 차려! 일어나!"

이미 죽은 것이 분명한 혼혈아를 흔들다가 뭔가 따끔한 느낌이 들어 내려다보니 자신의 다리에서도 피가 나오고 있었다.

'나도 맞았나 보군. 저 잠자리들이 뱉어내는 것… 너무 빨라. 보이지도 않아. 도저히 빠져나갈 수 없어. 이 녀석들처럼 나도 여기서 죽는 건가… 밖에 있는 녀석들이라도 무사히 빠져나갔으면 좋겠는데……'

대장은 포기하는 심정이 되어 눈을 감았다. 이제 곧 잠자리들이 자신의 몸을 훑고 지나가면 자신도 피를 쏟아내며 죽을 것이 분명했다.

'어? 왜 안 오지?'

눈을 감고 있던 대장이 살며시 눈을 뜨고 주위를 둘러보았다. 그런데 방금 전까지 정신을 뺄 것처럼 주위를 돌아다니던 잠자리들이 싹 사라진 것을 알고 다시 한 번 놀랐다.

'이, 이게 어떻게 된 거지? 전부 어디 간 거야?'

그때 그의 귀에 익숙한 목소리들이 들려왔다.

"뭐, 뭐야, 저것들은? 대장님!"

"조심해! 한두 마리가 아니야!"

"대장! 멍청이! 겁쟁이! 한 사람이라도 대답 좀 해!"

위쪽에서 잠자리 떼를 보고 놀란 부하들이 다급하게 외쳐 댔다.

제8장 **전멸**

위쪽에 있는 부하들의 목소리를 들은 대장은 혼혈아의 시체를 밀어내고 급하게 몸을 일으켰다. 일어서다가 다리에 오는 심한 통증에 휘청했지만 칼을 지팡이 삼아 이를 악물고 몸을 세웠다. 그리고 혼혈아의 칼도 주워 들었다.

소리를 들어볼 때 잠자리들이 위에서 기다리는 부하들을 공격하고 있는 것이 틀림없었다.

그가 일어서는 것과 같이 벽의 파란 네모들 안쪽에 다시 알 수 없는 기호가 마구 나타났다가 사라지기 시작했다. 조심스럽게 살펴보니 그 기호들은 그가 움직이는 것에 따라서 변하는 정도가 달라지는 것 같았다. 그가 크게 움직이면 기호도 많이 변하고 조금 움직이면 기호들의 변화도 적었다.

잠시 두려운 눈으로 그 모습을 훑어보던 대장이 절뚝거리면서도 재빨리 입구에 늘어뜨린 밧줄을 잡았다. 자신의 칼을 허리춤에 꽂아 넣고 죽은 부하의 칼을 오른손에 쥐었다. 그가 밖의 부하들을 향해 소리쳤다.

"어서 빠져나가! 밖에 나가서 알려야 해! 이곳은 들어와선 안 돼!"

"대장님, 무사하셨군요?"

"그래!"

"도대체 이것들은 뭡니까?"

"도망가! 그건 괴물이야! 어서 나가서 다른 녀석들 못 들어오게 막아!"

"이미 절벽을 타고 있는걸요? 그건 그렇고 멍청이와 겁쟁이는 어디 있어요?"

"둘 다 죽었어. 너희도 어서 빠져나가라니까!"

"뭐라구요? 우리끼리 나가라구요?"

"이런……."

밖의 부하들이 말을 잘 듣지 않자 대장은 급히 혼혈아의 칼을 입에 물었다. 그리고 혼신의 힘을 다해서 밧줄을 잡고 기어올라 갔다. 빨려 들어와 미끄러져 내린 터널은 약 45도 각도로 경사가 져 있어서 부상한 몸으로도 기어오르기가 그다지 어렵지 않았다. 그 와중에 대장이 생각했다.

'제발… 말 좀 들어라, 바보들아. 내 말 안 들으면 죽는단 말야, 이 멍청이들아!'

머리 위에서는 부하들이 마구 지르는 소리가 귀에 들려왔다. 두 부하가 잠자리들을 향해서 마구 고함치고 있었다. 그리고 곧 그 소름 끼치는 소리가 다시 들려왔다.

투투투투투…….

"이게 뭐야? 아악!"

"괜찮아? 야, 너 피나잖아?"

비명 소리! 두 부하 중 누군가가 당한 모양이었다.

"……!!"

뽀 대장은 칼을 입에 물어서 아무 말도 할 수 없었다. 대신 경사진 터널을 필사적으로 기어올라 처음의 수직 통로까지 가는 데 성공했다.

그가 겨우 수직 통로를 따라 내려진 밧줄을 잡고 막 한 팔을 끌어당겼을 때 그의 등 뒤에서 강한 기척이 느껴졌다. 그리고 그 머리 속을 진동시키는 것 같은 날갯짓 소리도 함께.

바아아앙…….

"헉!"

대장은 깜짝 놀라며 뒤를 돌아보았다. 등 뒤에는 언제 다가왔는지 서너 마리의 잠자리가 공중에 붙여놓은 듯 떠 있는 상태로 바라보고 있었다. 얼마나 빨리 움직이는지 날개는 보이지도 않았고 커다란 눈은 무섭게 번득이고 있었다. 게다가 숨이 턱턱 막히도록 지독한 냄새가 났다.

대장은 줄에 매달린 채 벽에 바짝 붙어서 움직이지 않았다. 아니, 움직일 수가 없었다. 저것들이 입에서 무엇인가를 뱉어내는 순간 자신도 네 명의 부하들처럼 죽게 되리라 생각하니 공포감에 조금도 움직일 수가 없었다.

더군다나 입에는 칼을 물고 두 손으로는 밧줄을 잡고 대롱대롱 매달려 있는 상황에서 섣불리 움직인다는 것은 불가능했다. 이 상태로 가장 빨리 움직이는 방법은 손을 놓고 아래로 떨어지는 것뿐이었다.

벽에 착 달라붙은 채 가만히 귀를 기울여 위쪽의 소리를 들어보았다. 그러고 있는 동안에도 잠자리들은 계속해서 위로부터 아래로 내려오며 등 뒤에 줄지어 서고 있었다. 이제 잠자리들의 시끄러운 날개 소리 이외에는 아무 소리도 들리지 않았다. 부하들의 말소리, 심지어 비명이나 신음 소리도 전혀 없었다. 대장은 절망감이 들었다.

'두 사람 모두 당한 건가? 이미 죽어버린 거냐? 제발… 무사해다오.'

부우우웅…….

붕붕거리며 줄지어 내려오는 잠자리는 이미 열 마리 가까이 되었는데도 끝이 없었다. 그 좁은 수직의 통로에서 일렬로 죽 늘어선 잠자리들은 무슨 모의라도 하는 듯 이상한 소리를 주고받고 있었다.

삐비비비비… 삐비비비…….

띠이이디디… 띠디디디…….

삐리리리링… 삐리리링…….

숨 막히는 긴장이 그의 전신을 엄습해 왔다.

'우, 움직일 수가 없다. 전혀.'

그렇게 시간이 지나자 팔에 경련이 일어나기 시작했다. 그래도 움직이기는 쉽지가 않았다. 잠자리들은 차례로 아래로 내려갔다가 곧 되돌아오기를 반복하며 계속 그를 감시하고 있었다.

'이대로 계속 버틸 수는…….'

대장은 한계에 다다랐음을 직감했지만 움직이는 순간 잠자리들이 자신에게 뭔가를 뱉어낼 것 같아서 움직일 엄두를 못 내고 있었다.

그때였다. 그의 등 뒤에 위아래로 일렬로 늘어서서 무슨 소리인가를 주고받던 잠자리들이 서서히 아래로 내려가더니 하나씩 옆에 경사지게 뚫린 터널로 들어가기 시작했다. 대장은 한계에 다다라 부들부들 떨리는 근육을 애써 진정시켜 가며 그 소리를 듣고 있었다.

이윽고 마지막 잠자리까지 자신의 몸을 지나쳐 경사진 터널로 들어간 것을 확인한 대장은 살며시 방금 빠져나왔던 그 터널에 한쪽 다리를 뻗으며 내디뎠다. 더 이상 기다리다간 자신도 떨어져 버릴 것이 뻔했다.

그러나 그의 움직임이 시작되면서 사라졌던 잠자리들의 소리가 다시 들리기 시작했다. 그리고 그 소리는 점점 커져 오고 있었다. 뭔가 흥분한 듯 부산스럽게 붕붕거리며 잠자리 떼가 몰려오고 있었다.

긴장한 대장은 순간 결정을 내렸다. 어차피 죽을 거면 싸움이라도 제대로 해보고 죽자는 결정이었다. 그는 다른 쪽 다리마저 살며시 턱에 걸쳤다. 그리고 있는 힘을 다해 위로 뛰어오르며 밧줄을 움켜쥐었다.

'오, 올라가야 해. 지금밖에 기회가 없어. 다시 놈들이 오기 전에……'

위를 올려다보니 약 십 미터 정도 되어 보였다. 그나마 밧줄이 있으니 얼마나 다행인지 몰랐지만 지금 이 상황에서는 아무 생각이 없었다. 한 가지, 왜 잠자리들이 조금 전에 자신을 죽이지 않고 그냥 내려갔는지 이해할 수 없었다.

대장은 열심히 위로 기어올라 가며 생각했다.

'아까는 왜 그냥 내려갔을까? 네 사람을 다 죽이고서 왜 나만 죽이지 않은 것일까? 그리고 이제 다시 덤벼드는 이유는?'

그러던 중 대장의 얼굴이 심각하게 굳어졌다.

'참! 그, 그래! 아까 그 녀석이 밖에 있는 애들을 불렀었지! 지금쯤이면 입구에 거의 다 왔을 텐데! 들어오지 못하게 알려야 해!'

대장은 자신들이 벼랑길을 따라서 여기까지 오는 데 약 한 시간이 걸렸던 것을 생각해 냈다. 그러니 사고가 났다는 말을 들은 부하들은 더 빨리 오고 있을 것이다.

'그 녀석들마저 죽게 만들 수는 없어. 오지 말라고 소리라도 질러야 해.'

급한 마음에 필사적인 힘으로 밧줄을 잡고 올라가던 대장이 중간 정도 올라갔을 때였다.

부우우웅…….

경사진 터널에서 잠자리가 빠져나오며 빠른 속도로 따라붙었다. 그 뒤로 또 한 마리, 한 마리 차례로 잠자리들이 따라오기 시작했다.

그 소리를 들은 대장은 더욱 급하게 줄을 당기기 시작했다.

'…빠, 빨리… 더…….'

그런데 아래를 내려다보며 올라가던 그는 한 가지 이상한 점을 발견하게 되었다. 그 괴물 잠자리들은 수직의 통로에서 다만 일렬로 늘어섰을 뿐 왠지 서로를 추월하거나 겹쳐서 날지 않았던 것이다.

'왜 저것들은 줄을 서서 다니지? 요즘 벌레들은 제식 훈련이라도 받는 걸까?'

대장은 계속 다가오는 첫 번째 잠자리가 올라오지 못하도록 다리를 마구 휘젓다가 또 하나 이상한 것을 발견했다. 그건 잠자리가 자신을 추월하거나 달려들어 공격하지 않는다는 점이었다.

'뭐야? 왜 지금은 뭘 뱉어내지 않는 거지? 달려들어 물지도 않잖아?'

잠자리들이 마구 달려들 거라 생각했던 그는 일단 그들이 따라오기만 할 뿐 공격하지 않고 있는 것에 힘을 얻어 다시 열심히 올라갔다. 밑의 잠자리 떼는 네 마리쯤 되었는데 붕붕거리며 일렬로 따라오고 있었다. 서서히.

그때였다. 이제 공터로 올라서려면 얼마 남지 않았는데 갑자기 위에서 몇 마리의 잠자리가 또 나타났다.

부우우웅…….

"엇!"

위쪽에도 아직 잠자리가 남아 있었던 모양이다. 아래에서 따라오고 위에서는 눌러 내리는 잠자리들에 잠시 당황했던 대장은 정신을 가다

들고 위에서 내려오는 잠자리를 향해 왼손을 쭉 뻗어 올렸다. 다리라
도 잡아보기 위함이었다.

남은 한 손으로 밧줄을 잡고 매달려 있기란 너무 힘들었지만 지금으로
써는 다른 방법이 없었다. 그가 손을 내밀자 머리 위의 잠자리는 급히 위
로 다시 올라갔다. 그러나 아래의 놈들과 마찬가지로 공격은 하지 않았다.

'이상한 일이군. 공격을 하지 않다니. 아무튼 내겐 잘된 일이지.'

대장은 머리 위의 잠자리에게 손을 휘둘러 쫓는 한편, 아래의 잠자리들
에게는 계속 다리를 휘둘러 자신을 지나치지 못하도록 막아가며 계속 위
로 올라갔다. 그렇게 위쪽의 잠자리는 수직 통로에서 완전히 밖으로 밀려
올라갔고 공터로 나가자 위치를 이리저리 이동하며 부산하게 날아다녔다.

마침내 대장도 겨우 처음 관을 발견했던 공터에 한 손을 걸칠 수 있
었다. 그리고 두 손을 다 걸친 다음 두 팔을 끌어당겼다. 그러나 막 고
개를 내밀던 대장은 앞에서 빙빙 돌던 잠자리와 정면으로 눈이 마주치
는 순간 섬뜩한 기분이 들어 고개를 도로 집어넣었다.

그 순간이었다. 수직 구멍 주위를 빙빙 돌고 있던 잠자리들이 그를
향해 그 무언가를 뱉어내기 시작했다.

타타타탕…….

"……!!"

네 명의 부하를 죽게 만든 바로 그 무엇이었다.

쏟아져 나온 그 무엇은 대장의 머리카락을 아슬아슬하게 스치고 지
나가 뒤의 벽에 맞고 튄 다음 그의 엉덩이와 다리를 강하게 때렸다.

"크으윽!"

대장은 놀람과 고통에 의해 주르륵 미끄러지며 아래로 몇 미터나 떨
어지다가 겨우 밧줄을 잡고 매달렸다. 그의 손바닥이 밧줄과의 마찰에

의해 확 까지며 피와 살점이 묻어 나왔지만 놓을 수는 없었다.

그런데 이변이 일어났다. 그가 떨어지면서 바로 아래에 바짝 따라붙던 잠자리와 부딪치고 만 것이다. 대장의 발 아래로는 잠자리가 네 마리나 줄지어 서 있었기 때문에 순간적으로 몇 미터나 떨어지는 그를 피할 틈이 없었던 모양이다.

맨 위의 잠자리가 떨어지는 대장을 피해 내려가다가 미처 피하지 못했던 그 아래의 잠자리와 충돌했고, 그 충격에 의해 차례로 서로의 날개를 누르며 떨어져 갔다. 물론 대장의 발도 빠르게 움직이던 잠자리의 날개에 부딪치며 심한 통증을 느꼈다.

가가가각!

네 마리의 잠자리들은 심하게 요동을 치며 떨어져 내려갔다. 그러다가 옆으로 난 터널을 통과하는 찰나 순식간에 그 안으로 빨려 들어갔다. 마치 자신과 부하들이 처음에 빨려 들어갔던 것처럼 말이다.

놀란 얼굴로 줄에 매달려 있던 대장은 잠시 후 펑, 펑 하며 뭔가 터지는 소리를 몇 차례나 들을 수 있었다. 떨어진 잠자리들에게 또 불이 붙은 것 같았다.

어떻게 된 영문인지 몰라서 잠시 멍해 있던 대장이 방금 겪은 일들에 대해서 재빨리 정리해 보았다.

잠시 생각에 잠겨 있던 그가 고개를 끄덕였다. 상황을 파악해 보건대 방금 그 잠자리들이 왜 떨어져 버렸는지 조금은 알 것도 같았다.

잠자리들은 빠르고 강한 대신 몇 가지 약점이 있는 게 틀림없었다.

첫째는 잠자리들이 서로, 또는 다른 물체에 가까이 접근할 수가 없다는 점이었다.

왜냐하면 잠자리들은 수직 통로에서는 항상 일렬로 일정한 거리를 둔 채 줄을 서 있었다. 또 잠자리들은 그가 벽에 바짝 붙어 있는 동안은 좁은 수직 통로를 통해서 일렬로 이동할 수 있었으나 그가 발로 방해하는 동안은 이동을 못했다. 게다가 자신의 발과 충돌하면서 아래로 떨어져 버린 것을 볼 때 그들의 날개는 충돌에 매우 약한 것이 틀림없었다.

둘째, 잠자리들은 자신들의 위치에서 수평 방향, 그것도 정면으로는 공격을 할 수 있었지만 수직, 즉 위아래 방향으로는 공격을 하지 못한다는 것이다. 그래서 수직으로 좁은 통로에서는 공격을 하지 못하고 따라다니기만 한다고 결론을 내렸다.

셋째, 잠자리들은 움직이는 물체만 공격하는 듯하다는 점이다. 그래서 그가 바닥에 누워 있을 때나 벽에 바짝 붙어 있을 때에는 공격하지 않고 살펴보기만 하다가 그냥 되돌아갔었다. 그러나 그가 다시 움직이기 시작하자 쫓아왔다는 것이다. 즉, 그것들은 움직이는 물체만 볼 수 있는 것 같았다.

그가 생각하는 동안 다시 아래쪽에서 몇 마리의 잠자리가 나타났다. 잠자리들은 여전히 위로는 공격을 하지 못했다. 그냥 수직 방향으로 대장을 향해서 서서히 날아올라 오고 있었다. 이번에는 아까의 사고를 염두에 둔 듯 서로의 간격이 훨씬 멀리 떨어져 있었다.

그리고 위에 남아 있던 몇 마리의 잠자리도 수직 통로로 들어오지 않았다. 붕붕거리는 날개 소리는 들렸으나 어딘가에 숨은 듯 모습은 보이지 않았다. 고개를 내미는 순간 공격하려고 기다리고 있을 것이라 짐작이 되었다.

대장은 열심히 수직 통로를 기어올라 가 입구 가까이에 매달렸다. 이제 그의 팔은 감각도 없었다. 너무 오랫동안 매달려 있어서 쥐가 날 지경이었고 손바닥에서는 피가 배어 나오고 있었다.

‘그래… 마지막이야… 여기서 실패하면 떨어지는 거야. 그리고 죽는 거야!’

뽀 대장은 밧줄을 허리에 빙빙 돌려 감았다. 그리고 발에도 밧줄을 돌렸다. 상처 입은 발이 끊어질 듯 아파왔지만 지금은 그런 걸 따질 때가 아니었다. 한 손으로 밧줄을 잡아야 하기 때문에 밧줄을 몸에 감아서 고정시켜야 했다. 그런 다음 입에 물었던 칼을 왼손으로 쥐고 머리 위로 살며시 내밀었다.

잠시 기다렸지만 아무 반응이 없었다.

뽀 대장은 잠자리가 정말 움직이는 물체만 공격하는지 확인하기 위해서 머리 위로 내민 칼을 흔들기 시작했다.

그때였다.

“야! 이거 뭐야? 애들이 죽었잖아?”

“뭐? 몇 사람이나 있어?”

“들어와 봐! 두 사람밖에 없어. 그런데 다 죽었어.”

“나머지는?”

뽀 대장은 그 소리에 깜짝 놀라며 칼을 멈추었다.

‘앗! 밖에 남겨둔 녀석들이 도착했구나! 이, 이런……’

뽀 대장이 급히 칼을 입에 물며 밧줄을 잡았고 그러는 동안에도 부하들의 목소리는 계속 들려왔다.

급히 고개를 내밀어 보니 자신을 바라보며 모여 있던 잠자리들은 급히 입구 쪽으로 방향을 돌리며 이리저리 날아오르고 있었다.

뽀 대장이 필사적으로 소리쳤다. 이로 칼을 악물고 있어서 소리를 지르는 데만도 매우 힘이 들었다.

“야! 모두 피해! 들어오지 마!”

갑자기 어두운 곳으로 들어온 부하들은 바닥의 구멍에서 눈만 살짝 내민 대장을 발견하지 못하고 이리저리 두리번거렸다.

"대장? 대장 목소리다!"

"살아 있었군요! 나머지 사람은 어디 있어요?"

"나머지는 다 죽었어! 어서 너희들도 빠져나가란 말야!"

부하들은 쓰러져 있는 두 동료의 시체를 안은 채 계속 떠들어댔다. 그때 잠자리들이 그들의 앞으로 달려들기 시작했다.

…바아아앙…….

"뭐라구요? 어어! 저, 저것들 뭐야?"

"왜 그래?"

"이상한 것들이 날아다녀!"

"피해!"

"어디야?!"

그리고는 다시금 잠자리들이 불을 뿜으며 괴상한 소리를 질러대기 시작했다.

타타타타타…….

"커억!"

"조심해!"

"야! 나가! 나가!"

타타타타… 타타타탕…….

"괴물이야!"

부하들이 당하기 시작했다. 그 소리에 뽀 대장이 깜짝 놀라 소리를 질렀다.

"어서 나가! 모두 도망가!"

부하들은 잠자리와 싸우느라, 아니, 피하느라 대답도 제대로 못하고 있었다.

타타타탕!

"대, 대장! 억!"

"아악~ 도와줘!"

타탕…… 타타타…….

"이야! 죽어라! 저리 가! 어서!"

대장이 다 벗겨진 손으로 몸을 끌어 올리려 애쓰며 소리쳤다. 그러나 손바닥이 다 벗겨지고 피가 밧줄에 묻어서 자꾸만 미끄러졌다.

"모두 도망가! 그것들은 괴물이야! 어서 빠져나가라!"

부하들이 우왕좌왕하며 소리쳤다.

"대장님! 대장님, 어디 있어요?"

"대장! 이것들 대체 뭡니까?"

"아아악!"

대장이 소리쳤다.

"어서 도망가라니까!"

"도망갈 수가 없어요! 너무 빨라! 아악……!"

대장은 밧줄에 매달린 채 부하들의 비명을 계속 들어야 했다. 이를 악물고 기어올랐지만 자신이 나가면 아래에서 따라오던 잠자리들도 바로 따라올 것이므로 함부로 나가지 못했다. 대장이 입에 물고 있던 칼을 아래로 떨어뜨렸다. 칼이 떨어지자 멀찌감치 거리를 두고 따라오던 잠자리들이 급히 아래로 내려가는 모습이 보였다.

'역시… 날개가 약점이구나. 그렇다면!'

아래쪽의 잠자리가 모두 피하는 사이 대장은 급히 몸을 구멍 위로 끌어 올렸다. 그리고 흘깃 돌아보니 광장 바닥에 병사 다섯 명이 피를 흘리며 쓰러져 있는 것이 보였다. 같이 왔던 병사가 둘이었으니 새로 들어온 사람 중에서는 세 명이 당한 것 같았다.

'…남은 사람은 두 명……'

어느새 잠자리들은 빙빙 돌며 새로 나타난 대장을 향해 접근해 왔다. 그러자 대장은 급히 구멍 앞에 엎드려 움직이지 않았다. 예상대로 잠자리들은 대장의 주위를 빙빙 돌 뿐 덤벼들지 않았다.

'…역시! 움직이지 않으면 공격하지 않는군.'

그러나 적은 그뿐이 아니었다. 아래쪽에서 다시 잠자리가 모습을 나타낸 것이다. 이제 그 녀석들은 곧 위로 몰려올 것이고 적의 숫자는 훨씬 많아질 것이었다.

'큰일이군… 이대로 계속 있을 수도 없고……'

잠시 고민하던 대장이 생각을 바꾸었다.

'맞아… 잠시 기다리면 이놈들은 내가 죽은 줄 알고 다시 내려갈 거야. 그사이에 빠져나가자.'

그렇게 생각을 정리하는 사이에 아래의 잠자리들이 속속 올라왔고 이제 광장은 바닥에 엎어진 시체 다섯 구와 자신, 그리고 십여 마리의 잠자리로 꽉 들어찼다.

'조금만 더 기다리자… 조금만 더……'

그러나 대장은 더 기다릴 수가 없었다. 아직 당하지 않은 부하가 밖에서 들어오려고 시도를 하고 있었기 때문이다.

입구 쪽에서 부하의 목소리가 들려오고 있었다.

"야! 정신 차려! 야, 임마! 일어나 봐! 어서!"

"……"

"안에 있는 녀석들을 구해야 해! 네가 입구를 막고 있으면 들어가지도 나오지도 못하잖아? 어서 정신 차려!"

들려오는 목소리는 너무 착해서 항상 바보라 놀림받는 신참이었다. 원정대가 출발하기 직전에 보급 지원 부대에서 전출 온 루루가 틀림없었다. 대장이 생각했다.

'한 놈은 저 좁은 통로에 낀 채 죽어 있었군. 그렇다면 남은 사람은 한 명뿐! 그리고 입구가 막혀 있다!'

대장이 살짝 고개를 들어보니 잠자리들은 소리가 나는 입구 쪽에 다시 모여들고 있었다. 아직 자신을 바라보고 있는 놈들도 몇 마리 되었다. 그것들은 움직임뿐 아니라 소리에도 반응하고 있었다.

대장의 등에 식은땀이 흘렀다. 입구에 꽉 끼어 있는 한 병사의 시체가 들썩거리기 시작했던 것이다. 이제 곧 바보 신참이 동료의 시체를 안으로 밀어넬 것 같았다. 그리고 그 시체가 떨어지는 순간 십여 마리의 잠자리는 동시에 입구를 향해서 불을 뿜어넬 것이고 시체와 신참 병사는 이미 죽은 동료들처럼 으깨어질 것이 분명했다.

대장이 살짝 팔을 내리며 허리의 칼을 잡았다. 그러자 그 잠깐의 움직임에 잠자리들이 흥분하며 붕붕 날갯짓을 해댔다.

곧 밀려 떨어질 부하의 시체를 보며 칼을 쥔 대장의 손에 땀이 배어나왔다.

'이대로 있으면 안 돼! 그럼 다 죽는다. 저 신참 녀석도 나도. 저 녀석만이라도 살아서 돌아가게 해야 해. 그래서 다음 원정대가 이곳으로 들어오는 것을 막아야 해.'

대장은 훈련을 많이 받은 장교라 사병과는 달랐다. 그에게는 목숨을 담보로 한 사명감과 책임감이 있었다.

　잠자리의 눈치를 보던 그가 일어서기 위해서 슬쩍 무릎을 굽혔다. 그 순간이었다.

　타탕!

　"억!"

　살짝 몸을 일으키던 대장은 외마디 비명을 지르며 도로 바닥에 털썩 떨어졌다.

　'끄으으… 아아악…….'

　대장은 자신의 엉덩이와 허벅지가 불에 데인 줄 알았다. 정말 불에 데인 듯 뜨거워지며 끊어질 듯이 아팠던 것이다. 엄청난 고통에 본능적으로 팔을 뻗어 둔부를 움켜쥐었다.

　그러나 그 순간 그는 보았다. 자신의 팔이 크게 휘둘러지며 다리를 향해 내려가는 동안 잠자리들의 방향이 그 움직임을 따라 같이 변하는 것을 말이다.

　'헛!'

　그는 순간적으로 고통을 참고 동작을 멈추었다. 조금만 멈추는 것이 늦었더라도 잠자리들이 다시 자신을 향해 무엇인가를 뱉어냈을 것이었다. 그리고 거기에 맞으면 대부분 사망이고 최소가 중상인 것이다.

　그의 등에 식은땀이 흘러내렸다. 다리가 끊어질 듯한 고통이 이어졌지만 지금 죽을 수는 없었다. 어떻게든 저 바보 녀석에게 할 말은 하고 죽어야 한다는 생각이 머리에 가득했다.

　대장은 의지와 상관없이 고통으로 저절로 떨리는 다리를 애써 붙잡아 누르며 바닥에 엎드려 소리쳤다.

　"야! 루루! 들어오면 안 돼! 그냥 도망가!"

　그의 목소리가 커짐에 따라서 잠자리들의 날개 소리도 더욱 커졌다.

그만큼 붕붕거리며 어지럽게 대장의 주위를 돌아다녔다. 정말이지 불행 중 다행인 것은 그나마 움직이지 않으면 공격하지 않는다는 사실이었다.

루루는 대장의 목소리가 안 들리는지 계속 동료의 시체를 치우려고 밀어대고 있었다. 대장이 다시 소리쳤다.

"야! 그냥 도망가라니까! 들어오지 마! 도망가란 말야!"

루루의 대답이 들렸다.

"대장님! 대장님, 아니에요?"

"그래!"

"살아 계셨군요!"

"어서 도망가라니까! 여긴 다 죽었어. 모두 다! 너만 남고 다 죽었어! 그러니 들어올 필요 없어!"

"그게 무슨 소리예요? 대장님이 살아 있잖아요? 저 혼자서는 못 가요! 대장님도 같이 갈 거예요."

"안 돼! 입구를 열지 마! 열면 너도 죽어!"

"대장님! 조금만 기다리세요! 제가 곧 도와드릴게요!"

대장은 계속 루루에게 소리치며 조금씩, 아주 조금씩 잠자리가 공격하지 않을 정도로만 이동을 했다. 이제 잠자리는 완전히 두 패로 나뉘어 한 패는 입구를 향해, 다른 한 패는 대장을 향해 공격 자세를 잡고 서서히 따라오고 있었다.

대장은 식은땀이 흘렀다. 정면에는 두 마리의 잠자리가 정확히 머리를 겨눈 채 따라오고 있었다. 조금만 섣불리 움직여도 머리통이 터져 나갈 것이 뻔했다. 멍청이 녀석처럼 말이다. 다행히 루루가 대장의 말을 알아들었는지 시체를 밀어내지 않고 있었다.

대장은 계속 말을 시키면서 조금씩 입구로 접근해 갔다.

"루루, 내 말 잘 들어!"

"대장님, 도대체 안에서 무슨 일이 있었던 겁니까?"

"이곳은 인간족의 고대 도시가 확실한 것 같다. 하지만 암호라는 것이 걸려 있어서 들어갈 수가 없어. 우리는 암호를 맞추지 못해서 공격을 받았다."

"공격이라고요?"

"그래, 그래서 지금 너와 나 이외에 살아남은 사람은 한 명도 없어!"

"한 명도요?"

"그래, 나도 심하게 부상을 당했다."

"제가 도와드릴게요!"

"안 돼! 그 입구를 여는 순간 너는 죽어!"

"왜요?"

"지금 우릴 다 죽인 괴물들이 그 입구 앞에 버티고 있단 말야! 절대 들어오면 안 돼!"

"그, 그럼… 대장님은요?"

"어서 너 혼자라도 철수를 해야 해. 성으로 되돌아가서 이 사실을 알려야 해!"

루루가 다시 입구를 들썩이기 시작했다.

"안 돼요! 나 혼자 가다니… 대장님을 두고 갈 수는 없어요!"

"이 바보! 말 안 들을래? 네가 들어와도 어차피 우린 다 죽어! 그보다 앞으로 멋모르고 들어올 우리 군대의 피해를 막는 것은 너에게 달린 일이야. 너만이 할 수 있어!"

"하지만……."

그때였다.

키이이…….

새로이 들려오는 소리에 대장은 흠칫 말을 멈추며 눈을 돌렸다.

"헉……! 저, 저건 또 뭐지?!!"

대장은 소스라치게 놀라며 공포에 몸을 떨었다. 자신들을 죽음으로 몰고 갔던 구멍들, 그 두 개의 구멍에서 무엇인가 기어나오고 있었던 것이다.

'저, 저게 뭐야? 자, 잠자리도 모자라서 이젠 뱀이냐?'

구멍에서 서너 마리의 뱀처럼 생긴 괴물이 꾸물꾸물 기어나오고 있었다. 굵기는 사람의 손가락 정도에 길이가 얼마나 되는지 광장을 가로지르고도 끝이 보이지 않았다. 또한 그 괴물들은 뱀의 머리가 있어야 할 자리에 마치 사람의 손처럼 생긴 날카로운 갈고리가 하나씩 달려 있었고 갈고리 한가운데 반짝이는 눈이 하나씩 달렸다.

아직도 끝 부분은 구멍 속으로 이어져 있는 그 괴물들이 갈고리를 높이 쳐들고 하나뿐인 눈으로 광장을 이리저리 살피며 쓰러져 있는 부하의 시체들과 자신을 내려다보고 있었다.

뱀 괴물이 고개를 들고 왔다 갔다 하는 동안 잠자리들은 일제히 떠올라서 천장에 가까이 붙어 있었다.

침묵이 계속되자 밖에서 루루의 음성이 다시 들려왔다.

"대장님! 괜찮아요? 무슨 일이에요? 왜 말을 안 해요?"

그제야 대장은 끔찍하게 생긴 괴물로부터 눈을 떼고 입구를 향해 소리쳤다.

"…아! 루루! 어서 도망가라. 새로운 괴물이 나타났다!"

"그럴 수는 없어요! 입구를 열어주세요! 앞에 있는 녀석을 좀 잡아당겨 봐요!"

그렇게 티격태격하는 사이에 뱀처럼 생긴 괴물들이 갈고리를 쩍 벌리며 아래로 내려오더니 부하의 시체들에게 접근해서 하나씩 물었다. 그 조그만 갈고리로 덥석 살점을 물자 살은 아무 힘 없이 푹 파이며 기다란 다섯 개의 이빨에게 자리를 내주었다.

그렇게 부하들을 문 뱀 괴물들은 시체를 질질 끌고 구멍으로 들어가기 시작했다.

"허억! 저, 저럴 수가……!"

대장은 깜짝 놀라서 뒷걸음질쳤다. 그가 움직이기 시작하자 천장의 잠자리가 일제히 그를 향해서 돌아섰다.

대장은 움직일 수도 가만히 있을 수도 없었다. 움직이면 잠자리가 공격할 것이고 가만히 있으면 뱀이 물 것이기 때문이다.

다섯 구의 시체가 구멍 속으로 딸려 들어갔고 다시 구멍 속에서 몇 마리의 뱀이 더 나오더니 입구에 박혀 있는 시체와 대장에게 다가왔다.

'……!!'

대장은 자신의 다리에 접근하는 뱀의 갈고리를 꼼짝없이 바라볼 수밖에 없었다.

"아아악!"

뱀의 갈고리가 자신의 허벅지에 파고들자 참을 수 없는 고통이 밀려왔다. 대장의 비명 소리를 들은 루루가 소리쳤다.

"대장! 무슨 일이에요? 대답해요!"

"크아악!"

뱀이 대장을 끌어당기기 시작했고 대장은 입구의 돌쩌귀를 잡았다.

그때였다.

"어?"

입구가 턱 열리며 루루의 놀란 얼굴이 대장의 눈에도 들어왔다.

다른 뱀 한 마리가 입구에 박혀 있던 시체를 물고 잡아당기자 시체가 빠지며 막혀 있던 입구가 열린 것이다.

"대장님!"

"움직이지 마!"

"……?"

루루는 달려들어 오려다가 눈앞의 광경과 대장의 외침에 동작을 멈추었다.

"이, 이게 다 뭡니까?"

대장이 입구의 돌쩌귀를 잡고 필사적으로 매달리며 신음하듯 말했다.

"모, 몰라 나도. 아무튼 움직이면… 죽는다! 절대 움직이지 마!"

어느새 천장에 있던 잠자리 서너 마리가 입구로 내려와 루루의 정면에 떠 있었다.

루루는 잠자리들을 두려운 눈으로 바라보며 살며시 자세를 낮추고 대장의 어깻죽지를 움켜쥐었다. 뱀이 대장을 잡아당기고 있는 것이다. 그 뱀들의 힘이 너무나 강해서 이대로라면 대장의 팔이 끊어지던지 다리가 찢어져 버릴 것 같았다.

대장은 루루가 잡아당기고 있지 않았다면 벌써 딸려갔을 것이었다. 그 상태에서 대장이 재빨리 말했다. 그의 목소리는 다 죽어가서 잘 들리지도 않았다.

"루루… 내 말 잘 들어. 난 이미 틀렸어. 저 괴물들은 절대 이길 수 없어. 인간족의 조상이 어떤 마법을 부려놨는지 모르지만 우리 원정대는 절대 들어오면 안 돼. 암호를 모르면 절대로 살아서 돌아갈 수 없어."

"지금 그런 얘기 할 때에요? 어서 힘을 좀 줘요. 자꾸만 딸려가잖아요!"

"늦었어. 난 이미 걸을 수 없게 되었어."

"예?"

대장의 말에 루루가 깜짝 놀라며 대장의 다리를 바라봤다.

"허억! 대, 대장님!"

비명을 지른 루루는 하마터면 대장의 어깨를 놓을 뻔했다. 대장의 다리 하나가 저만치 구멍 아래로 끌려 들어가고 있었다. 그리고… 대장의 몸에는 피투성이의 다리 하나만 남아 있었다. 뱀 괴물이 어찌나 힘이 센지 다리를 찢어서 가지고 갔던 것이다.

루루가 결심한 듯 힘주어 속삭였다.

"대장, 나를 꽉 잡아요!"

대장이 신음하듯 말했다.

"아, 안 돼, 움직이면! 저 잠자리들은 뱀보다 더 무서운 놈들이야."

이제 광장에는 잠자리들과 루루와 외다리 대장만이 남아 있었다. 다른 모든 뱀과 시체들은 구멍 아래로 모두 사라져 버렸다.

부우웅… 부웅…….

서너 마리의 잠자리가 대장과 루루를 감시하고 있었고 나머지 열 마리 남짓한 잠자리들이 요란하게 날갯짓을 해가며 광장 곳곳을 살피고 다녔다.

대장이 루루에게 말했다.

"움직이지 마. 기회를 봐서 도망을 가란 말야. 저놈들이 입에서 뱉어내는 것에 맞으면 머리가 터져 버린다구."

그때 다시 구멍에서 소리가 났다. 돌아보니 두 마리의 뱀이 갈고리를 내밀고 있었다. 대장과 루루를 잡아가려고 오는 모양이었다.

루루가 말했다.

"제가 오래 사냥을 하면서 배운 것인데요. 위험할 때는 빨리 결정을 해야 합니다. 꾸물거리면 어차피 다 죽어요. 싸워서 이기든지 도망치든지 둘 중 하나밖에 없어요."

대장이 신음하듯 속삭였다.

"저… 놈들은 너무 강해. 싸울 수가… 없어… 모두 죽었어. 나도… 곧… 죽……."

"제발 정신 좀 차려요!"

대장은 이제 제정신이 아니었다. 말하는 것도 힘들어 보였다.

"…도… 망……."

그러는 동안에도 잠자리들은 웅크리고 있는 두 사람에게서 감시의 눈을 떼지 않았다. 조금만 움직이면 공격을 하려고 준비하는 것이 틀림없었다. 게다가 구멍에서 나온 두 마리의 뱀도 거의 다가와서 두 사람을 물기 직전이었다.

그때였다.

"……?"

루루는 양쪽 손목만을 이용하여 단검 두 자루를 앞으로 던져 냈다. 잠자리에게 움직임을 들키지 않기 위해서였다. 그리고 그것은 정확하게 맨 앞 정면에 떠 있는 잠자리를 향해 날아갔다. 잠자리는 급히 물러섰지만 위아래에서 다가오는 두 자루의 단검을 피하지 못하고 날개에 부딪치고 말았다.

깡!

대장은 거의 탈진한 상태에서 환영처럼 무엇을 보았다. 그것은 자신의 머리 바로 뒤에서 무엇인가 튀어 나가는 모습이었다. 피를 너무 많이 흘려서 눈이 흐려졌지만 무엇인가 반짝이는 것이 튀어 나가는 것을 분명히 보았다고 생각했다.

그리고 이어서 맨 앞의 잠자리가 큰 소리를 내며 떨어졌다.

가가각!

맨 앞의 잠자리가 요동을 치며 떨어지자 그 뒤와 옆에 떠 있던 잠자리들이 재빨리 충돌을 피하기 위해 물러섰다.

'…내 몸이……?

루루는 그 순간을 놓치지 않고 대장을 끌고 필사적으로 뒷걸음질을 쳤다. 혼자서 기어들어 오기도 벅찼던 좁은 입구를 환자를 끌고 나가려니 여간 힘든 게 아니었지만 루루는 젖 먹던 힘까지 내어 필사적으로 엉금엉금 후퇴해 갔다.

루루의 발에 해골이 차여 굴러갔다. 이제 조금만 더 나가면 벼랑의 외길에 붙을 수 있을 것 같았다. 들개족이 통과하기에는 이 동굴의 통로가 너무나 협소했다.

'조, 조금만 더… 대장님, 조금만 더 기다려요… 곧 밖으로 나가게 됩니다.'

그때였다. 루루의 귓가에 뭔가 깨지는 듯한, 그러면서 너무나 커서 귀청이 터질 것 같은 소리가 들려오기 시작했다.

타타타타타… 타타타타탕…….

루루는 소름이 끼치는 그 소리에 움찔 몸을 움츠렸다. 그리고 손끝에 전해져 오는 그 감촉에 역시 몸을 떨었다. 자신이 꽉 움켜쥐고 있는 대장의 몸이 소리에 따라서 진동하고 있었다.

"대, 대장, 조금만 참아……?!"

그러나 루루는 대장의 몸에서 손을 떼어야만 했다. 자신과 잠자리 사이에서 끌려오고 있던 대장의 몸이 걸레처럼 찢어지고 있었던 것이다.

타타타탕… 타타타탕…….

그랬다. 계속 뒤따라 나오는 잠자리의 입에서 불이 번뜩이고 있었고 그에 따라 대장의 몸은 점점 줄어들었다. 살과 피를 사방으로 날리며 점점 작아지고 있었다.

결국 루루는 대장을 놓고 계속 뒷걸음질쳤다. 이미 대장은 머리까지 완전히 터지고 곤죽이 되어 바닥에 축 널려져 있었다.

'저, 저럴 수가……!!'

잠자리는 따라오는 것을 멈추지 않았다. 그리고 루루는 자신의 몸 여기저기서 불이 붙은 듯 고통이 퍼져 가는 것을 느꼈다. 잠자리가 뱉어내는 그 무엇이 계속 몸을 헤집고 들어오고 있었다. 루루는 철퇴를 뽑아 들어서 얼굴을 막았다. 얼굴에 그것을 맞으면 자신의 얼굴도 대장처럼 터져 버릴 것이 분명했다.

타타타타…….

카카카캉!!

그 무엇이 철퇴에 맞고 날카로운 쇳소리를 내며 튀어 나갔다. 그 진동에 하마터면 철퇴를 놓칠 뻔한 루루는 정신을 가다듬었다.

'이대로 죽을 수는 없어… 아내와 아이가 날 기다리고 있어… 날!!'

루루는 급히 왼손으로 표창을 잡히는 대로 뽑았다. 원래 그는 사냥 꾼 출신이라서 여러 자루의 단검과 수십 개의 표창을 몸에 지니고 다 녔다. 철퇴로 얼굴을 막은 채 왼손을 뿌려 잠자리에게 대여섯 개의 표 창을 던졌다.

바아아앙!

잠자리는 날아오는 표창을 피하며 급히 뒤로 물러났다. 그 와중에 잠시 공격이 멎었다. 루루는 그 잠깐의 틈을 놓치지 않았다. 재빨리 좁은 터널을 벗어난 그는 옆으로 물러서서 벼랑의 외길에 몸을 붙였다.

어느새 철퇴를 등에 메고 오른손으로 서너 개의 표창을 뽑아 든 루루는 걸음을 옮기면서도 계속 동굴 입구를 주시했다. 잠자리가 따라 나오면 바로 던지기 위해서였다.

그러나 그의 예상과는 달리 잠자리는 나오지 않았다. 굴 안쪽에서 붕붕거리는 날개 소리가 들려왔지만 굴 밖으로는 나오지 않았다. 천만다행이었다.

루루는 머뭇거리지 않고 숲을 향해서 걸음을 옮겼다. 배와 다리, 팔 어디라고 할 것 없이 욱신거리고 아파왔다. 통증이 심했다. 내려다보니 자신이 걸어온 길은 온통 피로 얼룩져 있었다.

'출혈이 심하군. 이러면 곧 죽게 될지도 모르는데…….'

그렇다고 계속 벼랑에 붙어서 있을 수는 더욱 없었던 루루는 힘겹게 걸음을 옮겼다. 점차 흐려져 가는 의식을 입술을 깨물어 일깨워 가며 걸음을 옮긴 지 얼마나 지났을까. 마침내 끝이 없을 것 같던 벼랑이 끝났다.

안전한 평지에 발을 내디디는 순간 루루는 세상이 빙글 돌아가는 것처럼 보였다.

그리고 의식도 자꾸만 몸을 떠나려 했다. 가물가물 들어왔다 나갔다 하는 의식 속에서 루루는 신기루처럼 흐믈거리며 다가오는 세 사람의 형체를 본 것 같았다. 그들은 머뭇거리며 자신을 향해 접근해 오고 있었다.

'꿈… 인가? 내가… 죽으려는 건가? 저 사람들은 누구지?'

꿈결처럼 멀어지는 의식 속에서 루루가 자신에게 묻고 있었다. 그리고 다가온 세 사람이 자신의 얼굴을 들여다보는 것을 느낀 순간 완전히 의식을 잃고 말았다.

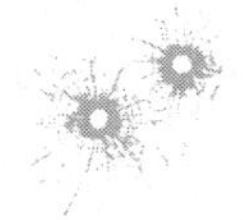

제9장 원정군

자라목과 헤어져 귀향하는 네 사람은 한낮의 태양이 내리쪼이는 뗏목 위에 몸을 뉘어 다치고 지친 몸을 강이 흐르는 대로 맡긴 채 자고 있었다.

벌써 자라목과 헤어진 지 닷새가 지났다. 이제 조금만 더 가면 고향이 보일 것이었다. 강이 서쪽으로 흘러 인간족의 성 앞을 스쳐 지나가기 때문에 부상당한 이들로서는 크게 다행스러웠다. 도저히 걸어서는 돌아올 상태가 아니었던 것이다.

때문에 이들은 필사적인 힘으로 뗏목을 만들어 강에 띄우고 몸을 실었다. 도중에 폭포가 있어서 잠시 어려움이 있긴 했지만 그 다음부터는 별 지장 없이 강을 따라서 내려올 수 있었고, 그 길로 사흘째 강 위에 떠 있는 중이었다.

한 가지 가슴 아픈 일은 오던 도중 부상이 가장 심한 한 동료가 죽었다는 것이다. 네 사람은 죽은 동료를 눈물로 애도하며 그 시체를 강물에 띄워 보냈다. 시체는 처음에는 뗏목과 거의 같은 속도로 떠내려왔지만 아마 지금쯤이면 어느 이름 모를 물고기의 밥이 되어버렸을 것이다. 남은 사람들도 언제 같은 신세가 될지 전혀 예측할 수 없었다.

번갈아가며 보초를 서기로 했는데 너무나 허기지고 지친 이들에게는 별 소용이 없었다. 보초를 서는 병사도 앉은 자세로 꾸벅꾸벅 졸고 있을 뿐이었다. 아니, 존다기보다 기절해 있다는 편이 맞았다.

모두들 상처는 심하게 곪아가고 있었고 며칠간 제대로 먹지도 못해서 거의 탈진해 있었다. 게다가 낮에는 뜨거운 봄볕이 사정없이 이들을 공격했고 밤이면 온몸이 벌벌 떨리는 추위 속에서 웅크리고 있어야 했으니 곧 고향에 도달한다는 희망이 없었다면 아마 죽는 사람은 더 늘어났을 것이다.

그렇게 졸고 자느라 네 사람은 뗏목 양쪽을 두 척의 커다란 배가 둘러싼 채 나란히 따라오고 있다는 것도 모르고 있었다.

배 위에서 장교가 말했다.

"들개족인지 잘 봐."

"아닙니다. 우리 원정대입니다."

"보름 전 출발했던 그 원정대?"

"예, 틀림없습니다. 그 대원들입니다."

"스무 명이 출발했는데 왜 네 명밖에 없지? 다른 대원들은 어떻게 되었을까?"

"꼴을 보니 다 죽고 저 넷만 살아 돌아오는 모양인데요?"

"어서 밧줄을 걸어. 빨리 치료하지 않으면 저것들도 다 죽겠다."

"예."

몇 명의 병사가 뗏목으로 뛰어내리고 밧줄을 걸었다.

장교가 중얼거렸다.

"어떻게 된 걸까? 간밤에는 웬 들개족들이 뗏목을 타고 떠내려가더니 이번에는 우리 원정대야?"

"그러게 말입니다. 도대체 무슨 일일까요?"

"혹시 우리 원정대와 들개족 병사들이 싸움이라도 벌인 거 아냐?"

"그야 모르죠. 한데 그놈들은 멀쩡했는데 왜 애들만 만신창이가 되었는지."

"그놈들을 잡았어야 하는 건데… 쯧쯧!"

장교가 혀를 찼다. 이날 새벽녘에 뗏목을 탄 두 명의 들개족을 쫓다가 놓쳐 버린 것이다. 그들은 인간족의 배에서 쏘아대는 화살을 피해 건너편 기슭에 뗏목을 대고 숲 속으로 사라져 버렸다. 장교는 지금 그 얘기를 하는 중이었다.

이 계절에는 강한 서풍이 불고 있기 때문에 배는 돛을 접은 채 바람을 피해가며 뗏목을 끌고 선착장으로 서서히 진입했다.

뗏목 위의 부상자들은 그 소동에도 꿈쩍 않은 채 죽은 듯이 눈을 감고 있었다. 단 한 명만이 겨우 눈을 뜨더니 자신을 내려다보는 병사들을 향해 조그맣게 중얼거렸다.

"신의… 산을 찾았어……. 대장님이 아직 그곳에 있어… 그곳이… 고대 도시가 틀림없어."

인간족의 성은 난리가 났다. 왕을 비롯해서 쿠르 장군과 부르크 대신, 카르티 장군, 그 밖에 모든 대소 신하들이 회의실에 모여서 웅성거리고 있었다.

왕이 물었다.

"그래, 원정대가 고대 도시를 찾았다고 했단 말이지?"

병원에서 바로 달려온 한 신하가 대답했다.

"그렇습니다. 분명히 고대 도시가 틀림없다고 말을 했습니다."

"직접 보았다고 했나?"

"아닙니다. 직접 보지는 못하고 현재 원정대장인 자라목과 두 명의 병사가 그곳에 있다고 합니다."

사람들의 입에서 탄성이 터져 나왔다.

"저런……!"

"오오……!"

카르티가 가만히 생각에 잠겼다.

'자라목… 그렇게 말도 없이 떠나더니 네가 해낸 거냐? 고대 도시를 정말로 찾아낸 거냐!'

쿠르가 약간 흥분한 어조로 물었다.

"정말 고대 도시가 맞나? 그렇다면 어서 군대를 보내 점령해야지!"

왕도 혀를 차며 말했다.

"신의 산을 찾았다고?"

"예, 신의 산을 오르다가 저주를 받아 대원 열두 명을 잃었다고 합니다."

"열두 명?"

"저주로 인해서 그 자리에서 열두 명이 죽고 되돌아오는 도중에 한 사람이 더 죽었답니다."

"저주라… 자라목 대장은?"

"역시 심한 부상을 당했지만 직접 고대 도시를 확인한다며 지도와 몇 가지 정보를 성에 전해주라고 한 뒤 신의 동굴로 떠났답니다.”

다시 탄성이 터져 나왔다.

“와아!”

“장하다!”

왕이 다시 물었다.

“신의 동굴은 어디에 있다고 했나?”

신하가 자라목의 지도를 왕에게 건네주며 말했다.

“그 지도에 잘 표시가 되어 있습니다. 자라목의 원정대는 이곳을 떠난 지 열하루 만에 신의 산 가장자리에 도달했다고 합니다. 하지만 다른 곳을 들르지 않고 곧장 가게 될 경우 도보로 닷새면 충분히 당도할 수 있을 거랍니다.”

왕이 약간 걱정스런 표정을 지었다.

‘신의 동굴이라… 어머님, 아버님의 말씀이 그곳은 절대 찾아서도, 가까이 가서도 안 된다고 하셨는데… 고대 도시도 마찬가지고. 그렇다면 고대 도시는 바로 아버님, 어머님이 깨어나셨다는 그곳이었단 말인가? 두 분은 왜 그곳을 찾지 말라 하셨을까?

왕이 고개를 돌려 부르크 대신을 바라봤다. 부르크는 신하들 틈에 앉아서 아무 말 없이 팔짱을 낀 채 고개를 숙이고 생각에 잠겨 있었다.

“부르크 대신!”

왕의 부름에 부르크가 고개를 들었다.

“예, 부르셨습니까?”

“그래, 그대의 생각은 어떤지 듣고 싶다. 신의 산이… 그분들의 고향이라는 곳이 고대 도시일 수가 있겠는가?”

“음…….”

부르크가 잠시 생각에 잠겨 있다가 입을 열었다.

"그건… 여태까지는 한 번도 생각해 보지 못했지만 그럴 수도 있습니다."

"그래?"

"예, 여러 가지 정황을 종합해 보면 시조께서 말씀하신 고대 도시와 그분들의 고향이 동일한 곳일 가능성이 상당히 농후하다고 사료됩니다."

"그럼 왜 그분들은 그곳을 찾지 말라고 하셨을까?"

"그건… 아마도 고대 도시가 가졌다는 엄청난 파괴력 때문이겠죠. 그분들의 성정을 되새겨 볼 적에 아무래도 이 세상에 피해를 줄 수 있는 일은 피하려 하셨을 테니까요."

"그런가?"

"장담할 수는 없지만 그럴 것 같습니다. 여태까지 그런 점을 전혀 생각하지 못했다는 것이 오히려 과오였습니다."

"벼락 장군의 생각은?"

쿠르가 고개를 돌려 왕을 바라봤다. 그의 눈빛은 상당히 들떠 있었다.

"제 생각에… 지금은 이것저것 따질 여유가 없습니다. 어서 지원 부대를 보내 그곳을 점령해야 합니다. 들개족이 먼저 차지하기 전에 우리가 차지하지 않으면 안 됩니다."

"하지만 확인되지 않았지 않은가?"

쿠르의 목소리는 단호했다.

"확인할 시간적 여유가 없습니다. 지난번 퍼쿵의 말에 의하면 들개족 원정대가 우리 원정대의 뒤를 미행하고 있다 했습니다. 어쩌면 자라목의 원정대도 미행당했을지 모릅니다. 만약 그렇다면 그들도 본성으로 이미 연락병을 보냈을 겁니다. 지금은 어느 쪽에서 보낸 군대가 먼저 고대 도시를 차지하느냐가 관건입니다."

쿠르의 말에 모두 바짝 긴장하기 시작했다.

왕이 물었다.

"카르티 장군, 자네의 생각은?"

"쿠르 장군님의 말씀이 맞습니다. 우선은 들개족보다 먼저 그곳에 당도해야 합니다. 그런 다음 확인을 하고 말고가 결정이 나겠죠."

"우리 군대를 그곳으로 보내면 이 성은 누가, 어떻게 지키나?"

"저도 그게 걱정인데… 계획을 잘 짜서 군대를 둘로 나누어야 할 겁니다. 그런 다음 한 부대는 고대 도시로 보내고 나머지 부대와 민간인들이 성을 지키는 수밖에 없습니다."

"그래?"

"예, 비상 사태를 선포해야 할 때입니다."

왕이 한 손으로 턱을 고이며 생각했다.

'비상 사태 선포라… 드디어 전쟁이 시작되는 것인가? 꼭 전쟁이 아니라도 당분간 모든 백성이 힘들어지겠군.'

왕이 부르크에게 물었다.

"들개족들과의 연합은 어떻게 진행이 되고 있나?"

"아직 킹카 장군 일행이 돌아오지 않았습니다. 퍼쿵의 말에 의하면 왕복으로 약 칠팔 일은 족히 걸릴 거리라고 했으니까 회의가 잘 진행이 되어 빨리 끝난다고 해도 하루는 잡아야 하고 넉넉히 잡아 닷새는 더 지나야 결과가 나올 겁니다. 하지만 그쪽은 그다지 믿을 수가 없는 상태입니다. 들개족들이 쉽게 협조할지는 아직 알 수 없으니까요. 우선은 우리 스스로 고대 도시를 찾아서 힘을 가지는 것이 먼저이고 가장 확실한 방법일 겁니다."

왕이 허리를 펴고 자세를 고치며 말했다.

"알겠다! 그럼 지금부터 비상 사태를 선포한다. 모든 백성들에게 전투 태세를 갖추도록 하고 바로 비상 대책 회의를 소집해라. 모든 준비가 되는 대로 군대를 출동하도록 한다!"

왕의 명령이 떨어지자 각 부대의 장군들이 급히 회의실을 빠져나갔다.

왕궁이 매우 소란스러웠고 그 소식은 곧 전체 성안에 발표가 되었다. 인간족 군대의 절반이 넘는 삼백여 명이 고대 도시를 점령하기 위해 따로 편성이 되었으며 자라목이 작성해 보낸 지도에 따라 정확한 시간과 계획을 세웠다.

남은 소수의 인원으로 성을 지키기 위해 폭탄과 크레모어의 제작에 총력을 기울이는 한편, 돌아온 부상자들의 증언에 따라 거대한 개미 떼와 낯선 짐승들의 습격에 대비하기 위해서 부르크를 중심으로 학자, 기술자들이 머리를 맞대고 새로운 형태의 폭탄과 무기를 고안하기 시작했다.

빠른 시간에 대군이 이동해야 하므로 식량과 물자도 많이 필요했다. 그러나 이번이 마지막 기회가 될지도 모른다고 생각한 인간족들은 온 힘을 모아 모든 준비를 진행해 나갔고 준비를 시작한 지 사흘 만에 삼백여 명의 군인과 일부 기술자들이 출정 준비를 마칠 수 있었다.

떠나기 전날 부르크와 기술자들은 왕이 관전하는 앞에서 새로 개발한 두 가지 무기의 실험을 했다.

그중 하나는 기름과 폭약을 같이 사용하는 무기였다. 보보의 폭탄이나 크레모어가 폭약이 터지는 힘에 의해서 수백 개의 파편을 날려 적을 살상하는 형태인 데 비해 이것은 파편이 없고 대신 폭약이 폭발하는 높은 열에 의해서 따로 부착된 기름과 연소 재료에 불을 붙이는 형태였다. 폭발과 함께 그 주위에 불이 붙어서 수분 동안 계속 타도록 고안이 되어 있었다. 그리고 급한 경우를 대비해서 폭약의 도화선 부분에 작은 회전식 부싯돌을 장착해 따로 불을 대지 않고 부싯돌만 부딪치게 해줌으로써 점화를 할 수 있도록 만들어진 화염 폭탄이었다.

또 하나는 역시 기름을 이용하는 무기였는데 아주 순도 높게 정제된 기름을 펌프가 부착된 커다란 양철통에 가득 채우고 작은 손수레에 싣고 다니도록 만들어져 있었다. 펌프 앞쪽에 파이프를 길게 뽑아 고정해 놓고 그 끝으로 기름을 분사하도록 노즐을 달았다. 노즐 아랫부분에는 횃불을 꽂아놓을 수 있는 곳이 있어서 분사되는 기름에 바로 불이 붙도록 했다.

즉, 한 사람이 손수레 위에서 펌프질을 하고 또 한 사람이 손수레의 손잡이를 잡고 분사 방향을 조준하도록 만든 2인용 화염 방사 수레였다.

연병장의 한쪽에 십여 석의 자리가 마련되었고 왕과 신하들이 잔뜩 기대하면서 기다리고 있었다. 그리고 연병장 가운데는 주먹만한 나무토막과 돌들이 개미 떼 대신에 쫙 깔려 있었다.

부르크의 지시에 의해서 먼저 화염 폭탄의 실험을 했다. 도화선 끝에 달린 부싯돌을 손가락으로 두어 번 부딪쳐 주자 불꽃이 튀며 도화선이 타 들어갔고 폭발에 의해서 반경 이 미터 이내의 돌과 나무토막들이 불에 뒤덮여 몇 분을 계속 꺼지지 않고 탔다. 몇 개의 실험이 되풀이되었고 그 성능을 본 왕과 장군들이 고개를 끄덕이며 감탄했다.

"정말 대단한 무기다. 저것이면 그 거대한 개미 떼나 정체 불명의 짐승 떼에게 속수무책으로 당하지는 않겠구나."

쿠르의 얼굴에도 미소가 번졌다.

"그렇습니다. 저렇게 오래 불이 꺼지지 않으니 아무리 무지막지한 개미 떼라도 쉽게 접근하지는 못할 것 같군요."

이번에는 화염 방사 수레의 실험이 시작되었다. 부르크가 손짓하자 미리 훈련을 마친 두 명의 병사가 수레를 끌고 연병장으로 달려나왔다.

"시작해라!"

"예."

덩치 큰 한 병사가 손잡이를 잡았고 작은 병사가 손수레에 올라타 앞으로 돌출된 파이프 아래에 불붙은 횃대를 끼웠다. 그리고 펌프를 잡았다.

작은 병사가 펌프질을 시작하자 곧 파이프 끝에서 기름 방울이 톡톡 튀기 시작하더니 앞으로 퍼지며 죽죽 뿜어 나갔다. 그리고 횃불을 지나가는 기름에 바로 불이 붙었고 불덩어리가 포물선을 그리며 전방으로 칠팔 미터나 뻗어 나갔다.

뒤에서 손잡이를 잡은 병사가 손수레를 빙 돌리며 위아래로 흔들자 포물선을 이루는 불기둥은 꺼지지 않은 채 빙 둘러서 주위를 훑었고 반경 칠팔 미터 이내의 나무토막들이 불이 붙은 채 마구 타올랐다.

왕과 장군들의 관람석에서 환호성이 쏟아져 나왔다.

"와아~!!"

"경이적이오!"

"천재요, 천재!"

"부르크 대신은 신이 내리신 인물입니다!"

쏟아져 나오는 박수 속에 부르크가 몸을 일으키더니 왕을 향해, 그 다음 관중들을 향해서 꾸벅 절을 했다.

왕이 말했다.

"대단하다! 어떻게 저런 무기를 생각해 낼 수 있었지? 자네는 정말 천재로군!"

"과찬의 말씀이십니다."

쿠르도 경탄을 금치 못했다.

"폐하의 말씀에 동감합니다. 저는 보보의 폭탄 이후로 저런 무기가 나올 줄은 상상도 하지 못했습니다."

부르크가 겸손한 태도로 말했다.

"기본 골조는 보보가 완성해 놓은 것이고 저는 약간의 응용을 했을 뿐입니다."

"아니야. 폭탄에 부싯돌을 달아놓은 것도 그렇고 저렇게 불을 쏘아내는 수레는 자네 아니고는 상상도 못할 일이네."

부르크가 덧붙였다.

"실은 전부터 보보의 폭탄에 쉽게 불을 붙이는 방법을 쭉 연구해 왔습니다. 횃불을 항상 가지고 다닐 수는 없으니까요. 그러다 보니 저런 회전식 부싯돌을 고안해 냈고 폭탄에 달아놓았을 뿐입니다."

"앞으로 다른 파편식 폭탄에도 저걸 달아놓으면 좋겠다는 생각이 드는구먼."

"그렇지 않아도 지금 작업을 추진 중입니다. 우선적으로 원정대에게 개량 폭탄을 지급하고 차후로 생산되는 폭탄에도 모두 설치할 생각입니다."

"좋아, 그럼 내일 출발에 지장이 없도록 준비에 만전을 기해주게."

"예."

다음날 새벽 식사를 마친 원정군은 백성들의 환송을 받으며 성을 떠났다. 그리고 일단의 예비군이 돌아올 때를 대비해 커다란 배 두 척을 몰고 약속 장소로 가기로 되었다. 두 척 배는 돛에 서풍을 가득 안고 강을 서서히 거슬러 올라갔다. 환송에는 왕도 친히 나와 있었다.

원정군의 사령관으로는 카르티 장군이 임명되었다. 여러 지원자가 있었지만 부르크가 카르티를 적극 추천하여 그를 사령관으로 임명하게 되었다. 부르크의 판단으로는 전투력과 기지가 뛰어난 카르티 말고는 보낼 사람이 별로 없었다.

그 점에 대해 다른 장군들의 불평이 많았다. 부르크는 속으로는 들은 척도 하지 않으며 겉으로는 여러 가지 이유를 들어 그들을 달랬다.

"고대 도시가 중요하다고는 하나 아직 확인되지 않은 사실입니다. 그리고 정말 중요한 것은 여기 남은 여자와 아이들입니다. 여러분은 그들의 생명과 재산을 지켜주서야죠. 그들은 바로 우리 인간족의 미래가 아닙니까?"

"하, 하지만 만일 고대 도시가 맞는다면 카르티가 그 공을 다 차지할 거 아뇨?"

부르크가 웃었다.

"하하하! 공이라고요? 공이라면 이곳 성과 백성들을 지켜낸 공이 더 크지요. 여러분은 동족을 지켜내는 게 얼마나 중요한지 정말 모르시는 겁니까?"

그 말에 원정대에 합류하지 못한 장군들이 말을 더듬었다.

"그, 그걸 모르는 건 아니지만… 하지만 표면적으로는… 그리고 카르티가 고대 도시를 차지하게 되면 그가 왕이 되기도 더 쉬워질 거고."

"그렇지 않습니다. 고대 도시를 찾아냈다고 해서 그걸 혼자 독차지하는 것도 아니고 왕이 되는 것도 아닙니다. 게다가 지금으로써는 그게 고대 도시인지 아닌지도 확실하지 않고, 또 맞다 하더라도 점령할 수 있을지 없을지는 미지수입니다. 제 예상대로라면 지금 들개족의 군대도 그리로 이동하는 중일 것이고, 그들을 상대로 치열한 쟁탈전도 피할 수 없을 겁니다. 어쩌면 카르티는 이번 원정 중에 죽게 될 확률이 더 높지요."

"그, 그런가요?"

그제야 길길이 뛰던 장군들이 조금 얌전해지며 부르크의 말을 수긍했다.

부르크가 무표정한 얼굴로 생각했다.

'휴… 정말 안 되는 녀석들이군. 네 녀석들은 카르티가 아니라 내가 왕이 되어도 숙청 대상 일호야. 카르티, 너에겐 미안하다. 사지로 보내서. 그렇지만 나도 네가 고대 도시를 찾아내 무사히 점령하길 빌고 있다. 진심으로. 그 다음 벌어질 들개족과의 전면전에서 죽어줘야 하겠지만… 아직은 때가 아니지. 고대 도시를 차지하기 전에 죽어서는 안 돼.'

부르크는 그렇게 멀리 동쪽으로 사라져 가는 대규모 원정군의 꼬리를 바라보았다. 그의 눈앞으로 밝은 아침 해가 떠오르기 시작했다.

인간족의 성에는 이제 이백여 명의 병사와 백여 명의 예비군, 그리고 오백 명이 넘는 부녀자, 어린이, 노약자들만 남게 되었다. 부르크는 다시 비상 대책 회의를 열고 병력이 빠져나간 빈자리를 부녀자와 어린애로 채우기 위해 머리를 짜내기 시작했다. 성문은 굳게 닫히고 각 요소마다 새로 개발된 폭탄과 화염 방사 수레가 설치되었다.

일단의 소동이 진정된 후 부르크는 혼자서 자신의 집무실 책상에 앉아 골똘히 생각에 잠겼다.

그의 예상대로라면 현재 터치의 들개족이 이 성을 직접 공격하지는 않을 것 같았다. 그들도 고대 도시를 노리고 있고 그들의 원정대에 의해서 이미 고대 도시에 대한 정보를 입수했을 것이기 때문이다.

부르크는 터치가 수단 방법을 가리지 않고 고대 도시를 차지하기 위해서 달려가고 있을 것이라 예상했다.

'…어쩌면 그 자신이 사령관이 되어 신의 산을 향해 떠나는 군대에 합류해 있을지도 몰라. 그렇다면 이곳 성은 당분간 안전하지 않을까? 잠깐 동안일 뿐이겠지만.'

부르크가 고개를 저었다. 그리고 굳은 얼굴로 중얼거렸다.

"아니지! 그 반대일 수도 있어. 우리 성에 군사가 부족하다는 것도 알게 될 테니… 우선 공격 대상이 될지도 모르지. 지금 공격을 받게 된다면 막아내기 힘들 텐데……."

부르크가 벌떡 일어서더니 새로 만들어진 주변 일대의 지도를 책상 위에 펼쳤다. 그 지도에는 인간족의 성과 강의 위치를 중심으로 주변이 상세하게 기록되어 있었다.

백여 차례에 걸친 원정대가 성을 들락거리며 작성해 온 수백 장의 지도를 토대로 만들어진 것이라서 강을 따라 멀리 서쪽 바다까지 상당히 정확하고 세밀하게 그려져 있었다. 또한 이번 자라목의 원정대에 의해 밝혀진 동쪽 상류와 신의 산, 그리고 남쪽 화산까지도 대략적으로 기록되어 있었다.

'그래, 들개족의 군대가 지나갈 수 있는 요소를 예상해 봐야겠어. 그리고 그 길목마다 대량의 폭탄을 미리 설치해 둔다면 상당한 피해를 입힐 수 있을 거야. 잘만 하면 터치의 군대를 전멸시킬 수 있을지도. 어쩌면… 터치라는 놈까지 함께 말이야.'

부르크가 지도를 잘 접더니 자리에서 일어났다. 그리고 방문을 나서며 혼잣말을 중얼거렸다.

"우선은 이 근처에 숨어 있는 들개족 병사들을 색출해 싸그리 없애는 것이 선결 요건이겠지. 이 작전과 폭탄에 대한 정보를 주지 않으려면. 놈들에게 폭탄의 제조법을 넘겨준다면 최악의 상황이 벌어질 거야. 좋아! 쿠르 장군을 찾아가서 이 문제에 대해 상의해야겠다!"

쿠르를 찾아 걸어가는 부르크의 입가에 보일 듯 말 듯한 미소가 살며시 떠올랐다.

인간족의 군대가 신의 산으로 출발하기 전날 서쪽 바닷가에서도 한바탕 난리가 벌어졌다. 그날은 두 명의 혼혈 들개족 병사가 뗏목을 타고 바닷가에 도착한 날이었다.

두 병사는 뗏목을 바다에 그냥 떠내려 보내고 그대로 성으로 달려갔다.

두 병사가 가지고 온 지도와 보고서를 전달받은 터치는 기쁨을 감추지 못했다. 그리고 길길이 날뛰며 바로 군사 회의를 소집했다. 성은 이미 완전히 터치에게 장악이 되어 있었는데 아직은 정식으로 왕이 된 것이 아니라서 왕의 호칭을 쓰고 있지는 않았다. 다만 비상 정부를 열고 들개족 연방군의 총사령관이라는 명칭을 사용하고 있었다.

푸치는 왕궁의 한 구석방에 연금된 채 감시당하며 고립된 생활을 하고 있었다. 곧 들개족 연방의 모든 부족장을 소집할 계획이었고 그때 정식으로 왕의 자리를 인계할 참이었다.

아직 왕이 죽지 않은 상태에서 지위를 넘겨주는 것에는 각 부족에게 어느 정도 투표 권한이 있었지만 이미 연방 정부의 모든 조직과 신하들, 그리고 결정적으로 군부까지 완전히 넘어간 상태였기 때문에 투표는 사실상 효력이 없었다. 터치의 즉위를 반대하는 부족은 무시무시한 보복을 당할 것이 뻔하기 때문이다. 모든 부족의 족장들은 그것을 잘 알고 있었다.

그런 상태에서 고대 도시를 찾았다는 소식까지 들어왔으니 터치의 기세는 하늘을 찌를 듯이 높았다. 더구나 인간족의 원정대보다 먼저 그곳에 도달할 거라는 사실은 터치에게 있어서 세상을 이미 다 가진 것처럼 기쁜 소식이었다.

"이제 이 세상은 내 손안에 들어오는 거야! 고대 도시를 차지한다. 흐흐흐… 먼저 인간족을 싹쓸이해 버리고 그 다음은 주변은 물론 온 세상을 다 정벌한다!"

터치의 명령에 의해서 하루도 걸리지 않아 천오백 명의 병사가 원정 군으로 재편성되었다. 삼백 명의 선발대가 바로 출발할 준비를 하고 있었고, 하루 뒤 출발하기로 되어 있는 천이백 명의 후발대는 터치가 직접 진두지휘하기로 계획을 잡았다.

터치가 생각했다.

'아직 이쪽의 정비가 마무리되지는 않았지만 지금은 고대 도시를 직접 점령하는 것이 더 중요해. 그래, 내 손으로 말이야! 만일 다른 녀석을 지휘관으로 보냈다가 그가 힘을 얻은 다음 배신할 수도 있으니까. 이곳에는 나의 나머지 천오백여 명의 군사와 새로 흡수한 아버지의 군대가 칠백여 명이나 더 있으니 아무도 쉽게 넘보지는 못할 거다. 이곳의 지휘관을 믿을 만한 놈으로 남겨두고 나는 고대 도시를 찾아서 되돌아온다. 좋아!'

터치는 자신이 쿠데타로 정권을 얻은 장본인이라서 부하들을 깊이 신뢰하지 못했다. 쿠데타란 힘이 있는 자라면 언제든 일으킬 수 있는 도발 상황이다. 이번에 왕을 끌어내린 것 이외에도 그는 전부터 무력을 사용해 작은아버지를 제거하고 또 두 형마저 제거해 버린 전력이 있었기 때문에 누구보다 그 사실을 잘 알고 있었다.

선발대는 개인 무기와 비상 식량만을 대충 챙겨서 그날 저녁으로 출발했다. 인간족의 원정대도 곧 그곳으로 당도할 예정이라고 했으니 들개족들이 그곳을 지키고 있다는 사실을 알게 되었을 것이고 분명히 싸움이 벌어졌을 것이다.

터치가 심복들에게 말했다.

"그곳에 남은 우리 병사들은 열 명, 인간족의 원정대는 스무 명이다. 게다가 그들은 정체 불명의 불덩어리를 가지고 있다. 그러니 그 싸움은 누가 이길지 알 수 없어. 어쨌든 인간족의 일부도 이미 성으로 돌아가 고대 도시를 발견한 사실을 알렸을 테지. 벌써 일주일이나 지났다니까."

작전을 맡고 있는 혼혈 장교가 말했다.

"시간이 없군요. 자칫하면 기껏 먼저 차지한 고대 도시를 빼앗길지도 모르겠어요."

"그래, 지금쯤이면 그들의 군대가 출발을 했을 거야. 우리보다 거리가 반밖에 안 되는 데다가 먼저 출발을 했다… 시간이 급해. 열 명의 병사가 인간족의 수백 명 군대를 맞아 그곳을 지킬 수는 없는 거야. 아무리 상대가 인간족이라도."

다른 토종 장교가 고개를 끄덕였다.

"맞습니다. 또한 지난번 그 무기를 사용한다면 그들의 숫자가 얼마 되지 않는다 해도 만만히 볼 수 없습니다."

터치가 말했다.

"선발대가 삼백 명이나 출발했으니 그리 쉽게 밀리지는 않을 거야.

지난번 정보원이 그들의 군대 총수가 얼마라고 했지?"

혼혈 장교가 대답했다.

"오백 명이 조금 넘는답니다."

토종 장교가 물었다.

"모조리 출발했을까요?"

"그렇지는 않을 겁니다. 아무래도 성을 지킬 군대가 남아 있어야 하니까. 설마 성에 부녀자들만 남겨놓고 군대가 모조리 빠져나가지는 않겠죠."

탁!

토종 장교가 탁자를 손바닥으로 내려쳤다.

"그렇다면 먼저 인간족의 성부터 공략하는 게 어떨까요?"

터치가 고개를 저었다.

"글쎄… 그럴 여유가 있을까? 고대 도시를 차지하면 어차피 재공격을 해올 텐데."

그러자 혼혈 장교가 심각한 표정으로 말했다.

"하지만 일리가 있는 말입니다. 일부의 군대는 고대 도시로 떠나고 또 일부의 군대가 인간족의 성을 공략한다면! 어차피 우리에겐 남는 군사가 충분히 있습니다. 지금 인간족 성의 군사력은 빠진 인력 때문에 상당히 약해져 있을 거구요. 우리가 공략해 놓는다면 나중에 수백 명의 인질을 사용할 수도 있죠. 만일 인간족이 고대 도시를 차지했을 경우에 말입니다."

"그렇군!"

그렇게 대답한 터치가 아무렇지 않은 표정으로 혼혈 장교를 바라봤다. 그러나 실은 속으로 여러 가지 생각을 하고 있었다.

　'저 녀석, 혼혈인 주제에 잘도 저런 말을 지껄이는군. 제 어머니도 인간족 여자 포로였는데 말야. 인간족의 성을 공략하면 네 어머니와 같은 여자 포로들이 또 생긴단 말이다. 훗! 하긴, 어차피 최종적으로 우리가 승리하게 되면 결과는 마찬가지지. 네 녀석으로서는 인간족과 함께 살 수 없는 운명이니까 어차피 혼혈을 더 많이 양산하는 것이 유리하겠지.'

　다시 고개를 돌린 터치가 말했다.

　"좋아, 그럼 군대를 비상 편제한다. 고대 도시 원정대를 제외한 나머지 병력에서 칠백 명을 인간족의 성으로 보낸다. 기왕이면 아버지의 병사들로 충당하는 것이 좋겠지. 내 병사들을 다치게 하고 싶지 않으니까 말이다."

　"알겠습니다."

　"그 부대의 책임자는 자네가 맡아. 그리고 나머지 잔류 부대의 책임자는 자네가 맡고 있어. 내가 돌아올 때까지."

　"알겠습니다."

　"맡겨주십시오!"

　토종 장교와 혼혈 장교가 각각 임무를 맡고 경례를 했다.

　선발대가 출발한 다음날 새벽, 인간족을 공략하기 위한 칠백여 명의 군사와 고대 도시를 점령하기 위한 천이백 명의 후발대가 따로 편성이 되어 터치의 성을 떠났다.

　인간족의 성까지 닷새 걸리고 다시 신의 산까지 닷새가 더 걸릴 긴 원정길을 터치가 직접 지휘하여 이동하고 있었다. 혼혈 장교에게 성을 맡겨놓은 채 이동하는 그의 입가에는 시종 만족한 미소가 떠나지 않았다.

　'모든 일이 잘되고 있어. 계획대로… 다만 한 가지, 인간족이 먼저 고대 도시에 도달하게 될까 봐 그게 걱정이군. 대체 그건 어떤 위력을 가진 것이길래 인간족 녀석들이 그처럼 찾아 헤매는 걸까? 그걸 찾으면 우리를 멸망시킬 수 있다고 했지? 그 정도면… 엄청난 위력이 있을 거야! 반드시 내가 먼저 손에 넣어야 해. 반드시!'

대열의 중간에서 걷고 있는 터치는 눈앞으로 펼쳐지는 긴 강줄기를 바라보며 지난 전쟁을 떠올렸다. 무려 구백여 명의 병사를 잃고 초라하게 돌아왔던 그 전쟁을 말이다.

이제 다시 돌아올 때는 인간족을 완전히 정벌하고 고대 도시와 수백 명의 포로를 데리고 올 생각을 하니 상상만 해도 기분이 좋았다.

'후후후… 그 다음은 이 세상을 모두 가지는 거야. 내 발 아래로, 내 이름 아래로 제국을 건설하는 거야! 하하하!'

총 천구백 명에 달하는 대군대가 이동을 하는 그 모습은 장관이었다. 거대한 뱀처럼 숲을 길게 가로지르며 동으로 동으로 강을 따라 이동하는 모습에 짐승들이 놀라 뛰었고, 새들이 날아올랐으며, 그 흔하던 벌레조차 숨어버렸는지 보이지 않았다. 수많은 죽음을 만들어내기 위한 거대한 행렬에 놀란 탓일까?

긴 뱀 같은 행렬의 군데군데 햇빛을 받아 창, 칼이 번뜩였다. 죽음을 예고하는 듯 섬뜩한 빛을 뿜으며!

〈제7권 끝〉